Inhalt

T. C. Boyle
Die Mütze 7

Alex Capus
In der Zeitmaschine 43

Liv Winterberg
Die Lichter des Monsieur Laurent 52

Siegfried Lenz
Silvester-Unfall 65

Jan Weiler
So sehen Sieger aus 84

Jutta Profijt
Haben wir was verpasst? 88

Mascha Kaléko
Novemberbrief aus Ascona 106

Ulrike Herwig
Winterliebe 117

Arnold Küsters
Emma beinhart 132

Eugen Roth
Schneerausch 147

Harry Luck
Alles zu seiner Zeit 153

Elke Pistor
Die Schneekönigin 158

Ewald Arenz
Glaubenskrieg 177

Eva Berberich
Es weihnachtet sehr 181

Ingo Schulze
Die Verwirrungen der Silvesternacht 195

Riikka Ala-Harja
Die Insel 257

Frank Goldammer
Die Möglichkeiten eines Schneeballs 265

Thomas Zirnbauer
Eiskaltes Chicago 271

Annette Petersen
Karten spielen 284

Elke Heidenreich
Winterreise 300

Die Autoren und Autorinnen 328

T. C. Boyle

Die Mütze

Sie schickten dem Bären ein Killerteam hinterher. Drei Typen in weißen Anoraks mit Schulteraufnähern vom Staatlichen Forstdienst. Es war am späten Freitagnachmittag, etwa eine Woche vor Weihnachten, und der Schnee fiel so dicht, dass es den Eindruck machte, als wären Himmel und Erde zusammengeklebt. Jill hatte ihre Kneipe eben erst für den Abend geöffnet, als sie zur Tür hereingestampft kamen. Der Große – er bestellte Jim Beam und Bier für alle drei – hätte selbst ein Bär sein können, so wie er in dem schweren Steppanorak unter der Last seiner Schultern zu versinken schien, das Gesicht im Gewirr eines schwarzen Barts verborgen; in seinen blauen Augen blitzte etwas Raubtierhaftes, Herausforderndes. »Hallo, Hübsche«, sagte er und blickte Jill direkt in die Augen, während er ein Bein über den Barhocker schwang und die Unterarme auf die blinkende Kupferstange stemmte. »Wie ich höre, habt ihr hier ein Bärenproblem.«

Ich saß im Dunkel am Ende der Bar, nippte an meinem Bier und beobachtete das Schneetreiben. Jill hatte das Licht noch nicht eingeschaltet, und ich war froh darüber – der Laden hatte so eine beruhigende Unterwasseratmosphäre, der Schnee lag wie eine Decke vor dem Fenster, das Feuer in der Ecke war sanft wie eine Rückenmassage. Ich war hellwach und bewegte mich – zündete mir eine Zigarette an, hob das Glas zum Mund –, aber ich fühlte mich so friedlich, als wäre ich eingeschlummert.

»Stimmt«, sagte Jill, die wegen der »Hübschen« leicht errötet war. Vor zwei Wochen hatte sie mir im Bett gestanden, dass sie sich schon seit Jahren nicht mehr hübsch fühlte. Was redest du denn da?, fragte ich. Sie schob die Unterlippe vor und sah weg. Neun Kilo habe ich zugenommen, sagte sie. Ich streichelte sie und lächelte, wie um zu sagen: Neun Kilo – was sind schon neun Kilo? Fettklößchen, sagte ich und spielte damit auf eine der Novellen von Maupassant an, die sie mir geschenkt hatte. Das finde ich nicht witzig, sagte sie, aber dann rollte sie sich zu mir und streichelte mich.

»Ich bin Boo«, sagte der große Kerl, kippte seinen Bourbon und nahm einen Schluck Bier. »Und die zwei sind Scott«, hier nickte er nach links zu seinem Nach-

barn, der wie er einen Bart und eine blaue Strickmütze
trug,«und Josh.»Josh, der nicht älter als neunzehn sein
konnte, fuhr zu seiner Rechten in die Höhe wie ein
Stehaufmännchen. Boo zog den Reißverschluss seines
Anoraks auf, sodass ein wattiertes Hemd in der Farbe
von getrocknetem Blut sichtbar wurde.
»Geht das alles zusammen?«, fragte Jill.
Boo nickte, und mir fiel die Narbe auf, die quer über
seinem Backenknochen verlief. Ich assoziierte Dosen-
öffner, Kartoffelschäler, die langen, hakenförmigen
gelblichen Klauen von Bären. Dann wandte er sich an
mich.»Und was trinkst du, Kumpel?«
Ich hatte gerade die ersten Geräusche aus der Küche
gehört – den leisen Kuss von Tasse und Untertasse, das
Klappern von Besteck –, und mein Magen sauste abrupt abwärts wie ein außer Kontrolle geratener Fahrstuhl. Ich hatte den ganzen Tag nichts gegessen. Es war
Monatsmitte, sämtliche Taschenbücher im Haus hatte
ich gelesen, alle Platten gehört, und ich wartete auf
meinen Scheck von der Stütze. Natürlich gab es keinen
Briefträger hier oben – den halben Winter über war die
Straße sowieso gesperrt –, aber Marshall, der Kneipen-
besitzer und inoffizielle König der Siedlung, war ins
Tal runtergefahren, um Vorräte für den feiertäglichen
Ansturm von Touristen, Motorschlittenpiloten und

9

ähnlichen Leuten anzulegen, und er hatte mir versprochen, mir den Scheck mitzubringen. Falls er da war. Falls er da war und falls Marshall es durch den Schneesturm zurück schaffte, würde ich mir drei oder vier Gläschen Wild Turkey gönnen, danach das Familienmenü kosten und dann Kaffee und Kahlua-Likör nippen, bis Jill mit der Arbeit fertig war. »Bier«, sagte ich.

»Würdest du diesem Mann da ein Bier bringen, Hübsche?«, bat Boo in seinem Hinterwäldler-Bass, und nachdem sie mir eins aufgemacht und das Geld von ihm kassiert hatte, fing er mit dem Bären an. Ob sie ihn gesehen habe? Wie viel Schaden er angerichtet habe? Wie seine Spuren aussähen – irgendwas Auffälliges daran? Seine Losung? Sein Pelz sei rötlich, ja? Beinahe zimtfarben? Und das eine Ohr sei abgeknickt?

Sie hatte ihn gesehen. Aber nicht, als er krachend in die Vorratskammer eingebrochen war, die Kiste mit 350-Gramm-Dosen Thunfisch aufgehebelt und mehrere Liter roten Burgunder samt Glassplittern geschlürft hatte, und auch nicht, als er eine Blutspur hinterlassen hatte, die wie ein rosa Band zwischen den Ponderosa-Kiefern im Wald verschwunden war. Nein, damals nicht. Sie hatte ihn unter weitaus intimeren Umständen gesehen – im eigenen Schlafzimmer, um genau zu sein. Sie hatte zusammen mit ihrem achtjäh-

rigen Sohn Adrian in der hinteren Kammer geschlafen
(um Wärme zu sparen, übernachteten sie im selben
Zimmer: abends drehte sie die Heizung ab und warf
eine Handvoll Kohlen in den Kachelofen in der Ecke),
als auf einmal das Fenster zu Bruch ging. Die eisige Luft
schoss herein wie ein Speer, man hörte das dumpfe
Dröhnen des schweren Bärenkörpers gegen die Hauswand und eine Explosion von Flaschen, Büchsen und
allem Möglichen, als er den Müll auf der hinteren
Veranda durchwühlte. Sie und Adrian fuhren gerade
rechtzeitig hoch, um das verdutzte, zottlige Gesicht
des Bären in dem leeren Fensterrahmen zu erkennen,
und dann sausten sie los wie von der Tarantel ge-
stochen, zur Vordertür hinaus, und schlossen sich im
Auto ein. Sie waren im Schlafanzug zu mir gekommen,
zitternd wie Flüchtlinge. Als ich mit meiner Weather-
by-Schrotflinte angerückt war, hatte sich der Bär längst
davongemacht.

»Ja, ich hab ihn gesehen«, antwortete Jill. »Er hat
mein Schlafzimmerfenster eingeschlagen, das musste
ich mit Brettern zunageln.« Josh, der junge Bursche,
schien das witzig zu finden, denn er fing an, leise vor
sich hinzukeckern, ein hektisches Ein- und Ausatmen
wie bei einem alten Hund, dem etwas in der Kehle
stecken geblieben ist.

»Also, ehrlich!« Jill stand im Mittelpunkt und blühte auf. »Ich hatte bloß mein Nachthemd an, und barfuß war ich auch, aber ich habe keine Sekunde gezögert – zack, hab ich meinen Sohn an der Hand gepackt, und schon war ich zur Tür raus.«

»Im Nachthemd, ja?«, sagte Boo, über dessen Gesicht dabei ein breites, genüssliches Grinsen glitt, sodass er im trüben Licht einen Moment lang aussah wie ein lüsterner Satyr mit haarigen Beinen, der aus der Kälte hereingekommen war.

»Vielleicht war er doch nicht bloß wegen der Abfälle gekommen«, bemerkte ich, und alle grölten los. In diesem Augenblick kam Marshall mit vollbeladenen Armen zur Tür herein und stampfte sich den Schnee von den Stiefeln. Ich stand auf, um ihm zu helfen, und als er anfing, in seiner Brusttasche herumzufingern, verspürte ich eine Woge der Erleichterung: Er hatte an meinen Scheck gedacht. Ich war schon halb zur Tür hinaus, um ihm beim Hereintragen der Vorräte zu helfen, da hörte ich Boos dröhnenden Bass wie fernen Donner: »Keine Sorge, meine Hübsche«, sagte er, »wir kriegen ihn schon.«

Drei Tage später kam Regina an. Sie hatte in den letzten Jahren immer über die Feiertage ein Zimmer hier oben gemietet, angeblich ihrer Gesundheit wegen, zum Langlaufen und zwecks Tapetenwechsel, aber eigentlich ging es ihr nur darum, vor den sexbesessenen Einsiedlern, die das ganze Jahr zwischen Kiefern und Sequoien verbrachten, ihren stretchbehosten Hintern herumzuzeigen. Sie war Zahnarzthelferin aus Los Angeles. Ihr Gebiss war perfekt, sie lächelte ununterbrochen, und zwar mit dem Gleichmut der Mona Lisa, und sie trug die Sorte Büstenhalter, die in den fünfziger Jahren populär waren – die Sorte, die ihre Brüste durch den Skipullover trieb wie Atomsprengköpfe. Es war bekannt, dass sie gelegentlich mit einem Touristen ins Bett ging oder mit einem vom Glück begünstigten Einheimischen, wenn ihr der Sinn danach stand, aber im Grunde war sie auf Marshall scharf. Zwei Wochen lang zu Weihnachten und dann noch einmal eine Woche über Ostern war sie Stammgast in seiner Kneipe, wurde ebenso Teil der Dekoration wie das Elchgeweih oder der ausgestopfte Bär, wenn sie im Norwegerpulli, roten Skihosen und Sealstiefeln auf ihrem Barhocker saß, einen Sektcocktail schlürfte und darauf wartete, dass er mit der Arbeit fertig war. Manchmal hielt sie nicht durch, und jemand anders schleppte sie ab, während Marshall grimmig von hinten aus der Küche zusah, meist aber blieb sie brav sitzen, wie eine Blume, die darauf wartet, ihre Blütenblätter abzuwerfen.

Als sie an jenem Nachmittag in diese weiße Welt hereinschneite, war es ein Vorgeschmack auf die guten Zeiten, die auf uns zukamen – Frauen aus der Stadt, Wochenend-Cowboys, Großmütter, Kinder, Hunde und Anwälte waren unterwegs, Weihnachtsbäume und -dekorationen wurden aufgebaut, das große Fest der gänsefressenden Christen stand dicht bevor. Ihr Honda mit den kleinen schneekettenbewehrten Rädern, die mich immer an Spielzeug erinnerten, rollte auf den schneeumfriedeten Parkplatz. Es war etwa vier Uhr nachmittags, der Himmel war von einem tristen Grau, und eine lockere Verwehung türmte sich langsam auf der Veranda auf. Dann kam sie herein, stampfte und schüttelte sich, die Strickmütze tief in die Stirn gezogen, und hielt sofort nach Marshall Ausschau.

Ich saß auf meinem Stammplatz, mit dem fünften Bier beschäftigt, der Scheck, den Marshall mir drei Tage zuvor mitgebracht hatte, war zu einem Drittel aufgebraucht, und ich rechnete missmutig nach, dass ich bei diesem Tempo schon Weihnachten wieder pleite sein würde. Scooter stand hinter der Theke, und seine verwitwete Schwiegertochter Mae-Mae hockte mürrisch über einem Tom Collins drei Plätze neben mir. Mae-

Mae hatte ihren Mann vor zwei Jahren an den Berg verloren (oder vielmehr an die Serpentinenstraße, die uns mit der Zivilisation verband und die sich, verräterisch wie ein Ziegenpfad im Himalaja, in nur vierzig Kilometern die 2200 Höhenmeter aus dem San-Joaquin-Tal bis zu uns heraufschlängelte), und seitdem hatte sie weder gelächelt noch ein Wort gesprochen. Sie war aus Thailand. Scooters Sohn, ein Vietnam-Held, hatte sie aus Südostasien mitgebracht. Wenn Jill frei hatte oder zu viele Touristen den Laden stürmten, kam Scooter von seiner Hütte bei Little Creek, in 1650 Meter Höhe gelegen, heraufgefahren und hängte seinen Skianorak im Hinterzimmer an den Haken, um Cocktails zu schütteln, zu rütteln und zu mischen. Er nahm dann immer Mae-Mae mit, damit sie aus dem Haus kam.

Scooter und ich hatten gerade mit Blick auf die bevorstehenden Football-Ausscheidungsspiele fachmännisch diverse Einzelfragen der Verteidigungstaktik diskutiert, als Reginas Honda auf den Platz rollte; nun brachen wir das Gespräch ab und sahen lieber mit offenem Mund zu, wie sie sich wie eine Go-go-Tänzerin schüttelte, ihre Jacke aufknöpfte, um die zinnenartigen Brüste freizulegen, und es sich auf einem Barhocker bequem machte. Scooter schob sich das weiße Haar aus der Stirn und grinste sie breit an. »Naa«, sagte er und versuchte, sich an ihren Namen zu erinnern, »äh, äh, schön, Sie wiederzusehen.«

Sie strahlte ihn mit ihrem Fluorlächeln an, blickte an der geistesabwesenden Mae-Mae vorbei zu mir, der ich wie ein nervöser Hund nickte, dann wandte sie sich wieder an ihn. »Marshall hier?«

Scooter setzte sie davon in Kenntnis, dass Marshall unten im Tal ein paar Besorgungen machte, aber bis zum Abend zurück sein sollte. Und was wollte sie trinken? Sie seufzte, schlug die Beine übereinander und zündete sich eine Zigarette an. Ihre Mütze passte zu allem anderen – aus Skandinavien importiert und handgestrickt, die Wolle von den Trollen höchstpersönlich aus Barthaaren von Widdern gesponnen, zweihundert Kröten im Designer-Store. Oder so ähnlich. Die Mütze war grau, wie ihre Augen. Mit schwungvoller Gebärde nahm sie sie ab, fuhr sich durch das kurze schwarze Haar und bestellte einen Sektcocktail. Ich sah auf die Uhr.

Irgendwo hatte ich gelesen, dass in Alaska neunzig Prozent aller Erwachsenen Alkoholprobleme haben. Das konnte ich mir vorstellen. Schnee, Eis, Graupeln, Wind, die dunkle Nacht der Seele: Was sollte man schon sonst machen? Hier oben in den Bergen war es genauso. Big Timber war eine Ansammlung von vielleicht hundert weit verstreuten Hütten auf einem plateauartigen Gipfel in den südlichen Sierras. Die Hütten gehörten größtenteils Sommerfrischlern und Langlauf-Fans aus L. A. und San Diego, Gynäkologen, Bühnen-Agenten, Werbefritzen, Trinkern und Naturfreunden, der Rest einem harten Kern von siebenundzwanzig asozialen Typen, die diesen Ort das ganze Jahr über ihr Zuhause nannten. Ich gehörte zu den Letzteren. Jill auch. Unter den übrigen fünfundzwanzig xenophoben Provinzlern fanden sich drei Frauen, davon waren zwei verheiratet, zudem ohnehin jenseits der Wechseljahre. Das einzige weitere weibliche Wesen war eine trunksüchtige Lyrikerin mit extremem Silberblick, die am äußersten Rand der Siedlung in der Hütte ihrer Eltern lebte und Männer hasste. Der Fernsehempfang ließ zu wünschen übrig, Radio gab es keins, und die nächstgelegene Bücherei war eine Einzimmer-Angelegenheit auf halbem Wege ins Tal, wo man sich mit drei Exemplaren der ›Dornenvögel‹ und den gesammelten Werken von Irving Wallace brüstete.

Also tranken wir.

Das gesellschaftliche Leben, soweit es eins gab, spielte sich rund um Marshalls Kneipe ab, die ihr ge-

17

samtes Angebot in einem einzigen riesigen Raum bereitstellte, von Hamburgern und Chili-Omeletts über Tabletten gegen Sodbrennen, Grippemittel und Dosen mit eingelegten Rüben bis zum Toilettenpapier, außerdem Alkohol, die Nähe anderer Menschen und die Gelegenheit, an den Hebeln eines Videospiels in der Ecke außerirdische Eindringlinge zurückzuschlagen. Jeden Freitag organisierte Marshall Familienmenüs, an Thanksgiving und zu Weihnachten veranstaltete er Truthahnfestessen, zu Silvester schmiss er eine Party, und während des langen, einsamen Winters hielt er die Bar auch an den Wochenenden offen, wobei er weniger an seinen Profit als an unsere geistige Gesundheit dachte. Zum Anwesen gehörten auch acht recht rustikale Hotelzimmer, die normalerweise nicht belegt waren, sich aber jetzt – mit dem Eintreffen von Boo, dessen Killerkollegen, Regina und mehreren anderen Touristen – allmählich füllten.

Am Tag, als Regina einrollte, hatte Jill das ausnahmsweise einmal gute Wetter ausgenutzt, um mit ihrem Kombi den Berg hinunterzukurven und Weihnachtseinkäufe zu erledigen. Eigentlich hätte ich mitfahren sollen, aber wir hatten Streit gehabt. Wegen Boo. Am Abend vorher war ich von meinem Nachmittagsspaziergang hereingekommen und hatte gesehen, wie Jill mit einem leeren Kuhaugenblick halb über der Theke lag, während ihr Boo aus etwa fünfzehn Zentimeter Entfernung sein Baritongesäusel ins Gesicht hauchte. Ich sah das, und dann sah ich auch, dass die Hände der beiden ineinander verschlungen waren, als wären sie beim Fingerhakeln oder so etwas. Marshall war in der Küche, Josh besorgte es dem Videospiel und Scott hatte sich wohl auf sein Zimmer verzogen. »Hallo«, sagte Boo und drehte sich beiläufig zu mir um, »was tut sich so?« Jill warf mir einen trotzigen Blick zu, ehe sie sich losmachte und etwas planlos in der Kasse herumwühlte. Ich war in der Tür stehen geblieben und sagte gar nichts. *Wuschzz, wuschzz,* tönte das Videospiel, *pjing, pjing.* In der Küche ließ Marshall irgendetwas fallen. »Mach dem Mann da einen Drink, Schätzchen«, sagte Boo. Ich drehte mich um und ging hinaus.

»Verdammt, ich begreif dich nicht«, hatte Jill gemeint, als ich sie später von der Arbeit abholte. »Das ist doch mein Job, Mann. Was soll ich denn machen? Mir ein Schild um den Hals hängen, wo draufsteht: ›Eigentum von M. Koerner‹?«

Ich erwiderte, das hielte ich für eine ganz gute Idee.

»Hättest gar nicht herzufahren brauchen«, sagte sie. »Ich geh zu Fuß.«

»Und der Bär?«, fragte ich, denn ich wusste, wie sehr sie der Gedanke an ihn erschreckte, wusste, dass es für sie entsetzlich war, die düsteren, nur vom Schnee erhellten Straßen entlangzugehen, weil sie Angst hatte, dem Vieh über den Weg zu laufen – ich wusste es und wollte, dass sie es zugab, dass sie mir sagte, sie brauche mich.

Doch sie sagte nichts weiter als: »Scheiß auf den Bären«, und dann war sie weg.

Jetzt bestellte ich ein weiteres Bier, schlenderte an der Theke entlang und setzte mich auf den Barhocker neben Regina. »Hallo«, sagte ich, »erinnern Sie sich an mich? Michael Koerner? Ich wohne oben hinter dem Haus von Malloy?«

Sie kniff die Augen zusammen und schenkte mir ein Lächeln, das ich bis tief hinunter in die entferntesten Zellen meines Fortpflanzungstrakts spürte. Ich war ihr nicht bekannter als irgendein chinesischer Landarbeiter, den man aufs Geratewohl aus der gesichtslosen Masse herausgeholt hat. »Sicher«, sagte sie.

Wir plauderten ein wenig. Wie glatt die Straßen doch waren – noch schlimmer als letztes Jahr. Ein wild gewordener Bär? Ach, wirklich? Und Marshall hatte jetzt einen Bart?

Ich hatte sie zu zwei Sektcocktails eingeladen und pflegte wieder einmal ein neues Bier, da kam Jill zur Tür hereingestürmt, die Arme mit glitzernd verpackten Paketen beladen. Sie strahlte vor Menschenfreundlichkeit und Festtagslaune; neben ihr zottelte Adrian her, der aussah, als wäre er eben vom fliegenden Rentier des Weihnachtsmannes abgestiegen. Falls Jill vom Anblick Reginas irritiert war – genauer gesagt davon, dass ich diesem Anblick so nahe und so mit ihm verknüpft war –, so ließ sie es sich keinen Moment anmerken. Die Pakete knallten dumpf auf die Theke, Scooter und Mae-Mae wurden mit fröhlichem Quietschen begrüßt, Regina umarmt – und ich ignoriert. Adrian ging direkt auf das Videospiel los, wobei er nur kurz haltmachte, um die sechs Vierteldollarmünzen einzustreichen, die ich ihm wie eine Opfergabe entgegenhielt. Jill bestellte sich einen Cocktail und redete auf Regina ein, schwatzte los über Frisuren, Fingernägel, Schuhe, Blusen und so weiter, als freute sie sich, sie hier zu sehen. »Diese Mütze finde ich einfach wunderschön!«, rief sie irgendwann aus und streckte die Hand aus, um die Wolle zu befühlen. Ich drehte mich auf dem Barhocker um und starrte aus dem Fenster.

In diesem Augenblick tauchte Boo auf. Undeutlich erkennbar, vom Schnee weichgezeichnet, stapfte er über die öde weiße Fläche des Parkplatzes wie in einem Traum. Die Kapuze seines weißen Anoraks war hochgeschlagen, er trug ein Gewehr über der Schulter und zerrte irgendetwas hinter sich her. Etwas Schweres, Schwarzes, eine längliche, schmale Form, die sich wie ein Schatten hinter ihm ausbreitete. Als er stehen blieb, sich aufrichtete und in Dampfschwaden gehüllt nach Luft rang, bemerkte ich schockiert, dass zu seinen Füßen der Kadaver eines Tiers lag, rot wie eine offene Wunde im Schnee. »He!«, schrie ich, »Boo hat den Bären erwischt!« Im nächsten Augenblick stürzten wir alle hinaus auf den windgepeitschten Parkplatz, standen zwischen den bedrohlichen Baumreihen und unter dem geschwollenen Bauch des grauen Himmels, und Boo blickte verdutzt von dem ausgenommenen Kadaver eines Rehbocks auf. »Was ist denn los, Feuer in der Kneipe?«, fragte er. Seine scharfen blauen Augen parierten kurz meinen Blick, dann musterte er nacheinander Scooter, Adrian und Mae-Mae, betrachtete einen Moment lang Jill und fixierte schließlich Reginas erstauntes Gesicht. Er grinste.

In der schwarzen Schnauze des Rehbocks bleckten die gelblichen Zähne; die Augen waren glasig. Boo hatte das Tier von der Brust bis zur Lende aufgeschlitzt, und aus dem hinteren Ende der schartigen Wunde

quoll ein halb gefrorener Klumpen grauweißer Darm-
schlingen. Ich kam mir lächerlich vor. »Köder«, erklärte Boo und ließ den Blick dabei wieder über uns schweifen. »Ich ziehe eine Blutspur, die
man noch mit geschlossenen Augen und zugeklebter
Nase verfolgen könnte. Dann häng ich das Fleisch an
einen Baum und brauch bloß noch auf Meister Petz zu
warten.«

Jill wandte sich ab, ein wenig theatralisch, wie ich
fand, und bekundete halblaut Protest und Abscheu
unter Berufung auf »das arme Tier«, dann nahm sie
Adrian bei der Hand und zerrte ihn in Richtung des
Hauses. Mae-Mae starrte durch uns alle hindurch, dieses Gemetzel ähnelte für sie jenem anderen, das ihren
Mann das Leben gekostet hatte, kopfüber in der kleinen Blechdose seines Autos, Blut auf dem Berghang.
Regina musterte Boo. Er stand vor dem erlegten Reh-
bock und grinste wie ein Urmensch angesichts seiner
Jagdbeute, dann bückte er sich, um das Vieh beim Ge-
weih zu packen und es quer über den Platz zu schleifen, als wäre es ein alter Teppich für den Kirchenbasar.

An diesem Abend ging es in der Kneipe rund. Die
ersten Touristen waren eingetroffen, und deshalb sah
man zehn bis zwölf neue Gesichter an der Bar. Ich löf-

felte in der Einsamkeit meiner Hütte Hühnersuppe und eine Dose kalte Rüben, wickelte mir einen kitschigen schwarzgoldenen Schal um den Hals und stapfte durch den dunklen, konturlosen Wald zur Kneipe hinüber. Als ich eintrat, roch ich Parfüm, süße Liköre, heiße Körper, und ich hörte das sinnliche Klicken der Billardkugeln, die das Gegröle der rings um mich anschwellenden Stimmen rhythmisch untermalten. Festtagslaune, o ja, allerdings.

Jill stand hinter der Theke. Alle Bewohner der Siedlung waren da, einschließlich der zwei alten Frauen und der schielenden Lyrikerin. An der Theke lehnte, lümmelte und lachte eine Schar johlender Fremdlinge und etliche, die ich vage von früheren Jahren her kannte; andere hockten hinten an den Tischen über ihren Steaks. Marshall stand am Grill. Ich schlängelte mich zur Theke hindurch und stellte mich zwischen einen bärtigen Fremden mit einem Cowboyhut aus grauem Filz und einen Kerl, der mir irgendwie bekannt vorkam, der mich aber mit zutiefst verächtlichem Blick ansah und sich dann abwandte. Ich fragte mich kurz, womit ich diesen Mann wohl gekränkt haben konnte (Wintergäste – ich wusste ja kaum noch, was ich letzte Woche getan und gesagt hatte, geschweige denn letztes Jahr), als ich Regina erblickte. Und Boo. Sie saßen

24

hinten in einer Nische, ihr Tisch war übersät mit leeren Gläsern und Bierflaschen. Gut, dachte ich. Ein heimtückisches Lächeln der Befriedigung huschte über meine Lippen, und dann sah ich Jill an. Ich merkte, dass sie die beiden aus dem Augenwinkel beobachtete, obwohl ein unbeteiligter Zuschauer sicher geglaubt hätte, ihre ganze Aufmerksamkeit gelte Alf Cornwall, dem alten Furzer, der vor ihr an der Theke saß und ein Gläschen Pfefferminzschnaps trank, während er bis zum Erbrechen das einzige Thema wiederkäute, das ihm wichtig war – d. h. den beklagenswerten Zustand seiner Gesundheit. »Jill«, rief ich schadenfroh, »wie wär's denn mit ein bisschen Bedienung hier?«

Sie warf mir einen Blick zu, der Metall hätte zerfressen können, dann stieß sie sich von der Theke ab, goss mir langsam einen Schluck Wild Turkey ein und zapfte noch langsamer ein Glas Bier. Ich zwinkerte ihr zu, als sie mir die Drinks hinstellte und mein Geld vom Tresen aufsammelte. »Heute Abend nicht, Michael«, sagte sie, »ich fühl mich nicht danach.« Ihre Stimme klang so schleppend und düster wie die eines professionellen Klageweibes. Langsam wurde mir klar, wie viel sie von diesem Boo gehalten hatte (und wie wenig von mir), und ich sah über die Schulter, um ihn kurz mit hasserfüllter Eifersucht zu mustern. Als Jill mir das Wechsel-

25

geld hinlegte, packte ich sie am Handgelenk. »Zum Teufel, was soll das heißen: ›Heute Abend nicht‹?«, zischte ich. »Darf ich jetzt nicht mal mehr mit dir reden, oder was?«

Sie sah mich an wie eine Märtyrerin, eine achtundzwanzigjährige Frau, die von ihrem Mann am Ende der bewohnten Welt im Stich gelassen worden war und einen unglücklichen Jungen und einen abgehalfterten Beau durchbringen musste, für den der Gedanke ans Heiraten etwa so verlockend war wie eine Lobotomie; sie sah mich an wie eine Frau, die die Hoffnung auf romantische Abenteuer aufgegeben hatte. Dann riss sie sich los und schlurfte davon, um sich wieder sämtliche faszinierenden Begleitumstände von Alf Cornwalls letztem Stuhlgang anzuhören.

Gegen elf ließ der Andrang etwas nach, und Marshall kam hinter dem Grill vor, um sich an der Bar einen Rémy Martin einzugießen. Auch er legte ein außergewöhnliches Interesse an Alf Cornwalls Verdauungstrakt an den Tag und schnüffelte etwa fünf Minuten lang versonnen an seinem Cognac, ehe er mit dem Glas in der Hand zu Boo und Regina hinüberschlenderte. Er setzte sich neben Regina, nickte und grinste, aber er wirkte nicht allzu vergnügt.

Wie Boo war Marshall ein massiger Typ. Breiter

Schädel, breit um den Bauch, graues Haar und weiß gesprenkelter Bart. Er war Mitte vierzig, zweimal geschieden, und er hatte eine lässige, naturburschenhafte Art, die Frauen anziehend fanden, oder einmalig – oder was auch immer. Jedenfalls die Frauen hier oben. Jill hatte in dem Jahr, bevor ich hergezogen war, etwas mit ihm gehabt, er war einer der Hauptgründe, warum die schielende Lyrikerin Männer hasste, und unzählige Langlauf-Skihäschen, Arztgattinnen und Ausflüglerinnen hatten schon ein kleines außerplanmäßiges Training auf dem Wasserbett im Eichenholzrahmen eingelegt, das sein Zimmer hinten im Haus beherrschte. Boo hatte keine Chance. Zehn Minuten nachdem Marshall sich hingesetzt hatte, stand er an der Bar, etwas unsicher nach den vielen Drinks, und taxierte Jill von oben bis unten, als hätte er nur einen Gedanken.

Ich war bei meinem dritten Bourbon und dem fünften Bier, das Licht war schummrig, das Feuer prasselte, und der Sechs-Meter-Weihnachtsbaum glitzerte wie ein Satellit. Alf Cornwall hatte seinen Mist mit nach Hause genommen, die Lyrikerin, die Ehefrauen und zwei Drittel der Neuankömmlinge waren gegangen. Ich diskutierte mit dem Typen im Cowboyhut, der, wie sich herausstellte, aus San Diego kam, über Strandero-

sion und behielt dabei Boo und Jill am anderen Ende
der Theke im Auge. »Also, echt«, brüllte San Diego, als
wäre ich eine halbe Meile weit weg, »da bauen sie diese
gottverdammten, total sinnlosen Wellenbrecher hin,
und was hat man davon, frag ich Sie? Hä?«
Ich hörte ihm nicht zu. Boo streichelte Jills Hand
wie ein Handschuhvertreter, Marshall und Regina saßen in ihrer Nische im Clinch, und ich fühlte mich verletzt, gekränkt und ausgeschlossen. Ein brennendes
Holzscheit brach auseinander und krachte dumpf in
die Glut. Marshall stand auf, um das Feuer zu schüren,
und auf einmal ging mir der Hut hoch. Ich drehte San
Diego abrupt den Rücken zu, schob meinen Hocker
nach hinten und ging rasch ans andere Ende der Bar.
Jill sah meinen Gesichtsausdruck und zuckte zusammen. Ich legte die Hand auf Boos Schulter, der sich
im Zeitlupentempo zu mir umdrehte, das Gesicht
riesengroß, über seinem Backenknochen glänzte die
Narbe.
»Das kannst du nicht machen«, sagte ich.
Er sah mich nur an.
»Michael«, sagte Jill.
»Häh?«, fragte er. »Was meinst du?« Dann blickte er
zu Jill, und als er den Kopf wieder zu mir drehte, wusste
er es.

28

Ich schubste ihn, als er sich gerade vom Barhocker erhob, und er knickte kurz mit den Knien ein, ehe er sich fing und auf mich losstürzte. Wenn Marshall nicht eingeschritten wäre, hätte er mich vernichtet, aber das war mir egal. Auch so bekam ich noch einen fürchterlichen Schlag aufs Brustbein, der mich gegen den Tresen schleuderte, sodass ein paar Gläser umflogen. Paff, paff, zerschepperten sie auf dem Fliesenboden, wie Glühbirnen, die man von einer Leiter fallen lässt. »Verdammt noch mal«, brüllte Marshall los, »jetzt reicht's aber.« Sein Gesicht war bis zu den Wurzeln des Schnurrbarts rot angelaufen. »Michael!«, sagte oder vielmehr donnerte er, dann winkte er angewidert ab. Boo stand hinter ihm und sah mich böse an. »Ich glaube, du hast genug getrunken, Michael«, sagte Marshall. »Geh jetzt nach Hause.«

Ich wollte sofort widersprechen, wollte Obszönitäten herausbrüllen, wollte auf beide zugleich losgehen, das Mobiliar zerlegen und den Raum in Brand stecken, aber ich tat es nicht. Ich war nicht mehr sechzehn: ich war einunddreißig und vernünftig. Die Kneipe war die einzige im Umkreis von vierzig Kilometern, und ich würde verflucht durstig und verflucht einsam werden, wenn ich hier auf Dauer Lokalverbot bekäme. »Schon gut«, sagte ich. »Schon gut.« Und dann, während ich mir die Jacke überstreifte: »Tut mir leid.«

Boo grinste, Jill sah aus wie in der Nacht, als der Bär bei ihr eingebrochen hatte. Regina musterte mich entweder interessiert oder amüsiert – ich war mir nicht sicher –, Scooter sah aus, als müsste er dringend pinkeln gehen, und San Diego machte mir wortlos Platz. Ich zog die Tür hinter mir zu. Leise.

Draußen schneite es. Große, warme, tröstliche Flocken. Es war die Art von Schneefall, bei der mein Vater immer die Hände aufgehalten und gemurmelt hatte: *Gott rupft sicher gerade Gänse da oben.* Ich wickelte mir den Schal um den Hals und wollte eben über den Parkplatz gehen, da sah ich durch die Flocken eine verschwommene Bewegung. Zuerst dachte ich an einen Spätankömmling aus dem Tal, irgendeinen Teilzeit-Bewohner, der seine Hütte beziehen wollte. Dann dachte ich, es sei der Bär.

In beidem hatte ich unrecht. Der Schnee fiel auf die dunklen, astlosen Säulen der Baumstämme nieder, Kreidestriche auf einer Schiefertafel, ich zählte drei Atemzüge ab, und dann trat Mae-Mae aus der Finsternis. »Michael?«, sagte sie und kam näher.

Ich konnte ihr Gesicht in dem gelben Licht erkennen, das durch die Fenster der Kneipe sickerte und wie

Schimmelpilz auf dem Schnee lag. Sie lächelte mich freundlich an, dann veränderte sich ihre Miene, und sie berührte mit dem Zeigefinger meinen Mundwinkel. »Was passieren dir?«, fragte sie, und auf ihrem Finger schimmerte Blut.

Ich leckte mir die Lippe. »Nichts. Hab mir wohl auf die Lippe gebissen.« Der Schnee fing sich wie Konfetti im Federbusch ihres Haars, und ihre Augen strahlten mich aus der Dunkelheit an. »He«, begann ich, von einer Eingebung überkommen, »willst du vielleicht mit zu mir kommen und noch was trinken?«

Am nächsten Tag war ich gegen Abend mit der Axt im Wald. Es waren etwa minus zehn Grad, ich hatte ein Fläschchen Presidente dabei, das mich warm hielt, und ich suchte eine hübsche, rundgewachsene Silbertanne von anderthalb Meter Höhe. Ich hörte, wie der Schnee unter meinen Stiefeln ächzte, sah meinem in der Luft hängenden Atem nach; ich blickte mich um und sah zehntausend Bäumchen unter dem Baldachin der Riesenwipfel, und keiner war richtig. Als ich endlich gefunden hatte, was ich suchte, hatte der Schnee das Licht aufgesogen und die Bäume waren zu Schatten geworden.

Als ich mich bückte, um vom Stamm des Baumes,

den ich mir ausgesucht hatte, den Schnee zu wischen, ließ mich etwas über die Schulter nach hinten schauen. Dämmerlicht, Stämme unter dem Schnee, Äste, Stümpfe. Anfangs sah ich ihn nicht, aber ich wusste, dass er da war. Sechster Sinn. Dann aber, noch ehe die zottige Silhouette aus dem Zwielicht hervortrat, hatte ich eine prosaischere Erklärung: Ich konnte ihn riechen. Scheiße, Pisse, Fell, Aas, schlechter Atem, urtümlicher Gestank schlechthin. Da war er, ein Schatten unter Schatten, riesenhaft wie ein umgestürzter Baum, der Bär, und beobachtete mich.

Nichts passierte. Weder grinste ich ihn so lange an, bis er verlegen wurde, noch schmiss ich meine Axt nach ihm oder kletterte auf einen Baum noch trottete er in einem Anfall von Panik davon oder warf sich mit blutgierigem Gebrüll auf mich, und auf einen Baum kletterte auch er nicht. Ich stand starr da wie eine Skulptur aus Eis, wagte nicht einmal, mich aufzurichten, weil ich Angst hatte, den Augenblick zu zerstören, und beobachtete den Bären. Kommunizierte mit ihm. Er war ein Streuner, ein Einzelgänger, noch etwas groggy vom Lufttransport aus dem Yellowstone-Nationalpark, wo er sich zu sehr an die Menschen gewöhnt hatte. Auch an mich schien er schon gewöhnt. Ich fragte mich, ob er meine Spuren ebenso studiert hatte wie ich die seinen, und was er überhaupt hier draußen in den rauen, verschneiten Wäldern tat, anstatt sich gemütlich in seiner Höhle zusammenzurollen. Zehn Minuten vergingen. Fünfzehn. Der Wald wurde dunkel. Ich richtete mich auf. Er war weg.

Weihnachten wurde eine reichlich triste Sache. Andere mögen nach den Feiertagen Depressionen bekommen, ich hatte sie vorher, währenddessen und danach auch noch. Ich war pleite, Jill und ich standen kurz vor der Trennung, der Anblick der hundert Meter hohen Bäume und der schneebedeckten Gipfel ekelte mich langsam an, und für den Rest der Menschheit hatte ich etwa so viel übrig wie Gulliver für die Yahoos. Gegen sechs ging ich doch noch bei Jill vorbei, um freudlos und wortkarg ein Mahl mit ihr und Adrian zu teilen und danach Geschenke auszutauschen. Adrian bekam von mir einen sechzig Zentimeter großen grell orangefarbenen Plastikdrachen aus Taiwan, der Pfützen eines rötlichen Zeugs verspuckte, das an Erbrochenes erinnerte, und Jill schenkte ich eine billige Wollmütze mit rosa Bommel. Sie schenkte mir ein Paar Handschuhe. Zum Kaffee blieb ich nicht.

Silvester war etwas anderes.

Zum einen, weil ich selbst eine Party gab. Und zum

anderen war ich von schlichtem Menschenhass zu Nihilismus, Geistestod und noch jenseits davon gelangt.

Es war Neujahr, zwei Uhr früh, alle Gäste in der Kneipe trugen bunte Hütchen, ich hatte die Hälfte aller anwesenden Frauen geküsst – darunter die widerwillige Jill, die anschmiegsame Regina und die säuerlich aus dem Mund riechende Lyrikerin – und fühlte mich leer und voll zugleich, leichtsinnig, überschwenglich, hoffnungsfroh, verzweifelt und besoffen. »Feiern wir bei mir weiter«, schrie ich, als Marshall die letzte Bestellung ankündigte und das Licht heller drehte. »Seid alle eingeladen.«

Dreißig Lebeleute stapften durch die verschneiten Straßen, bliesen in Plastiktröten und Scherztrompeten, ließen Motorschlitten, Jeeps und Kombilaster an, nahmen angebrochene Flaschen mit hinaus und juchzten zu den Sternen hinauf. In meiner kleinen Hütte wurde es eng wie in einem Netz voller Fische, man quetschte sich gegeneinander, grinste und grölte, flirtete oben in der Dachkammer, kotzte in die Toilette, kicherte vor dem Kamin. Boo war da, Schwamm drüber, und Jill auch. Marshall, Regina, Scooter, Mae-Mae, Josh und Scott, die Lyrikerin, San Diego und wer sonst noch alles unter dem mit einer glitzernden Narrenkappe geschmückten Elchgeweih gestanden hatte, als meine Einladung ergangen war. Jemand legte eine Reggae-Platte auf, die seismische Vibrationen ins Gebälk jagte, und ein paar Leute fingen an zu tanzen. Ich stand draußen in der Küche und fummelte mit den Eiswürfeln herum, als Regina mit einem Glas in der Hand durch die Tür getorkelt kam. Sie grinste mich schief an und hielt mir das Glas hin. »Was trinkst'n da?«, fragte sie.

»Pink Boys«, antwortete ich. »Wodka mit zerstoßenem Eis und rosa Limonade, das Ganze gut durchgeschüttelt.«

»Pink Boys«, sagte Regina oder versuchte es zu sagen. Sie trug ihre Strickmütze und die dazu passende Weste; die Mütze war tief in die Stirn gezogen, die Weste fast bis zum Nabel aufgeknöpft. Ich nahm ihr das Glas aus der Hand, und sie ging auf mich los, bekam meinen Oberarm zu fassen und steckte mir die Zunge in den Mund. Im nächsten Moment presste ich sie gegen den Herd, erforschte mit der Zungenspitze ihr prachtvolles Gebiss und fuhr mit der Hand in diese wunderschöne Strickweste wie in eine Goldgrube.

Nichts davon bereitete mir Probleme. Ich verschwendete keinen Gedanken an Beweggründe, Moral, Treue oder den morgigen Tag: Ich war ein Geschöpf der Natur und reagierte auf natürliche Bedürfnisse. Außerdem war Jill im Wohnzimmer in Marshalls Umarmung verkeilt, womit der alte Satyr und Bergfürst seinen historischen Anspruch erneuerte, Boo kauerte mit Mae-Mae vor dem Feuer, sah sie aus seinen blitzenden Augen an und murmelte etwas über Bärendreck, und zwar mit so tiefer Stimme, dass Johnny Cash erbleicht wäre, während Josh und die Lyrikerin fröhlich über Edna St. Vincent Millay lästerten und dabei ihre Körper ungelenk zu Bob Marleys Voodoo-Rhythmen schwenkten. Silvester. Es war wie eine Szene aus dem *Reigen*.

Gegen halb vier hatte mich Regina abgewiesen, für die ich offensichtlich nur ein Köder gewesen war, Marshall und Jill waren zweimal verschwunden und wieder aufgetaucht, Regina hatte erfolglos versucht, Boo und Mae-Mae zu trennen (die sich inzwischen in meine Schlafkammer verzogen hatten), San Diego war hingefallen und hatte dabei meinen Couchtisch zu Splittern zerlegt, wir leerten gerade den vierten Liter Wodka, und Josh tauschte mit der Lyrikerin Adressen aus. Prost Neujahr, dachte ich, betrachtete das Chaos und mümmelte trübselig ein paar Taco-Chips, während der betrunkene San Diego mir etwas über Geländewagen, Außenborder und Thunfischjagd ins Ohr brüllte. Marshall und Jill hielten Händchen, und Regina in der anderen Ecke des Zimmers sah gefährlich aus. Sie hatte vier oder fünf Pink Boys getrunken, abgesehen von dem, was sie vorher in der Kneipe gekippt hatte, aber wer zählte schon noch mit? Auf einmal stand sie auf – oder vielmehr: sie schnellte nach vorn wie ein Marineinfanterist beim Sturmangriff – und fing an, ihre Sachen zusammenzusuchen.

Was dann geschah, ist immer noch nicht ganz klar. Irgendwie war ihre Mütze verschwunden – damit fing alles an. Zuerst stöberte sie nur herum, schob Stapel von Schals und Daunenjacken beiseite, stocherte unter Möbelstücken, verscheuchte Leute von der Couch und aus den Sesseln, dann aber wurde sie hektisch. Die Mütze sei ein Andenken, ein Erbstück. Ihre Urgroßmutter habe sie damals in Flekkefjord zur Erinnerung an die Krönung von Olaf dem Dritten gestrickt oder so ähnlich und dann mit nach Amerika genommen. Jedenfalls sei sie unersetzlich. Wertvoller als die Magna Charta, das Turiner Grabtuch und der Hope-Diamant zusammen. Sie wurde schrill.

Jemand schaltete die Anlage aus. Alle wuselten herum. Ein Komiker – der mir völlig fremd war – zog eine Show ab, indem er hinter dem gerahmten Foto von Dry Gulch, Wyoming, nachsah, das neben dem Kamin hing. »Sie wird sich schon finden«, sagte ich.

Regina hatte einen Stapel Zeitungen über den Boden verstreut und durchwühlte jetzt die Kiste mit Brennholz in der Ecke. Sie drehte sich mit wilder Miene zu mir um. »Den Teufel wird sie«, fauchte sie. »Jemand hat sie mir gestohlen.«

»Gestohlen?«, wiederholte ich.

»Stimmt genau«, sagte sie, jetzt sehr bestimmt. Sie sah dabei Jill an. »Irgendeine Schlampe. Eine fettärschige, eifersüchtige Schlampe, die einfach nicht damit fertig wird, dass man sie aussticht. Eine, eine –«

Sie konnte den Satz nicht beenden. Jill sprang von der Couch hoch wie etwas, das in Pamplona in die Arena gestürmt kommt, und plötzlich fielen die beiden wütend übereinander her, zerrten sich gegenseitig an den Haaren und kratzten einander wie die Harpyien. Regina kreischte und fluchte gleichzeitig, Jill ging gezielt auf schmerzempfindliche Stellen los. Ich wusste mir keinen Rat. San Diego beging den Fehler, die beiden trennen zu wollen, und bekam dafür einen tiefen Kratzer ins Gesicht. Als sie schließlich gegen die Stehlampe krachten, die mit einem spitzen Knall von geborstenem Glas zu Boden flog, packte Marshall Regina von hinten und zerrte sie aus dem Zimmer, während ich mir größte Mühe gab, Jill zu bändigen.

Die Tür knallte zu. Jill machte sich los, nach Atem

ringend, und drehte mir den Rücken zu. Zwanzig blasse, ratlose Gesichter verteilten sich im Raum wie japanische Lampions. Einige der Männer blickten etwas blöde drein, als hätten sie etwas mit angesehen, was sie eigentlich nichts anging. Keiner sagte ein Wort. In diesem Moment kam Boo aus dem Schlafzimmer, mit Mae-Mae im Schlepptau. »Was ist denn hier für ein Krach?«, fragte er.

Ich sah mich im Zimmer um. Mit einem Mal fühlte ich mich unbeschreiblich fertig. »Die Party ist vorbei«, sagte ich.

Ich wachte am Mittag mit einem Kater auf. Ich trank Wasser aus der Leitung, klatschte mir etwas davon ins Gesicht und wankte zur Kneipe hinüber, um zu frühstücken. Marshall war da, er stand hinter dem Grill und sah aus, als wäre er aus Kartoffelbrei. Er bemerkte mich kaum, als ich hereinschlurfte und einen Platz am Fenster einnahm, wo sich fröhliche, redselige und wohlgenährte Touristen drängten.

Ich blätterte durch den ›Chronicle‹ und pustete gerade auf meine dritte Tasse Kaffee, als ich Reginas Auto sah. Es glitt am Fenster vorbei, bewältigte die Kurve am Ende des Parkplatzes und bog dann auf die Straße ins Tal hinunter ein. Ich war mir nicht ganz sicher – es war ein trüber Tag, der Himmel war wie rauchverhangen –, aber soweit ich es ausmachen konnte, hatte sie keine Mütze auf. Aus war's mit ihrer Rolle als Bergfürstin, dachte ich. Schluss mit den Sektcocktails und dem hautengen, reizvollen Stretch über dem Hintern – von jetzt an ging es auf Mundgeruch und Zahnfleischschwund zu. Ich widmete mich wieder der Zeitung. Als ich das nächste Mal aufblickte, sah ich Boo, Josh und Scott aus einem Jeep Cherokee aussteigen, dicht umringt von Gaffern und Sonntags-Skiläufern. Über die Motorhaube des Wagens geworfen, an den Rändern rot glänzend von rohem Fleisch und Blut, lag ein Bärenfell, an dem noch der Kopf dranhing. Der Pelz war rötlich, fast zimtfarben, und das eine Ohr war abgeknickt. Ich sah zu, wie Boo zur Tür heranschlenderte, zwei sechzehnjährige Skihäschen mit geföntem Haar vorbeiließ und sich dann in die Kneipe schob.

Er blieb einen Moment am Eingang stehen, nahm die Sonnenbrille ab und wischte sie sorgfältig am Anorak ab, ehe er sie in der Brusttasche verstaute. Dann ging er auf die Kasse zu, wobei er lässig nach der Brieftasche griff. »Hallo«, grüßte er, als er mich entdeckte, und blieb kurz stehen, um sich über meinen Tisch zu beugen. »Wir haben ihn erwischt«, sagte er, wobei sein Bariton in den Keller ging. Mit einer knappen Kopfbewegung deutete er auf den Wagen vor der Kneipe. Vorn auf seinem Anorak hatte er einen Fleck, eine bräunlich verfärbte Stelle. Ich drehte den Kopf zur Seite, warf einen Blick aus dem Fenster und sah dann wieder ihn an; es kam mir vor, als hätte mir jemand einen Schlag in die Magengrube versetzt. »Soso«, sagte ich.

Wir schwiegen. Er sah mich an, ich sah ihn an. »Tja«, meinte er nach einer Weile, »also, mach's gut«, und dann ging er an den Tresen weiter, um seine Rechnung für das Zimmer zu zahlen.

Jill kam gegen eins. Auch sie trug eine Sonnenbrille, und als sie sie hinter der Theke abnahm, sah ich den blauschwarzen Halbmond unter ihrem rechten Auge. Was Marshall betraf, so würdigte sie ihn keines Blickes. Später, nachdem ich die Zeitung zweimal durchgeblättert hatte und meinte, es sei jetzt Zeit für einen oder zwei Bloody Marys und für ein bisschen Football im Fernsehen, setzte ich mich an die Bar. »Hallo, Michael«, sagte sie, »was kriegst du denn?«, und ihr Tonfall war so sanft, so zerknirscht, so milde, freundlich und versöhnlich, dass ich geradezu spüren konnte, wie die mächtigen, schweren, schiebenden Platten der Welt unter meinen Füßen wieder ins Lot kamen.

Ach ja, die Mütze. Als mir eine Woche später der ganze Ruß und Staub und die Holzspäne in meiner

Hütte zu viel wurden, zerrte ich den Staubsauger zum halbjährlichen Hausputz hervor. Ich reinigte den Teppich, saugte die Vorhänge ab und holte die Spinnweben aus den Ecken. Als ich die Kissen auf der Couch umdrehte, das Saugrohr tief hinter die Lehne steckte, fand ich die Mütze. Innen drin war ein Kaufhausschildchen. *J. C. Penney,* las ich, $ 7,95. Eine Weile stand ich reglos da und drehte das Ding in der Hand hin und her. Dann warf ich es ins Feuer.

Alex Capus

In der Zeitmaschine

Auf der Donau treiben Eisschollen so groß wie Tennisplätze; darauf sitzen keine Pinguine, sondern Möwen. Die Budapester Brücken werfen mit ihrer Beleuchtung zahllose leuchtende Streifen auf das Wasser. Ich verabschiede mich vom Fluss und biege in eine dunkle Straße ein. Vor einer gewöhnlichen schmutzig grünen Fassade bleibe ich stehen; hier muss es sein. Neben der Eingangstür hängt ein kleines Marmorschild, auf dem in ungarischer Sprache etwas geschrieben steht. Ich mache die Tür auf; es ist eine ganz gewöhnliche Eingangstür, etwas schwerer als andere vielleicht, aber dennoch ganz unauffällig.

Die Frau im Kassahäuschen sieht mich kurz an, sagt auf Deutsch »Thermalbad?«, und ich nicke. Die Frau deutet mit dem Finger auf eine Preisliste, von der ich nichts als die arabischen Zahlen verstehe. Ich schaue genau auf die Stelle, auf die ihr Finger deutet, und erfahre, dass ich tausend Forint bezahlen muss.

Ich gehe weiter. Ein Gang, der breiteste, führt geradeaus, einer geht links ab, und rechts führt eine Wendeltreppe in die Höhe. Grünliche Marmorplatten mit Pfeilen erklären, was wo zu finden ist. Auf Ungarisch. Ich verlasse mich auf meine Erfahrungswerte und wähle den breiten Weg geradeaus.

Ein kräftiger, ganz in Weiß gekleideter Mann kommt mir entgegen und sagt etwas auf Ungarisch. Ich lächle blöde. Der Mann sagt auf Deutsch »Thermalbad?«, und ich nicke. Der Mann deutet auf die Treppe, und ich steige hinauf.

Im Obergeschoss erwartet mich ein zweiter kräftiger, ganz in Weiß gekleideter Mann. Er könnte der Bruder des anderen sein. Er führt mich einen langen Gang entlang, an dem an der linken Seite eine hölzerne blauweiß gestrichene Kabine neben der anderen steht. Endlich weist er mir eine Kabine zu. Keine Ahnung, warum ausgerechnet diese hier und nicht eine der vielen, die leer an uns vorbeigezogen sind. Der Mann übergibt mir einen Schlüssel für die Kabine und ein rechteckiges Stück Sacktuch, dem an zwei Ecken je ein Bändel angenäht wurde. Ich schließe mich ein in die Kabine und ziehe die Kleider aus. Es ist angenehm warm hier im Obergeschoss, und es riecht nach Männern; heute ist Männertag. Gestern war Frauentag, da hätte es nach Frauen gerochen, aber heute ist Männertag. Frauentag ist morgen wieder.

Nackt stehe ich da. Ich ziehe meine knallbunte Badehose an. Typisch westeuropäische Badehose, kein Ost-Design. Dann gerät mir das Stück Sacktuch mit den zwei Bändeln wieder in die Hände. Ich bin ratlos: Was soll ich damit? Aha. Ich halte das Sacktuch vor mein Geschlecht und führe die Bändel beidseits der Lenden auf den Rücken. Das wäre möglich, denke ich mir; aber dann macht die Badehose keinen Sinn. Ich setze alles auf eine Karte und ziehe meine Badehose wieder aus. An ihrer Stelle versuche ich das Sacktuch zu montieren. Ich habe Schwierigkeiten, die Bändel blind auf dem Rücken zu verknoten. Dann erinnere ich mich, wie manche Frauen den Verschluss ihres Büstenhalters nach vorne auf die Brust verschieben, wenn sie daran herumnesteln. Ich mache es genauso. Das Sacktuch hängt mir jetzt über den Hintern, aber mit dem Verknoten habe ich keine Schwierigkeiten mehr. Dann drehe ich das Ganze wieder, bis das Sacktuch vorne hängt und der Knoten hinten.

Ich atme tief durch und öffne die Kabinentür. Ich trete hinaus auf den Gang. Weit und breit ist niemand. Dieser Fetzen an meinen Lenden – jetzt erst weiß ich, wie schlecht angezogen Gottes Sohn am Kreuz hing.

Ich mache ein paar Schritte im Gang. Von hinten sind meine Arschbacken gut sichtbar an der frischen Luft. Das weiß ich und kann es auch fühlen. Wenn mir jetzt einer in Badehosen entgegenkommt und sich ins Sacktuch beispielsweise schneuzt, will ich sofort tot umfallen. Dann ist mir auch egal, ob er Ost- oder West-Design trägt. Aber vorläufig bin ich immer noch alleine unterwegs.

Am Ende des Ganges führt eine Treppe nach unten. Als erstes menschliches Wesen begegnet mir dort der in Weiß gekleidete kräftige Mann, der Bruder des anderen. Ich beobachte ihn scharf – der Mann lässt sich nichts anmerken. Entweder ist er ganz unglaublich höflich gegenüber Ausländern oder meine Tracht ist in Ordnung.

Je weiter die Treppe nach unten führt, desto lauter wird das Geräusch tröpfelnden und plätschernden und rauschenden Wassers. Einzelne Dampfschwaden steigen an mir vorbei. Unten führt ein Gang geradeaus.

Rechts kommt eine Öffnung in der Wand. Ich sehe drei Männer beim Duschen. Sie tragen zwar kein Sacktuch wie ich, aber immerhin auch keine Badehose. Also weiter. Nach ein paar Schritten kommt links die Erlösung: Durch eine große Glaswand, auf der in fetten Zahlen »50–60°« steht, sehe ich, wie vier Männer auf Holzstühlen sitzen und schwitzen – und alle vier tragen sie dieselben Sacktücher wie ich, und zwar an derselben Körperstelle. Bin ich froh.

Der Gang wird enger, ich wate durch ein heißes Fußbad, und plötzlich stehe ich in einem düster beleuchteten, von Dampf erfüllten Raum, dessen Tiefe ich nicht erahnen kann. Ich bleibe stehen. Meine Augen gewöhnen sich an die Dunkelheit. Vor mir liegt ein achteckiges Becken von vielleicht zehn Metern Durchmesser. Darin liegen etwa zwanzig Männer. Sie schwimmen nicht, sie waschen sich nicht, sie tun gar nichts, sondern dümpeln einfach am Rand des Beckens. Darüber liegt Dampf, und die gelblich warme Luft wird zusammengehalten von einer Kuppel, deren Rundung sich bis zum Fußboden hinunterzieht. Das Becken, die Kuppel und überhaupt alles hier wurde vor über 400 Jahren zur Zeit der Türkenherrschaft gebaut; das habe ich im Fremdenführer gelesen. Das Ganze sieht nicht so aus, wie wenn seither etwas verändert worden wäre. Außer den zwei müden Glühbirnen vielleicht, die irgendwo hängen.

Über die Stufen, die sich rings um den Beckenrand ziehen, steige ich in das urinwarme Wasser. Es steht mir bis zu den Hüften. Das Sacktuch schwimmt leicht vor mir her. Einen langen Moment habe ich noch Be-

denken wegen all der Hämorrhoiden und Geschlechts-
krankheiten, die hier ohne textile Filterung gewässert
werden; dann lasse ich es gut sein und tauche bis zum
Hals ein. Ich fläze mich auf den Stiegen hin, lasse die
Wärme durch meine steif gefrorenen Glieder fließen
und atme den merkwürdigen Schwefelgeruch ein.

Immer tiefer gleite ich ins Wasser, bis die kleinen
Wellen mein Kinn umspielen. Das Gemurmel der
Männer schläfert mich ein; ich verstehe kein Wort und
werde in hundert Jahren keines verstehen, da brauche
ich mich gar nicht anzustrengen. Ungarisch ist zu
fremd. Wunderbar.

Durch halb geschlossene Augenlider beobachte ich
ein putziges Kerlchen, das in der Mitte des Beckens
Wassernixe spielt, unablässig das Bein für Spagat-
übungen zum Kopf hochreißt und sorgfältig darauf
achtgibt, dass sein knackiges Popöchen immer wieder
aus dem Wasser lugt. Es schaut erwartungsvoll um
sich. Ich möchte ihm zuliebe etwas applaudieren, aber
meine Arme liegen zu schwer im Wasser.

Ich bin so schläfrig, mir ist so wohlig, ich möchte die
Augen für eine Weile schließen. Plötzlich entdecke
ich etwas Merkwürdiges: Jemand hat die zwei elektrischen Glühbirnen durch brennende Pechfackeln
ersetzt. Merkwürdig. Soll ich der Sache nachgehen?

Nein – ob das bisschen Licht von Glühbirnen ausgeht oder von Fackeln, kann mir ja wirklich egal sein.

Das putzige Kerlchen ist durch das Wasser zu mir herübergeflattert und hat sich neben mir niedergelassen. Es macht andauernd Dehnungsübungen, und hin und wieder streift sein Beinchen wie zufällig mein Bein. Ich lasse es geschehen; ich bin zu müde. Nach einer Weile wird das Kerlchen ungeduldig und flattert davon.

Ich schaue die Männer an, die mit mir hier im Kreis sitzen mit nichts anderem als einem Sacktüchlein am Körper. Ich sehe Männer, nichts als Männer. Manche sind dick, manche dünn, jung oder alt, hässlich oder schön – jeder ist, was er ist, und sonst gar nichts. Hier sitzen Männer netto; die Tara liegt oben in der Kabine. Und erklären wollen muss mir hier keiner was. Ich höre nur Stimmen, aber keine Worte, tut mir leid. Wenn mir einer sagen wollte, dass er jenseits der Kabinen Staatsanwalt sei oder Straßenbahnschaffner oder verheiratet oder steinreich oder ein Kindsmörder – ich würde es nicht verstehen. Und auch wenn sich einer hier dafür interessieren würde, dass ich das Periodensystem der chemischen Elemente auswendig kann, so könnte ich es ihm doch nicht mitteilen. Wir sind alle, was wir sind, namenlos, ohne Brandzeichen und Gradabzeichen. Was bleibt, ist der Körper und die sprachlose Seele.

Wir sitzen alle nackt in diesem Gemäuer, das sich seit Generationen nicht verändert hat. Kein Bild und kein Ton dringen von außen in die Kuppel, um uns an das 20. Jahrhundert zu gemahnen. Es ist, wie wenn wir aus der Zeit gefallen wären. Und jetzt komme ich noch einmal mit dem Zeitmaschinen-Trick: Genauso wie wir saßen die Männer doch schon immer hier, oder nicht? Ich laufe durch die langen Korridore der Jahrhunderte. Die zwei Dicken dort mir gegenüber beispielsweise, die ihre Köpfe einander zuneigen und abwechselnd etwas murmeln: Das könnten doch gut und gerne zwei habsburgische Konsuln sein, die gerade ein Konzert des jungen Mozart gehört haben. Oder der muskulöse, behaarte Schnauzbart da – welche Uniform hängt in seiner Kabine? Jene eines Hauptmanns im napoleonischen Heer, der sich nach kurzer Rast an der Donau in der unendlichen Weite Russlands abschlachten lassen wird? Und der Blonde – ein SS-Leutnant, kurz nach dem Einmarsch in die Stadt? Das putzige Kerlchen: Lustknabe eines türkischen Gewürzhändlers? Und ich? Wer oder was bin ich, könnte ich gewesen sein und allenfalls noch werden?

Irgendwann wird die Haut an Fingern und Zehen

schrumpelig, und dann ist es genug. Einer nach dem anderen werfen wir unser Sacktüchlein in einen Korb und gehen duschen, während Neuankömmlinge die frei gewordenen Plätze besetzen, um sie dann ihrerseits wieder den Nachfolgenden zu überlassen. Hinter dem Duschraum geht eine Treppe steil nach oben in einen geräumigen Ruhesaal. Wer den inneren Frieden hat, legt sich hin und schläft einen kurzen, aber tiefen und erholsamen Schlaf. Und kommt, vielleicht, schon bald wieder.

Liv Winterberg

Die Lichter des Monsieur Laurent

Inmitten des 18. Jahrhunderts, zu einer Zeit, in der europaweit Bauern und Tagelöhner in die Städte drängten, überschritt die Einwohnerzahl von Paris alsbald die Fünfhunderttausender-Grenze. In den Gassen war es unübersehbar: Die Stadt platzte schier aus allen Nähten. Nun soll nicht der Eindruck erweckt werden, die Pariser hätten zu jener Zeit nur gelitten und im Elend gedarbt. Ein Großteil von ihnen verstand es, das Leben mit beiden Händen zu packen, es sich zu eigen zu machen und mit Fleiß ein Stück vom Kuchen zu sichern. Und so fanden linker- und rechterhand der Seine, vor allem in St. Germain, auch die bunten, die prallen Seiten des Lebens ihren Platz. Hier bot einer der unzähligen Jahrmärkte der Stadt neben der beeindruckenden Warenvielfalt auch Zerstreuung aller Art, sei es musikalische, pantomimische oder tänzerische Darbietungen. Kurzum, die Vielfalt des Vergnügens war groß.

In eben jener rausch- und sinnenfreudigen Metropole lebte Pierre Laurent, der stolz darauf war, täglich seinen Beitrag in der Pariser Unterhaltungsmaschinerie leisten zu können. Dankbar, den hölzernen Buden des Jahrmarktes von St. Germain entronnen zu sein, war er inzwischen als Moucheur tätig. Das Théâtre Poussin, in dem er seiner Arbeit nachging, stand in der Nähe des Boulevard du Temple, einer mit Bäumen gesäumten Allee, deren beeindruckende Breite nie auszureichen schien, um den Kutschen, die über sie hinwegdonnerten, genug Platz zu bieten. Hierher strömten all jene, die fernab der Jahrmärkte Belustigung, Herzschmerz oder Spannung suchten. Denn am Boulevard du Temple drängten sich die großen Häuser, prachtvolle steinerne Gebäude, wie das Théâtre de l'Ambigu-Comique mit seinen fast zweitausend Plätzen, oder das Théâtre de la Gaîté, dem vor Kurzem königliche Ehre zuteilgeworden war und das sich nun Théâtre des Grands Danseurs du Roi nennen durfte.

Niemals wäre es Laurent in den Sinn gekommen, das kleine Théâtre Poussin, das der Besitzer, Monsieur Poussin, mit Leidenschaft führte, mit einer jener ehrwürdigen Stätten zu vergleichen. Abend um Abend sorgte er für Sicherheit, und es erfüllte ihn mit Zufriedenheit, wenn er mit seiner Dochtschere die rund dreihundert Talglichter und Kerzen im Zaum hielt. Erst im

Jahr zuvor, im Mai 1772, war in Amsterdam das Theater Stadsschouwburg in Brand geraten. Ein Talglicht hatte ein Feuer verursacht, das achtzehn Menschen das Leben gekostet hatte. Eine Nachricht, die durch ganz Europa geeilt war und auch die Pariser nicht unberührt gelassen hatte. Laurent glaubte seitdem, eine erhöhte Wertschätzung seiner Arbeit wahrzunehmen, denn er spürte immer wieder die aufmerksamen Blicke der Zuschauer auf sich ruhen. Sie verfolgten, wie er die Dochte kürzte, damit die Talglichter und Kerzen weniger rußten und das Husten der Zuschauer und Darsteller während der Aufführung nicht überhandnahm.

Ebenso wichtig war es, dass die Lichter nicht erloschen und sowohl der Zuschauerraum als auch die Bühne gut erleuchtet blieben. Vor allem die Damen wollten den Abend nicht im Halbdunkel verbringen, sie wollten selbst, hübsch herausgeputzt, wie sie es bei Besuchen im Hause Poussin stets waren, gesehen werden. Eine Ausnahme bildeten die Logen, hier wurde gern Schummerlicht genossen. Laurent hatte über die Jahre allerlei Unschicklichkeiten beobachtet und sich längst daran gewöhnt. Immer wieder hatte der eine oder andere Monsieur, darunter durchaus bekannte Persönlichkeiten, ihm im Vorfeld der Aufführung ein paar Münzen zugesteckt mit der Bitte, für stimmungsvollen Kerzenschein zu sorgen. Laurent kam diesen Wünschen gern nach, denn mit ihnen ging ein einträglicher Nebenverdienst einher. Er wachte schließlich nicht über die Moral der Zuschauer, seine Aufgabe war die Sicherheit.

Tag um Tag wischte er vor der Aufführung den Ruß des Vorabends von den Spiegeln und goldfarbenen Flächen an den Wänden, damit sie wieder den Lichterschein reflektierten. Eine mühselige Arbeit, die viel Zeit in Anspruch nahm, die aber unvermeidlich war. Sodann entzündete er die Öllämpchen des Kronleuchters und zog ihn über eine schwere Eisenkette in die Höhe. Wenn diese Lichter erloschen, lag es außerhalb seiner Möglichkeiten, im laufenden Betrieb etwas daran zu ändern. Aber um die Talglichter und Kerzen im Zuschauerraum, vor allem um jene an der Bühnenrampe, kümmerte er sich, bis der letzte Zuschauer das Théâtre Poussin verlassen hatte.

Anfangs war es ihm schwergefallen, während der Vorführung die Bühne zu betreten, doch auch hier mussten die Dochte der Kerzen gekürzt werden. In irgendein Kostüm gezwängt, das je nach Inszenierung wechselte, hatte er sich längst daran gewöhnt. Hin und wieder erhielt er sogar Szenenapplaus, wenn er besonders schnell und geschickt vorging. Laurent konnte es nicht leugnen: Viele der Zuschauer kannten ihn und wussten, dass er der beste Moucheur der Umgebung war. Nur einen Steinwurf vom Théâtre Poussin entfernt, führte Monsieur Garnier seit nunmehr zwölf Jahren ein Théâtre, das in seiner Größe und in der Qualität seiner Aufführungen vergleichbar war mit dem des Monsieur Poussin. So hatte sich über die Zeit hinweg ein Wettstreit entwickelt: Wer konnte mehr Publikum für sich gewinnen, wer hatte die besseren Darsteller, die raffinierteren Stücke, die opulenteren Kostüme? Die Liste der Dinge, in denen die beiden Häuser sich maßen, schien endlos, aber irgendwann war doch das Ende erreicht. Und so führte der Brand im Amsterdamer Stadsschouwburg – so seltsam es klingen mag – tatsächlich dazu, dass das Publikum von sich aus begann, die Moucheurs der beiden Häuser zu vergleichen. Sie beobachteten, wem beim Kürzen der Dochte mehr Flammen erloschen. Sie zählten diese kleinen Missgeschicke, wobei gnadenlos jene Lichter einbezogen wurden, die im Verlauf des Abends von selbst ausgingen. Zu guter Letzt begann man sogar, Wetten abzuschließen. Eine Tatsache, die sich herumsprach und sowohl dem Théâtre Poussin als auch dem Haus des Monsieur Garnier mehr Publikum bescherte. Bald wollte ein jeder dem Schauspiel neben dem Schauspiel folgen und durch den richtigen Wetteinsatz am Ende des Abends ein erquickliches Sümmchen Geld mit nach Hause nehmen.

Laurent kannte Louis Martin, den Moucheur des Théâtre Garnier, nur vom Sehen. Auch dessen Haut schien einen graueren Ton zu haben als die anderer Menschen, auch dessen Fingerkuppen wirkten dunkler, und Laurent war sicher, dass er nach Ruß roch, unabhängig davon, wie gründlich er sich gewaschen hatte. Das Aussehen eines Moucheur war sein Erkennungszeichen, und so sehr Laurent sich anfänglich daran gestört hatte, so stolz war er jetzt darauf, dass der Ruß inzwischen seine Haut färbte. Man konnte ihm seine Verantwortung im wahrsten Sinne des Wortes vom Gesicht ablesen. Die beiden Moucheurs hatten nie ein Wort miteinander gewechselt, und trotz des Wettstreits hatte Laurent stets den Eindruck gehabt, dass Martin ein netter Kerl war und seine Aufgabe nicht minder ernst nahm. Ja, er war einer, mit dem Laurent durchaus gern einen Becher Wein gekippt hätte.

Trotz aller Sympathie für den Kollegen konnte der Moucheur des Hauses Poussin sich dem Wettstreit nicht entziehen, er beflügelte sogar seinen Ehrgeiz. Eine Weile hatte er gebraucht, bis er das richtige Öl gefunden und den richtigen Duftstoff im besten Verhältnis dazuzugeben verstand, so dass die Lichter des Kronleuchters ihm kein Kopfzerbrechen mehr bereiteten. Es war ein teures Öl, aber Monsieur Poussin, beglückt über diesen seltsamen Wettstreit, scheute keine Kosten und Mühen. Er bot seinem Moucheur sogar an, sich eine neue Dochtschere zuzulegen, doch das lehnte der dankend ab. Die Schere, die Laurent besaß, schien sich über die Jahre seinem Griff angepasst zu haben, manchmal erlebte er sie als eine Erweiterung seiner Hand, zwei weitere Finger mit besonderen Fähigkeiten, die er niemals freiwillig hergeben würde. Er war sicher, es auch ihr zu verdanken, dass er schon geraume Zeit den Wettstreit anführte. Nicht ununterbrochen, denn selbst er erwischte schlechte Tage, die zumeist auf miserable Kerzen, minderwertigen Talg oder ungewollten Luftzug zurückzuführen waren.

Wochenlang war nicht eines der Lichter ausgegangen, und ein Teil des donnernden Applauses hatte immer auch seinen Fertigkeiten gegolten. Dann aber erlosch ihm, ohne dass er einen Grund dafür hätte finden können, Abend für Abend eine Kerze.

Das einzelne, jämmerliche Flämmchen einer Kerze.

Da es ein ungeschriebenes Gesetz war, dass die Zuschauer weder Kerzen noch Talglichter anrührten –

genau genommen ein natürlicher Selbsterhaltungstrieb –, konnte Laurent ein Versehen ausschließen. Die Lichter waren zweifelsfrei gelöscht worden, dilettantisch versteht sich. Jedes Mal bezeugte der Wachsrest am Docht, dass irgendwer nachgeholfen, ihn niedergedrückt und somit erstickt hatte.

Schickte Moucheur Martin jemanden, der seinen Beitrag lieferte, Laurents Quote zu ruinieren? Tatsächlich wurde über die Wettwütigen inzwischen eine Quote ermittelt, und wie auch immer sie sich zusammensetzte, sie war für Laurent bisher glänzend gewesen. Brillant nahezu. Würde Martin diesen Wettstreit manipulieren und seine Ehre dafür aufs Spiel setzen? Sogar den Ruf seines Hauses? Würden die Zuschauer erfahren, dass sie getäuscht worden waren, sie wären erzürnt, was sicherlich das Ende der Wetten bedeutet hätte. Oder waren es Männer, die sich an Wetten beteiligten? Wollten sie die Ergebnisse mit aller Macht zu ihren Gunsten beeinflussen?

Auch wenn es Laurent kaum möglich war, er ging jeden Abend noch konzentrierter zu Werke und versuchte, das Publikum im Auge zu behalten. Kein leichtes Unterfangen, denn seine absolute Aufmerksamkeit musste mehr denn je den Flammen gelten. Sein Widersacher schien zu ahnen, dass er begann, nach ihm zu suchen, denn war es anfangs immer ein und dieselbe Kerze gewesen, die erloschen war, wechselte nun der Standort.

Laurent verzweifelte zunehmend, was Monsieur Poussin amüsierte. Er klopfte ihm irgendwann auf die Schulter und meinte, er solle es nicht zu ernst nehmen, es sei ein Spiel. Ein Spiel, das einträglich für das Théâtre sei. Genau jene Unvorhersehbarkeit der Ereignisse erhalte den Reiz für all die Zocker und Spieler der Stadt. Über Tage hinweg verdächtigte Laurent daraufhin sogar Monsieur Poussin, gab diesen Gedanken aber bald mangels Beweisen und munter weiter erlöschender Lichter wieder auf.

So verstrich die Zeit und nur an wenigen Abenden erlosch keine Flamme, was Laurent zur Annahme verleitete, sein Widersacher könne nicht jeden Tag zugegen sein. Ein Trost war ihm diese Erkenntnis nicht, seine Quote war, bis auf diese wenigen Abende, erschreckend schlecht geworden.

Am 24. Januar des Jahres 1774 fiel in Paris Schnee. Nicht nur einzelne tanzende Flocken, vielmehr hüllte ein dichtes Schneetreiben die Stadt ein und verlangsamte für wenige Stunden das Tempo aller. So waren am Abend erheblich weniger Zuschauer zugegen und Laurent hoffte, dass sein Widersacher, der nun schon viereinhalb Monate seine Spielchen mit ihm trieb, sich ebenfalls vom Wetter abhalten lassen würde. Doch dann erlosch abermals eine Flamme, genau genommen eine Kerze in der Nähe des Ausgangs. Laurent entzündete sie erneut, wobei er die Zuschauer in unmittelbarer Nähe beobachtete. Dabei entdeckte er etwas, das ihm den Atem nahm: ein Umhang, auf dessen unterem Rand sich ein heller, noch frischer Fleck Wachs abzeichnete.

Der Umhang eines Weibes.

Als sich ihre Blicke begegneten, stürzte sie umgehend zum Ausgang. Laurent tat etwas, das er noch nie getan hatte: Er stürmte hinterher. Ohne einen klaren Gedanken zu fassen, verließ er den Saal und drückte Monsieur Poussin, der sich glücklicherweise im Foyer aufhielt, seine Dochtschere in die Hand. »Sie war es«, rief er noch und setzte der Frau nach.

Es war ein Einfaches, sie zu verfolgen, denn ihre Spuren im Schnee waren selbst im Dunkel der Nacht unübersehbar. So rannten sie beide durch das Schneegestöber, durch Gassen und über Plätze hinweg, und Laurent spürte, wie ihm die Luft knapp wurde. Bewegung war seine Sache nicht, doch er war fest gewillt, dieses Weib zu stellen, und er war sicher, dass ihre Schritte sich ebenfalls verlangsamten. Er jubilierte innerlich, als sie in die Rue de Gascogne abbog. Sie schien nicht zu wissen, dass es sich um eine Sackgasse handelte.

Tatsächlich blieb die Frau, als sie bemerkte, welch folgenreicher Fehler ihr unterlaufen war, stehen und sah sich einem gehetzten Tier gleich um. Zitternd wandte sie sich dann ihm zu und hob die Arme schützend vor den Kopf, als würde sie fürchten, er wolle sie schlagen.

»Herrgott noch mal, du elendes Weib, ich werde dich schon nicht prügeln«, keuchte Laurent, als er sie eingeholt hatte. Jetzt erst sah er, dass sie jünger war, als er angenommen hatte, ungefähr achtzehn oder neunzehn Jahre alt. »Was hast du dir dabei gedacht?«, fuhr er sie an.

Die Arme sanken herab, und er sah Tränen über ihre Wangen laufen. Weinende Mädchen waren in Laurents Gegenwart selten, und so verunsicherte ihn dieser Anblick, doch nicht minder überraschte ihn ihr anmutiges Gesicht. Er konnte nichts Verschlagenes oder Boshaftes entdecken, was er durchaus erwartet hatte, und so holte er Luft, um Zeit zu gewinnen.

»Hat Martin dich geschickt? Moucheur Martin? Will er die Wetten manipulieren?«, fragte er nach ein, zwei tiefen Atemzügen.

Das Mädchen schüttelte angsterfüllt den Kopf, während Schneeflocken auf ihren Umhang herabsanken und unwirklich in der Dunkelheit glitzerten.

»Du kommst jetzt mit mir«, herrschte er sie an, darum bemüht, wenigstens ein Fünkchen des wochenlang angestauten Zorns aufrechtzuerhalten. »Du wirst Monsieur Poussin erklären, warum du dich zu solchem Unsinn hast hinreißen lassen. Er wird dir Hausverbot erteilen.«

Nun schluchzte das Mädchen derart auf, dass es Laurent flau im Magen wurde. »Du hast mich um meine Quote gebracht!« Er packte sie am Oberarm, um sie abzuführen. »Und du, du hast mich um den Schlaf gebracht.« Laurent blieb abrupt stehen, seine Hand noch immer auf dem Arm des Mädchens. Hatte er richtig gehört? Hatte sie etwas gesagt? Und hatte sie wirklich gesagt, was er glaubte, verstanden zu haben? Mit einem Mal schien seine Hand zu brennen, er ließ den Arm des Mädchens los und starrte sie an. Sie presste ihre Lippen aufeinander, die selbst in diesem Moment noch weich und hübsch geschwungen wirkten.

»Was hast du gesagt?« Inzwischen fehlte ihm die Wut gänzlich. »Ich habe dich um deinen ...?«

Sie sah zu Boden.

Auf einmal verstand Laurent. »Du wolltest, dass ich dich finde!«

»Ja, das wollte ich.«

Nun sah sie auf. Laurent stand ungläubig vor ihr und konnte nicht fassen, wie ihm geschah. Es gelang ihm nicht, sich zu erinnern, wann sich ein Weib das letzte Mal für ihn interessiert hatte, und noch weniger konnte er sich erinnern, wie er sich zu verhalten hatte. In Gegenwart eines Weibes, das auch noch schön anzusehen war.

»Ich habe nicht geahnt, dass ein einzelnes gelöschtes Licht dich so unglücklich macht, verzeih mir. Bitte verbiete mir nicht, zu euch zu kommen«, flüsterte sie und begann abermals zu weinen.

Laurent holte sein verrußtes Taschentuch hervor und gab es ihr. Als sie sich damit die Tränen trocknete, hinterließ es schwarze Streifen in ihrem Gesicht, was sie noch entzückender machte.

Ohne lange zu überlegen, reichte er ihr den Arm. »Wir müssen zurück ins Théâtre«, sagte er nur. Und so machten sie sich tatsächlich gemeinsam auf den Weg.

So kam es, dass an jenem winterlichen Abend eine Flamme im Leben des Moucheur Pierre Laurent entzündet wurde, die bis zum Ende seiner Tage brennen sollte. Seine Quote blieb wechselhaft, aber sie hatte für ihn an Glanz verloren, einen Glanz, den er nie wieder vermisste.

Siegfried Lenz

Silvester-Unfall

Träge hockte sie neben der schwach leuchtenden Tischlampe, das Gesicht auf die Tür zur Küche gerichtet. Sie hörte ihn in der Küche hin und her gehen, hörte ihn in erzwungener Fröhlichkeit mit sich selbst reden – wobei sie spürte, daß alles, was er vor sich hinredete, für sie bestimmt war –, und während sie horchend dahockte, in dem großgeblümten Kittel, mit den massigen Schultern und ihrer trägen Verzweiflung, dachte sie, daß es sein letztes Silvester war. Das Licht der Lampe schnitt einen Halbbogen aus ihrem Körper heraus, erhellte eine Hälfte des knolligen, kartoffelartigen Gesichts, des schlaffen Halses; das Licht fiel auf die linke Seite ihres formlosen Körpers, auf die lose im Schoß ruhenden Hände und weiter hinab auf die Füße, die in altmodischen, kaum getragenen Schuhen steckten. Sie zuckte zusammen, wenn in der Küche eine Schranktür zuflog, griff forschend nach ihrem Knoten im Nacken, besorgt, daß er sich gelöst haben könnte, und legte die Hände wieder in den Schoß. Sie wartete dort, wo er sie niedergedrückt hatte auf den Hocker, bevor er in die Küche gegangen war: den Rücken gegen die Nähmaschine gelehnt, die geschwollenen Beine auf einer Fußbank, und griffbereit unter der Lampe ein Glas Rotwein, das er ihr als Trost dafür hingestellt hatte, daß sie aus der Küche verbannt war. Die alte Frau rührte das Glas nicht an.

Hinter ihrem Rücken lief das Radio. Die Alte hörte nicht zu; geduldig blickte sie auf die braune Tür zur Küche, hinter der Topfdeckel klappten, Geschirr klirrte, sie horchte auf das heftige Rattern des Wasserhahns, erschauerte, wenn Mummer in gewaltsamer Vergnügtheit seine Selbstgespräche begann, oder legte beschwichtigend einen Ellenbogen über ihre schwere Brust, sobald es in der Küche still wurde. Dann, als sie es nicht vermutete, öffnete er die Tür und trat mit leicht vorgestreckten Händen in den Türrahmen.

Eine warme Essenswolke strömte an Mummer vorbei in die Stube, und er stand da in seinem alten, schäbigen Kellnerfrack: ausgezehrt, schwärzlich im Gesicht, gewaltsam grinsend, ein leichter Mann mit einer Jockey-Figur, alt und doch von unschätzbarem Alter; seine Stirn war schweißbedeckt. Triumphierend sah er die Frau an, rieb die Handrücken am Frack ab; dann ging er tänzelnd auf sie zu, zog sie vom Hocker und bot ihr seinen Arm.

»Ich lasse bitten«, sagte er.

»Rudolf, Rudolf«, sagte die Frau, und auch in ihrer Stimme lag träge Verzweiflung. Sie schlappte an seiner Seite durch die Stube, fühlte das Zittern seines Arms, den kalten Druck des Rings in ihrer Hand, und sie sah, daß auf seinem Gesicht immer noch das gewaltsame Lächeln lag, starr und unverändert, so als sei es hineingeschnitten worden in die schwärzliche Haut seines Gesichts. Zusammen gingen sie in die Küche an den Tisch, den Mummer gedeckt hatte. »Rudolf«, sagte sie, »Rudolf«, sagte es kopfschüttelnd, mit müdem Vorwurf, doch er hörte es nicht, bugsierte sie um den Tisch herum zu ihrem Stuhl wie ein Schlepper, der eine schwerfällige Schute an die Pier drückt.

Mummer legte die Hände auf ihren gewölbten Rücken, zwang sie sanft nieder. Dann trug er das Essen auf den Tisch, das er zubereitet hatte: wiegend den Teller mit geriebenem Meerrettich, in kreisendem Schwung die Schüssel mit den Kartoffeln, die Buttersauce, glasiggelb, und zuletzt fischte er aus einem Topf gedunstete Karpfenstücke, ließ sie abtropfen und packte sie triumphierend auf angewärmte Teller. Eifrig bediente, versorgte er sie, mit dem berufsmäßigen Eifer und dem

Handtuch über dem Arm, so wie er vor ihr die halbe Welt bedient hatte: die von der Seeluft ewig hungrigen Passagiere der »Patria«, die Besucher der Zoo-Gaststätten, jahrelang, später die wissensdurstigen Kunden im Landungsbrücken-Restaurant, und nach dem Krieg, als sie ihn in den Wartesaal holten, die ungeduldigen Reisenden, denen er mit Eifer und Handtuch Heißgetränke servierte, gestowte Rüben. Lässig setzte er die Teller mit den Karpfenstücken auf den Tisch. Es waren die flach aufgeschnittenen Kopfstücke, von denen eine dünne Dampfwolke hochstieg. Die Augen waren geronnen, quollen weißlich hervor; das Maul war offen wie in grinsender Gier, die Haut des Fisches hatte eine blaßblaue Färbung. Die Frau starrte auf ihr Kopfstück, an dem Gewürznelken klebten, Pfefferkörner, sie glaubte, durch den Dampf das Kopfstück grinsen zu sehen, und sie hob die Hände auf den Tisch und schob den Teller behutsam von sich fort. Mummer merkte es nicht, er entkorkte eine Weinflasche, füllte die Gläser und lächelte triumphierend und hob sein Glas: »Auf unser Silvester, Lucie.«

»Rudolf«, sagte sie. Sie tranken und sahen sich dabei an.

»Ich sollte eine Rede halten«, sagte er.

»Nicht, jetzt nicht.«

»Eine Rede auf unsern Silvesterkarpfen.«

»Tu es nicht, Rudolf.«

»Ich sollte sagen, daß das Alter des Karpfens nach Sommern gerechnet wird, daß er aber nur im Winter schmeckt.«

»Ja, ja.«

»– und daß es im Winter keinen Tag gibt, an dem der Karpfen so schmeckt wie an Silvester.«

»Hör auf«, sagte die Frau, »sei endlich still. Ich will vom Sommer nichts wissen und nichts vom Winter. Von mir aus können sie alle Karpfen zu Seife machen.«

Heftig schob sie ihren Teller noch weiter über den Tisch, nah zu ihm hin.

»Es ist Silvester«, sagte er.

»Ja, ... ja, ich weiß, ich seh es dir an, daß Silvester ist. Du siehst aus wie Silvester persönlich.«

Zum ersten Mal verschwand das gewaltsame Lächeln auf seinem Gesicht, er saß jetzt gekrümmt da, die knochigen Handgelenke gegen die Tischkante gestützt, den Blick auf den ziehenden Dampf gerichtet, der aus den Fischstücken hochstieg. Er fror. Er nahm einen Schluck aus seinem Glas, stand auf und trat schräg hinter ihren Stuhl, in der Haltung, in der er sein Leben lang schräg hinter Stühlen gestanden hatte: höflich, erwartungsvoll und bereit. Und da der massige Rücken sich nicht bewegte, das knochige Gesicht sich nicht umwandte zu ihm, ging er dicht an die Frau heran, beugte sich so weit über den Tisch, bis sie ihn bemerkte, und dann sagte er, als wollte er sie auf die Spezialität des Hauses aufmerksam machen: »Ich weiß, Lucie, ich weiß, daß sie mir höchstens noch ein halbes Jahr geben. Sie haben es mir nicht gesagt, ich habe es erfahren, zufällig ... Aber ich werde ihnen zeigen, daß sie sich verschätzt haben; ich werde es bestimmt bis zum Herbst schaffen, Lucie, bis zum zweiten Oktober ... Wenn ich fünfundsechzig bin, bekommen wir von der Versicherung das ganze Geld ... dann müssen die blechen und voll auszahlen. Vielleicht denken sie, daß sie mit der Hälfte wegkommen, wenn ich vor dem fünfundsechzigsten sterbe ... aber diesen Gefallen tue ich ihnen nicht ... Ich werde es schaffen, Lucie ... du kannst dich auf mich verlassen ... Ich werde ihnen nicht die Freude machen, dir nur die Hälfte auszuzahlen ... diese Schakale in ihren Glashäusern ...«

Über ihnen wurde die Spülung eines Klosetts gezogen, rauschend schoß das Wasser durch die Rohre, es gluckerte in der Wand, dann schlug eine Tür zu, und es war wieder still. Draußen war es dunkel geworden. Das Schneetreiben und der Wind hatten nachgelassen.

Schwarz und schlaff stand das Catcherzelt auf dem Ruinenplatz, wie ein Segel, ein Segel der Nacht, das keinen Wind fand.

»Glaub mir, Lucie, ich schaffe es.«

»Klar«, sagte die Frau, »was denn sonst.«

Sie betastete den Knoten, zu dem ihr dünnes Haar im Nacken zusammengesteckt war, strich den Kittel glatt und angelte sich von der anderen Tischseite den Teller mit dem Karpfenkopf; munter krümelte sie Meerrettich auf ihren Teller, packte Kartoffeln auf; goß glasige Buttersauce über das Karpfenstück, alles mit heiterer Ungeduld, kleine Zischlaute ausstoßend, und als sie fertig war, sah sie ihn verwundert an, weil er immer noch schräg hinter ihrem Stuhl stand, in der Haltung höflicher Bereitschaft. Jetzt erschien ein unsicheres Lächeln auf seinem Gesicht, er verbeugte sich, ging schnell zu seinem Stuhl und füllte ebenfalls seinen Teller.

»Hoffentlich schmeckt der Fisch«, sagte er.

»An solchem Tag muß er schmecken.«

Sie aßen, sahen sich immer wieder an; die alte Frau schnaufte, stieß Zischlaute des Behagens aus, nickte in nachsichtiger Anerkennung. Er trank ihr zu, steif; wortlos, mit vorgeneigtem Oberkörper, wie sie sich auf dem Schnelldampfer »Patria« zugetrunken hatten.

Die Frau räumte die Backen des Fischkopfes aus, nahm den Kopf und belutschte ihn gewissenhaft und wischte die klebrigen Finger am Kittel ab.

Plötzlich wandten beide gleichzeitig das Gesicht zur Tür, schnell, erschrocken, sahen dorthin, ohne etwas vernommen zu haben, in dem geheimen, blitzschnellen Einverständnis, mit dem Vögel gleichzeitig auffliegen, und sie erblickten einen jungen Mann an der Tür, der lässig dalehnte, blond, schmalbrüstig, eine Zigarette schräg übers Kinn und die Arme vor der Brust verschränkt.

»Oh, Ben«, sagte die Frau, »warum mußt du immer so leise gehen? Warum mußt du uns immer erschrecken? Wer soll dir das nur abgewöhnen?«

»Ein Schleicher ist er«, sagte Mummer.

»Kann man noch was zu essen kriegen?« fragte Ben.

»Ich denke, du hast gegessen.«

»Nur Brot, keinen Karpfen. Ruth wird sicher auch gleich kommen, ich traf sie unten am Zelt.«

»Dann sind alle beisammen«, sagte die Frau.

Ben kniff die Zigarette über dem Ausguß aus, hängte schweigend sein Jackett über die Stuhllehne, beobachtete seinen Vater, der ein Karpfenstück aus dem Topf fischte, es schwungvoll servierte und schräg hinter Bens Stuhl stehenblieb; und nachdem er einen Augen-

blick dort gestanden hatte, sagte er: »Mehr gibt's nicht.
Iß langsam, damit du etwas davon hast.«

Während Ben aß, leerte er den Grätenteller, goß der
Frau Wein ein, stellte noch einen sauberen Teller auf
den Tisch und legte einige Stücke auf, die er bereits auf
seinem Teller entgrätet hatte.

»Für wen is'n das?« fragte Ben.

»Für deine Schwester«, sagte Mummer.

»Ich denke, Ruth hat schon gegessen.«

»Satt wird man nur zu Hause.«

Er stellte den Teller auf die Herdplatte, deckte einen
Aluminiumdeckel über ihn. Dann ging er ans Fenster,
stemmte beide Arme gegen die feuchten Wände und
sah hinab in die schwarze Schlucht des Hofes, der zur
Straße hin offen war und in den Ruinenplatz überging,
auf dem das Catcherzelt stand. Die elektrischen Bo-
genlampen über der Straße blinkten jetzt klar und kalt.
Im Raum unter der Küche begann ein Grammophon
zu spielen, durch den Fußboden, den Linoleumbelag
hindurch hörten sie die Stimme des Sängers, der darüber klagte, daß die Sterne zu weit sind, zu weit ... Er
fand keinen Trost für die Entfernung, seine Stimme
wand sich in melodiöser Qual und konnte auch zum
Schluß nichts Angenehmeres mitteilen, als daß die
Sterne zu weit sind, zu weit. Vom Flur her erklangen

Schritte, gingen vorüber, Schlüssel klimperten, eine Tür schnappte auf und fiel zu.

»Ruth«, sagte Ben, »jetzt ist sie nach Hause gekommen.«

In diesem Augenblick trat Ruth in die Küche. Sie war siebzehn, hochhüftig, ihr Körper schmächtig; das hübsche Gesicht unter dem verstrubbelten Haar hatte etwas Verstohlenes und Räuberisches, einen Ausdruck von versteckter Wachsamkeit. Sie trug einen roten, sackförmigen Pullover, schwarze Hosen, die eng an den Schenkeln saßen, über den Knien ausgebeutelt waren, und ihre Füße steckten in schiefhackig gelatschten Wildlederschuhen. Erschöpft ließ sie sich mit dem Rücken gegen die Wand fallen, pustete mit vorgeschobener Unterlippe über ihr Gesicht, kam dann schlaksig näher.

»Auf dem Herd steht ein Teller für dich«, sagte Mummer.

»Karpfen, ich weiß. Man riecht es schon im Hausflur. Na, du herrlicher Bruder? Schmeckt es? Dann will ich dich nicht allein essen lassen.«

Sie setzte sich an den Tisch, wollte wieder aufstehen, um den Teller zu holen, doch da war Mummer schon am Herd: flink, mit lächelndem Eifer bediente er Ruth, brachte den Meerrettich in ihre Nähe, die Buttersauce, auf der jetzt gelbliche Flocken schwammen, ging hin und her hinter ihrem Stuhl, schenkte ein Glas halbvoll ein, wedelte mit dem Handtuch Krümel vom Tisch. Unten erfolgte eine Explosion am Catcherzelt, hart wie ein Hammerschlag. Die Fenster klirrten leise. Sie beachteten die Explosion nicht, hoben nicht einmal den Kopf; schweigend aßen sie zu Ende, tranken die Gläser aus, während Mummer sie unaufhörlich, mit lächelnder Beflissenheit bediente.

Nach dem Essen räumten sie nicht weg, stellten nur die Teller zusammen, warfen die Bestecke in die Kartoffelschüssel und gingen in die Stube. Ruth suchte Musik im Radio, auch aus dem Radio kam die klagende Stimme des Sängers, der aufschluchzend feststellte, daß die Sterne zu weit sind, zu weit. Mummer bugsierte die alte Frau zu ihrem Hocker neben der schwach leuchtenden Tischlampe. Er drückte sie nieder, schob die Fußbank unter ihre geschwollenen Füße, legte das Strickzeug in ihren Schoß. Ben stand unentschlossen an der Tür.

»Was ist denn?« fragte Ruth. »Ich denke, heut ist Silvester.«

»Auf den Tag genau«, sagte Mummer.

»Es sieht aber gar nicht so aus. Es passiert überhaupt nichts ... Ben, merkst du etwas von Silvester bei uns?«

»Ich verzieh mich«, sagte Ben, »weckt mich zur Knallerei.«

»Nein, bleib hier, wir werden irgendwas machen. Wir können doch nicht so sitzen und warten, bis es zwölf ist. Silvester ist doch nicht zum Warten da, oder?«

»Mach'n Vorschlag«, sagte Ben.

»In einer Stunde spricht der Kanzler«, sagte Mummer.

»Wer?« fragte Ruth.

»Ihr könntet Blei gießen«, sagte die Frau.

Sie beschlossen, Blei zu gießen. Ben sägte in der Küche von einem Bleirohr schmale Scheiben herunter, schnitt die Scheiben mit dem Messer kaputt, während Ruth eine Schüssel mit Wasser, ein Licht und einen alten Löffel in die Stube brachte. Sie setzten sich auf den Boden zu Füßen der alten Frau, auch Mummer in seinem schäbigen Kellnerfrack setzte sich und zündete das Talglicht an; flackernd warf das Licht ihre vagen Schatten an die Wand, auf ovale Familienbilder, einen gerahmten Ehrenbrief, auf den farbigen Druck des Schnelldampfers »Patria« – ließ die abgesägten, scharfkantigen Bleistücke an den Schnittflächen aufblitzen, als Ben eine Handvoll auf den Sisalteppich rollte; dann legte Ruth den Löffel neben das Blei und zog ihre Hand schnell zurück.

»Und was kommt jetzt?« fragte sie.

»Der Anfang«, sagte Mummer.

»Ich fange nicht an.«

»Einer muß anfangen.«

»Ben.«

»Und wer erklärt uns das Zeug?« fragte Ben.

»Mutter kann das am besten«, sagte Ruth.

Ben nickte, nahm den Löffel, legte stumm zwei Bleistücke hinein und führte den Löffel in die Flammenspitze; rußend schlug die Flamme hoch, flackerte, leckte in den Löffel hinein, beruhigte sich endlich. Lautlos warteten sie, beobachteten, wie die Bleiklümpchen zusammensackten und wie unter der stumpfen Kruste eine glänzende Zunge hervorkam, sehr langsam und zuckend. Die Alte nahm die Nickelbrille ab, die sie zum Stricken aufgesetzt hatte, und legte einen Ellenbogen auf ihre schwere Brust. Ruth setzte sich auf die Hände, drückte die Zähne in ihre Unterlippe; Mummer rührte sich nicht. Taxierend blickte Ben auf die Schüssel, die bis zum Rand mit Wasser gefüllt war, versicherte sich, daß sie nah genug stand. Seine Hand zitterte, das flüssige Blei schwappte leicht in der Mitte des Löffels, rann vollends unter der stumpf-schimmligen Haut hervor und sah jetzt glatt aus und glänzend.

Er fühlte die Hitze im Löffelstiel, einen brennenden

Druck, sein Mund verzog sich, die Lippen schoben sich vor, als wollte er über das flüssige Blei blasen, aber er hielt den Löffel, hielt alles, was glänzend in ihm schimmerte: das Metall und seine Erwartung und das, was die Alte für ihn herauslesen würde – so lange, bis auch das meiste von der Kruste weggeschmolzen war. Da ließ er den Löffel seitwärts abkippen, steil, wie ein getroffenes Flugzeug abkippt; zischend plumpste das Blei in die Schüssel, klirrte am Grund, und noch einmal zischte es, als Ben den Löffel hinterherwarf. Er atmete auf, schlenkerte seine Hand und steckte nacheinander die Fingerkuppen in den Mund. Mummer und Ruth beugten sich über die Schüssel, blickten auf den Grund, auf ein blankes Ding, das wie eine Zwischenform zwischen Galgen und Klosett aussah, mit gleichem Recht aber auch wie ein Rückgrat mit großer Schleife. Ohne hinzuschauen sagte Ben: »Hoffentlich lohnt sich das nächste Jahr, sonst kann es meinetwegen gleich ausfallen.«

»Eine Hose mit einem Propeller unten«, sagte Ruth.

»Die will sicher fliegen«, sagte Ben.

»Ben fliegt nach Mallorca«, sagte Ruth.

»Gib mal her«, sagte die Frau, »ich kann es so nicht erkennen.«

Mummer fischte den gegossenen Gegenstand aus

der Schüssel, und die Alte drehte und betrachtete ihn sorgfältig unter der Lampe.

»Du mußt achtgeben, Ben«, sagte sie nachdenklich.

»Bei der Flugreise?«

»Hier ist eine Faust, Ben, und dann etwas, was ich nicht erkennen kann. Es ist aber da. Du mußt vorsichtig sein im nächsten Jahr, Ben.« Sie legte das blanke Bleistück auf die Nähmaschine und sah Ben mit einem Ausdruck dringenden Kummers an.

»Jetzt ist Ruth an der Reihe«, sagte Ben.

»Nein«, sagte Ruth, »ich noch nicht, ich zuletzt. Zuerst möchte ich sehen, was ihr gießt.«

»Soll ich?« fragte Mummer, und bevor er noch auf eine Antwort wartete, füllte er den Löffel mit abgesägten Bleistücken und hielt ihn in die Flamme. Triumphierend blickte er um sich, zwinkernd und selbstgewiß.

Sein ausgestreckter Arm bewegte sich nicht, lag vollkommen ruhig da, als ob eine Stockgabel ihn stützte. Verstohlen seinem Blick ausweichend, beobachtete Ruth ihren Vater, wie er dasaß und sich zu schaurigem Triumph zwang, ihnen zuzwinkerte, wobei sein Gesicht sich einseitig verzerrte, gleich einer Maske, die auf jeder Hälfte anders geschnitzt ist, und sie sagte unwillkürlich: »Nein«, hob das Gesicht, streckte die Hand nach dem Löffel aus und fuhr fort:»Ich möchte jetzt gießen, bitte, laß mich jetzt. Man darf doch den Löffel wechseln?«

»Wenn das Blei noch nicht geschmolzen ist«, sagte die Frau.

»Du kommst nach mir dran«, sagte Ruth, nahm Mummer den Löffel ab, ließ das Blei flüssig werden über der unstet brennenden Flamme und goß, goß ein Stück, das aussah wie ein Pudding mit Hörnern. Die Alte drehte und begutachtete das gegossene Bleistück, wendete es feierlich, tastete über die hornartigen Erhebungen: tonlos entschied sie, daß etwas Bestimmtes auf das Mädchen zukomme, etwas, das sich nicht genau erkennen lasse, aber »es ist im Anzug«, sagte sie. Dann ließ sie sich den Löffel reichen, untersuchte auch ihn und stellte fest, daß es Zeit sei, das Bleigießen zu unterbrechen und die Berliner zu essen, die in einer Schüssel im Herd standen.

Mummer trug die Berliner herein, ging von einem zum andern und bot aus der Schüssel an. Der Teig war warm unter der braunen Haut, der Zuckerguß klebte an den Fingern, und wenn sie hineinbissen, quoll Marmelade aus ihren Mündern hervor, beschmierte die Finger, die Mundwinkel. Ben ging in eine dämmrige Ecke, lautlos, mit seinen schleichenden Schritten; er setzte sich in einen Armstuhl und aß und starrte auf seinen Vater, der die Schüssel nicht aus der Hand ließ, eifrig hin und her ging zwischen ihnen und anbot.

»Du solltest dich hinsetzen«, sagte Ben aus der Ecke.

»Es geht gleich wieder los«, sagte Mummer, »nach den Berlinern wird weitergegossen, und zuerst bin ich dran.«

»Wir sollten aufhören damit«, sagte Ben.

»Warum?«

»Weil es langweilig wird. Es ist für jeden was im Anzug, das genügt. Genauer brauchen wir's nicht zu wissen. Mehr ist ungesund.«

»Ist denn im Radio nichts?« fragte Ruth. Sie drehte an den Knöpfen, es knackte, ein schwingender Jaulton drang aus dem Lautsprecher, dann eine raunende Männerstimme. »Wird nur geredet«, sagte Ruth.

»Das ist der Kanzler«, sagte Mummer.

»Wir werden alle Blei gießen«, sagte die alte Frau; sie wischte sich die Krümel vom Kinn, faßte nach ihrem Knoten und ließ in der anderen Hand den Löffel wippen. »Was wir angefangen haben, machen wir zu Ende, solange das Blei reicht.«

Mummer stellte die Schüssel auf die Nähmaschine. Triumphierend ließ er sich neben dem Licht nieder, scharrte einige Bleistücke in den Löffel und hielt sie in die Flamme.

»Da kommt ein Schnelldampfer raus«, sagte Ruth, »zumindest die ›Patria‹.«

Bens Augen glühten in der dämmrigen Ecke, er starrte schweigend auf seinen Vater, auf den leicht zitternden Löffel, über dem die Flamme manchmal zusammenschlug, und er dachte an das, was er wußte, und sprang plötzlich auf, als wollte er in letzter Sekunde etwas verhindern, und sagte: »Hör auf jetzt. Mehr brauchen wir nicht vom neuen Jahr zu wissen. Gib mir den Löffel.«

»Gleich bin ich fertig«, sagte Mummer.

»Das ist alles Quatsch«, sagte Ben.

»Die Kruste ist gleich verschwunden.«

»Wir wollen was anderes machen«, sagte Ben.

»Gleich«, sagte Mummer.

Ben stand dicht neben seinem Alten, sah das schwärzliche Halbprofil seines Gesichts, das knochige Handgelenk, das steif aus den Ärmeln herausragte, und ohne ein Wort oder eine Warnung streckte er seine Hand aus, packte das knochige Gelenk des Alten und zwang es zu sich herüber. Die Flamme richtete sich steil auf, als sich der Löffel, der sie niedergedrückt hatte, unter dem Zwang nach oben hob. Das flüssige

Blei schwappte gegen den Löffelrand. Ben spürte den unvermuteten Gegendruck in dem Gelenk, das er gepackt hielt, und mit einem Ruck versuchte er, die Hand, die den Löffel hielt, von der Schüssel wegzuziehen. Das flüssige Blei schwappte über den Löffelrand. Er sah die fallenden silbernen Tropfen. Er hörte das Zischen auf seinem Handrücken, noch bevor er den Schmerz empfand und losließ, was er gepackt hatte. Die Bleitropfen sprangen beim Aufprall flach auseinander, und seine Hand sah aus wie von kleinen silbernen Blättern bedeckt. Und als er in seine Ecke zurückwankte, die Finger in den Unterarm gepreßt, den Mund aufgerissen und stumm vor überwältigendem Schmerz, drang aus dem Radio das Ticken einer Uhr, das die letzten Sekunden des alten Jahres zählte, freigab wie eine Frist zu Abschied und Herausforderung und Vorbereitung, und draußen stiegen gegen die sternlose Schwärze der Nacht Raketen auf, Leuchtkugeln, Heuler und rotierende Sonnen.

»Ben«, rief das Mädchen erschrocken, »oh, Gott, Ben, was ist denn passiert?«

»Das neue Jahr hat begonnen«, sagte die Frau.

83

Jan Weiler

So sehen Sieger aus

Wir waren in der Schweiz, Graubünden. Der Ort war hübsch, das Hotel zauberhaft, die Pisten weiß, und der Skikurs für die Kinder begann um neun Uhr morgens. Vorher wurde gefrühstückt. Mit uns am Tisch saß das uns vom Hotel zugeordnete Ehepaar Klaus und Dagmar mit ihrem vierjährigen Sohn Colin-Noel. Sie kamen aus Erkelenz, und sie kamen, um zu gewinnen. Das machte Klaus uns gleich klar. Sein Sohn sei der geborene Winner, ein Challenge-Seeker. Ein Mover. Im Kindergarten der Opinion-Leader der Igelgruppe. Colin-Noel habe bereits Buchstabierwettbewerbe sowie das Blockflöten-Vorspielen bei der Musikschule erfolgreich absolviert, zeige sich seit Jahren als unschlagbar im Sackhüpfen, und nun sei Skifahren dran, da könne man Demut lernen, es sei gut für die Koordination, der Schnee härte die Kinder ab und stärke die Abwehrkräfte.

Klaus sah aus wie eine Mischung aus Rene Obermann und Reinhold Messner, ein effizienzorientierter Naturbursche.

Nach dem Frühstück brachen wir auf zur Skischule, einer Institution, der wir unsere Kinder seit Jahren gerne anvertrauen, weil sie davon abends so schön müde sind. Colin-Noel wollte nicht mit. Er weinte. Er mochte keinen Schnee. Klaus schon. Er liebte Schnee, unter anderem, weil dieser kostenneutral zur Verfügung gestellt werde, was heutzutage beileibe nicht selbstverständlich sei.

Wir lieferten Nick und Carla in ihren Gruppen ab, und sie mischten sich wie kleine Fische in den Schwarm. Colin-Noel setzte sich in den Schnee und brüllte. Klaus und Dagmar behaupteten, das lege sich bald, und verschwanden. Mittags fuhren wir an der Skischule vorbei, heimlich gucken, was die Kinder machen. Ehrlich gesagt fuhr ich vor allem vorbei, um heimlich zu sehen, was Colin-Noel so machte. Er saß im Schnee und schrie.

Am nächsten Tag das Gleiche. Wir schauten um elf, und Colin-Noel hockte auf der Piste, die Arme verschränkt, im Gesicht grenzenlose Verzweiflung. Wir fuhren unauffällig gegen Mittag vorbei, und Colin-Noel weinte. Wir kamen um halb drei, und er warf mit Schnee nach dem Skilehrer. Abends sagte ich zu Klaus:

»Vielleicht wäre Schlittenfahren was für Colin-Noel«, und er antwortete beleidigt: »Mein Sohn ist ein Naturtalent. Er ist in einer intensiven kognitiven Phase.« Mittwochs schmollte Colin-Noel kognitiv am Rande der Übungspiste, donnerstags hatte er dabei nicht einmal Skier an, freitags machte er erste zaghafte Versuche, indem er sich vom Skilehrer über die Ebene ziehen ließ.

Am Samstag ließen wir die Skischule sausen, denn die Kinder wollten unbedingt mit der Kutsche fahren. Die im Ort konkurrierenden Schlittenkutscher hießen Hans und Franz, genau wie die Brüste von Heidi Klum. Sie waren zwar miteinander, nicht aber mit Heidi Klum verwandt. Wir entschieden uns für Franz, und für diesen Tag kann ich Colin-Noels Fortschritte nicht beurteilen.

Am Abend verkündete Klaus, dass sein Sohn morgen allen zeigen werde, wo der Hammer hängt. Beim Abschlussrennen werde er von Nick kaum zu schlagen sein. Ich lachte. Nick fährt gut, meistens brettert er einfach so lange geradeaus, bis ein Hindernis kommt, dann lässt er sich fallen. Sieht spektakulär aus. Kurven kann er auch, wenn er will, hält sie aber für überbewertet. Klaus erhob sich vom Abendessen und erklärte, er müsse nun die Skier seines Sohnes wachsen. Er wolle auch die Kanten schleifen. Der Skisport sei eine High-tech-Veranstaltung. Er strich Colin-Noel über den Kopf und sang: »So sehen Sieger aus.«

Am nächsten Vormittag dann das Abschlussrennen. Nick machte sich gut, er fand alle Tore und fiel nicht hin. Mehr kann und darf man von einem Sechsjährigen auch nicht erwarten. Finde ich. Etwas später war Colin-Noel an der Reihe. Sein Vater schubste ihn aus dem Starthäuschen, und Colin-Noel rutschte die Piste abwärts, das Visier beschlagen vor lauter Aufregung. Klaus rannte wie ein Irrer hinter ihm her und brüllte: »Hopp-hopp-hopp-hopp!«

Die Siegerehrung mit der Verteilung der Skischul-medaillen filmte Klaus mit zitternder Hand, und auch ich war aufgeregter, als ich zugeben wollte. Um es abzukürzen: Nick wurde Zwölfter von sechsundzwanzig Startern. Und Colin-Noel wurde Elfter. Nächstes Mal lasse ich auch wachsen. Die kleine Krücke muss doch wohl zu schlagen sein.

Jutta Profijt

Haben wir was verpasst?

»Das wird ja wohl kein Problem sein«, sagte Thekla ungeduldig.

»Ganz meine Meinung, Frau Wagner, ganz meine Meinung.«

Medizinalrat a. D. Doktor Adolf Gerstner und Thekla Wagner lächelten sich zu.

»Ich wäre da nicht so sicher«, warf Dieter Berger ein. »Wir müssen fünfzehn Prozent der Gesamtsumme aufnehmen, das sind immerhin sechzigtausend Mark.«

»Euro!«, korrigierten Thekla Wagner und Doktor Gerstner im Chor.

»Habe ich etwas verpasst?«, fragte Marlene Hauk irritiert.

»Psst, sie kommt!«, wisperte Thekla.

Die vier Verschwörer lehnten sich rasch auf ihren Stühlen zurück, schauten möglichst unbeteiligt und streckten die Rücken durch, so weit die alten Knochen es noch erlaubten. Mit demonstrativer vorweihnachtlicher Gelassenheit widmeten sie sich den auf dem Tisch liegenden Strohhalmen.

»Na, wie weit ist denn Ihr Stern?«, flötete Schwester Hildegard. »Oh, Sie sind aber noch nicht sehr weit«, sagte sie vorwurfsvoll.

»Ein Stern, der deinen Namen trägt ...«, trällerte Marlene.

»Wir diskutieren noch die Ausführung«, erklärte Dieter Berger.

»Gefällt Ihnen meine Anleitung nicht?«

Thekla presste angesichts des schnippischen Tonfalls die rosa kolorierten Lippen aufeinander. So hätte das Personal zu ihrer Zeit nicht gesprochen.

Dieter Berger deutete auf das Anleitungsblatt, auf dem der Weihnachtsstern in Originalgröße abgebildet war.

»Ihre Anleitung ist natürlich hervorragend«, erklärte Doktor Gerstner lächelnd. »Aber es ist ja für alle dieselbe Anleitung.« Mit ausholender Geste deutete er im Aufenthaltsraum um sich. An siebzehn Tischen hockten jeweils vier Bewohnerinnen und Bewohner und bastelten Weihnachtssterne nach Schema F.

»Wir hätten eben gern einen individuellen Stern, den wir dann später am Baum auch als unseren erkennen können.«

89

»Pffft«, machte Schwester Hildegard abschätzig, zuckte die Schultern und ging weiter.

»Die Anleitung ist alles andere als hervorragend«, moserte Dieter Berger. »Die Winkel stimmen nicht. Es müssten überall sechzig Grad sein, aber hier ...« Er drehte das Blatt erst rechts, dann links herum und tippte auf verschiedene Stellen. »Also, wenn ich damals ...«

»... so gearbeitet hätte«, vervollständigten Thekla Wagner und Doktor Gerstner im Chor.

»Habe ich etwas verpasst?«, fragte Marlene irritiert.

»Lassen Sie uns noch einmal auf die wesentlichen Dinge zurückkommen«, sagte Thekla in dem Tonfall, den sie früher für ihre Hausangestellten reserviert hatte. »Wir besitzen dreihundertvierzigtausend Euro, wovon wir das Haus kaufen, die Grunderwerbssteuer, den Notar und sonstige Nebenkosten bezahlen können.«

»Ich wusste sofort, dass es die große Chance meines Lebens war, als die Anfrage aus dem Trocadero kam«, brabbelte Marlene, während ihr Blick ins Leere ging. »Das Trocadero! Paris! Und zwei Tage nach meiner Abreise wurde die Berliner Mauer gebaut. Hätte ich damals auf meine Mutter gehört, ...«

»... wäre nie etwas aus mir geworden«, vervollständigten Dieter Berger, Doktor Gerstner und Thekla im Chor.

»Hatte ich das schon erwähnt?«, fragte Marlene irritiert.

Doktor Gerstner tätschelte ihr nachsichtig lächelnd die Hand, während Thekla die Augen verdrehte. Nur Dieter Berger starrte auf die Strohhalme in der Tischmitte und bewegte lautlos die Lippen. Dann blickte er auf. »Bei einem effektiven Jahreszins von eins Komma neun eins Prozent, das ist das beste Angebot, das uns vorliegt, und einer Laufzeit von zehn Jahren müssten wir knapp über vierhundertdreißig Mark monatliche Belastung rechnen und haben danach noch eine Restschuld von ...«

»Euro!«, korrigierten Doktor Gerstner und Thekla im Chor.

»Habe ich etwas verpasst?«

»Jetzt haben Sie mich herausgebracht.«

»Wir reden morgen weiter«, entschied Thekla nach einem Blick auf die Uhr. »Ich kleide mich jetzt zum Abendessen um. Sie entschuldigen mich.«

Am nächsten Tag pfiff ein kalter Wind um die Häuser und es sah schon wieder nach Schnee aus. Eine kleine Gruppe Menschen war unterwegs. Dieter schob Marlene, die dick eingepackt im Rollstuhl saß, Thekla hatte ihren Kaschmirmantel sorgfältig zugeknöpft und lief neben ihnen her, Doktor Gerstner wies den Weg. Vor dem mit dunklem Glas verspiegelten Portal der Bank zupfte Thekla ihren Mantelkragen zurecht, Dieter lockerte den Schal und Marlene fragte aufgeregt: »Gehen wir ins Theater? Das kenne ich gar nicht. Ich glaube nicht, dass ich hier schon ein Gastspiel gegeben habe.«

Thekla schaute an der Fassade hoch, als ihr etwas einfiel: »Ist das nicht die Bank, die in den letzten Wochen gleich mehrmals überfallen wurde?«

»Vier Mal in zwei Monaten«, bestätigte Dieter. »Clevere Täter, die nie gefasst wurden. Man überlegt sogar, ob es immer dieselben waren, auch wenn sie jedes Mal anders aussahen und der Modus Operandi variierte.«

»Ich hoffe doch, dass wir nicht das Pech haben, Zeugen eines weiteren Überfalls zu werden«, sagte Thekla.

»Machen Sie sich keine Sorgen«, sagte Doktor Gerstner. »Ich bin in diesem Institut seit siebenundfünfzig Jahren Kunde und hatte nie ein unsicheres Gefühl.«

»Siebenundfünfzig Jahre sind eine lange Zeit«, sagte Carsten W. Bandscheidt und nickte gewichtig. »Aber wissen Sie, Herr Gerstner ...«

»Herr Doktor Gerstner«, korrigierte Thekla. Sie

hatte Handschuhe und Schal abgelegt und fächelte sich
Kühlung zu. Die Luftqualität in der riesigen Schalterhalle ließ sehr zu wünschen übrig. Die Mäntel der Kunden dünsteten die Feuchtigkeit eines grauen Dezem-
bertags aus, Kopiergeräte stießen Ozonwolken und
Feinstaub aus, das hatte sie im Radio gehört, und das
billige Adventsgebäck auf dem Tisch des Sachbearbei-
ters roch aufdringlich nach künstlichem Bratapfel-
aroma.

»Leider gibt es mit der Kreditgewährung ein Problem«, fuhr Bandscheidt unbeirrt fort. »Seit einigen Jahren gelten sehr strenge Richtlinien zur Vergabe von
Krediten, vielleicht haben Sie schon von Basel III gehört?«

Doktor Gerstner nickte gewichtig.

»Und aufgrund Ihres fortgeschrittenen Alters stellen Sie ein absolut inakzeptables Kreditausfallrisiko
dar.«

»Wir sind doch nicht alt, junger Mann«, sagte Marlene und kicherte wie ein Schulmädchen. »Ich bin
fünfundzwanzig!«

Bandscheidt musterte sie irritiert.

»Wir besitzen das Kapital für den Immobilener-
werb sowie alle Nebenkosten«, wiederholte Doktor
Gerstner. »Nur den ...«, er wollte »altersgerechten« sa-

93

gen, fand das Wort aber unpassend, »… Umbau haben wir nicht flüssig. Die monatlichen Raten sind kein Problem, unsere Altersbezüge lassen da sogar noch einigen Spielraum.«

»Es tut mir leid, aber die europäischen Bankenregulierungsregeln sind nicht verhandelbar.«

Thekla ließ ein empörtes Schnauben hören. »Milliarden haben wir, die deutschen Steuerzahler, für die Rettung Ihres Kreditinstituts hingeblättert, und jetzt versagen Sie mir einen lumpigen Kleinkredit?«

Bandscheidt griff nach einem mit Schokolade überzogenen Lebkuchen und biss hinein.

»Aber Sie wohnen doch bereits zusammen«, nuschelte er. »Und zwar im nobelsten Seniorenheim der Stadt. Warum wollen Sie den Komfort und die Sicherheit, die Sie durch die Rundum-sorglos-Betreuung dort genießen, gegen eine Wohngemeinschaft aufgeben?«

Dieter Berger, der bis zu diesem Punkt schweigend zugehört hatte, hob die rechte Hand und zählte an den Fingern ab: »Wir wollen essen, wann es uns passt, und zwar Butter statt Margarine, und kein gedämpftes Gemüse mehr. Ich möchte in einem Speisezimmer essen, an dessen Fenstern keine aus buntem Karton ausgeschnittenen Blumen oder Vögel kleben und ich möchte

nicht mehr zum Basteln von Weihnachtssternen genötigt werden. Ich ...«

Thekla legte Dieter eine Hand auf den Arm.

»Wir müssen uns nicht rechtfertigen und werden
uns nicht umstimmen lassen. Das haben schon ganz
andere Kaliber versucht. Holen Sie bitte Ihren Vorge-
setzten.«

»Renitent?«, seufzte Bankdirektor Otmar Hiller und
blickte Sachbearbeiter Carsten Bandscheidt mit müden Augen an. »Was heißt das?«

»Die sind steinalt, eine ist total verwirrt, und gemeinsam wollen sie einen Kredit aufnehmen. Für eine
WG. Raus aus dem Altenheim, auf eigenen Füßen stehen. Völlig plemplem.«

Hiller überlegte, ob er dem Sachbearbeiter die üb-
liche Standpauke in Sachen Kundenfreundlichkeit halten sollte, entschied sich aber dagegen. Er hatte noch
drei Tage bis zur Pensionierung und Bandscheidt
würde es nicht lernen. Auch in dreißig Jahren nicht.

»Details, bitte.«

Bandscheidt warf den Immobilienprospekt auf den
Tisch, den Doktor Gerstner ihm überlassen hatte, und
berichtete. Hiller schaute sich die Papiere an und hörte
aufmerksam zu.

»Bitten Sie die Herrschaften um etwas Geduld. Ich komme gleich.«

Während Bandscheidt sein Büro verließ, griff Bankdirektor Hiller zum Hörer und rief seinen Enkel an. Der Junge war ein zuverlässiger Quell der Freude in unerquicklichen Situationen wie dieser.

Thekla beobachtete das geschäftige Treiben der hin und her eilenden Sachbearbeiter, von denen niemand auf die Idee kam, sie zu grüßen oder ihnen womöglich etwas zu trinken anzubieten. Wie lästige Bittsteller wurden sie behandelt. Impertinent!

Ihr Blick blieb an einem Mann hängen, der mit einem großen Rollkoffer durch die Eingangstür trat, einen Schlüssel aus der Tasche zog und eine Tür öffnete, die Thekla bisher nicht aufgefallen war. In dem kleinen Raum hinter den Geldautomaten öffnete der Mann seinen Koffer und klappte den Deckel auf. Bevor er die Tür hinter sich schloss, konnte Thekla gerade noch die vielen Geldscheine darin erkennen.

In dem Moment nahmen zwei eintretende Kunden ihre Aufmerksamkeit gefangen. Sie trugen voluminöse verschlissene Wintermäntel, die aussahen, als seien sie mit dicken Pullovern oder Kissen ausgestopft. Die Gesichter verschwanden hinter riesigen, leicht getönten Sonnenbrillen, wie sie in den Siebzigern modern gewesen waren, und auf dem Kopf trugen sie große Schlapphüte. Thekla war sich nicht sicher, ob sie es hier mit einer Form von Armut und Geschmacksverirrung oder einer Kostümparade zu tun hatte. Die eine Person – es war gar nicht auszumachen, ob es sich um Mann oder Frau handelte – blieb an einem Geldautomaten stehen, die andere Gestalt ging in die Bank. In dem Augenblick kam ein älterer Bankangestellter aus einem Büro und querte seinen Weg.

Und dann ging alles rasend schnell. Der unförmige dicke Kunde zog eine Pistole aus der Manteltasche, hielt sie dem Mann an den Kopf und brüllte: »Das ist ein Überfall. Alle auf den Boden!«

Ein Aufschrei ging durch die Schalterhalle, dann herrschte schlagartig lähmende Stille. Alle Blicke waren auf die Gestalt mit der Waffe in der Hand gerichtet. Unter Gemurmel begannen die Anwesenden schließlich, dem Befehl zu folgen.

Thekla dachte nicht daran, sich auf den schmutzigen Boden zu legen, ebenso wenig wie Doktor Gerstner. Marlene allerdings wollte sich mit vorgereckten Armen aus dem Rollstuhl nach vorne werfen. Dieter Berger hatte seine liebe Not, sie unter Einsatz seiner ganzen Kraft abzufangen und vorsichtig auf den Teppich gleiten zu lassen. Dann legte er schützend den Arm um ihre Schultern.

»Sie da, runter mit Ihnen!«, brüllte der Bankräuber. Thekla und Doktor Gerstner blieben sitzen, beugten sich aber so weit sie konnten vor und legten die Arme über den Kopf. Thekla sah jetzt nichts mehr und konnte sich nur noch auf ihr Gehör verlassen. Sie lauschte angestrengt, und es klang, als ob der Bankräuber seine Geisel Richtung Vorraum schleifte, wo sein Kumpan bereits an die Tür gehämmert hatte, hinter der der Mann mit dem Geldkoffer verschwunden war.

»Aufmachen! Dies ist ein Überfall! Kohle her! Wir haben Geiseln!«

»Ich bin es, Direktor Hiller. Er hält mir eine Pistole an den Kopf. Machen Sie auf!«, hörte Thekla eine verängstigte Stimme. Das musste der ältere Bankangestellte sein, vermutete Thekla. Der Mann hatte ausgesehen, als habe er das Pensionsalter bereits erreicht, und Thekla wünschte ihm sehr, dass er seinen Ruhestand noch erlebte. Sie spitzte die Ohren, bemerkte aber plötzlich, dass die Geräusche sich immer weiter entfernten. Dann wurde ihr schwarz vor Augen.

»Sie ist wieder bei sich!«

Thekla sah mehrere Gesichter über sich schweben,

98

darunter das von Herrn Doktor Gerstner, der ihren Puls fühlte und ihre Wange tätschelte.

»Lassen Sie das, mir geht es gut«, herrschte Thekla ihn an. Keine Sekunde länger würde sie mit ihrem guten Kaschmirmantel auf dem Fußboden liegen bleiben!

Um sie herum wimmelte es von Menschen mit und ohne Uniform und von Sanitätern, die von Doktor Gerstner mit einer knappen Handbewegung weitergeschickt wurden. Thekla nickte ihm zu. Er hatte verstanden, dass sie nur eines brauchte, nämlich einen Moment Zeit, um ihre Fassung wiederzugewinnen.

Es hatte dann noch eine ganze Weile gedauert, bis alle vernommen und alle Spuren gesichert worden waren. Als sie endlich auf der Straße standen, atmete Thekla erleichtert auf. Weder Dieter Berger noch Doktor Gerstner hatten der Polizei sachdienliche Hinweise geben können, von Marlene ganz zu schweigen. Das, was Thekla gehört hatte, deckte sich mit den Aufnahmen der Videoüberwachung. Gesichter waren auf dem Band nicht zu erkennen und die Diebe waren mit dem Geld auf und davon. Immerhin gab es keine Verletzten. Ende gut, alles gut, dachte Thekla und drückte ihre Handtasche gegen einen sperrigen Beutel im Gepäcknetz von Marlenes Rollstuhl. Ob Dieter Berger dort wieder ein paar Technikmagazine aus der Warteecke der Bank hineingeschmuggelt hatte? Egal, Hauptsache sie musste die Tasche nicht selbst tragen, denn ganz so kräftig, wie sie eben getan hatte, fühlte sie sich doch nicht.

»Ich kaufe die Schlossallee«, krähte Marlene, als man sich nach dem Abendessen noch zu einer obligatorischen Runde Monopoly im Aufenthaltsraum zusammengefunden hatte. Konzentriert suchte sie hinter ihrem Rücken etwas an der Lehne des Rollstuhls.

»Das übersteigt Ihre finanziellen Möglichkeiten, meine Liebe«, erklärte Thekla mit mühsam unterdrückter Herablassung.

»Voilà!« Mit diesem Ausruf zog Marlene eine Plastiktüte hervor und schüttete den Inhalt auf das Spielbrett. Ihre drei Mitspieler starrten eine gefühlte Ewigkeit lang entgeistert auf die Geldscheine.

»Sind die echt?«, fragte Dieter Berger schließlich mit zittriger Stimme.

»Weg damit«, ordnete Thekla an und riss Marlene die Plastiktüte aus der Hand. Fahrig stopfte sie die Hunderter, Fünfziger, Zwanziger, Zehner und Fünfer hinein, während die Herren noch stumm auf den Geldsegen starrten und Marlene laut protestierte.

»Schwester Hildegard von links«, murmelte Dieter Berger. Thekla ließ die Tüte unter dem Tisch verschwinden.

»Was gibt es denn hier schon wieder?«, fragte Schwester Hildegard genervt.

»Alles in Ordnung. Wir wollten gerade Schluss machen. Es war doch ein sehr aufregender Tag.«

Marlene schüttelte sich geschmolzene Schneeflocken aus der Mütze und lächelte Bankdirektor Hiller huldvoll an. »Alle meine Verehrer haben mir immer Schmuck geschenkt. Nie ...«, ihr Blick wurde düster, »... nie war jemand so impertinent, mir Geld zu geben. Das sieht ja aus, als wäre ich ein billiges Flittchen!«

»Wir werden das Rätsel, wie die einhundertviertausendsiebenhundertfünfundfünzig Euro in Marlenes Gepäcknetz gekommen sind, vielleicht nie lösen«, sagte Doktor Gerstner mit einem leisen Scufzer.

»Ich könnte schwören, ich hätte Marlene nicht eine Sekunde aus den Augen gelassen«, sagte Dieter Berger mit hilflosem Achselzucken zum wiederholten Mal.

Bankdirektor Hiller blickte nachdenklich auf die vier zerknirschten Senioren, die vor seinem Schreibtisch standen. Zwischen ihnen auf dem Tisch stand ein flacher Karton. Er betrachtete ihn eingehend und spürte plötzlich, wie eine Welle unangemessener Heiterkeit in ihm hochstieg. Erst drängte ein leises Kichern aus seiner Kehle, dann ein glucksendes Lachen und schließlich schüttelte ihn ein Lachkrampf, bis ihm die Tränen kamen.

Thekla und Doktor Gerstner schauten einander unsicher an.

»Ich weiß Ihre Ehrlichkeit zu schätzen. Und nun nehmen Sie das Geld bitte wieder mit«, japste Bankdirektor Hiller zwischen zwei Lachanfällen.

Thekla glaubte, sich verhört zu haben.

»Das geht natürlich nicht«, widersprach Doktor Gerstner mit leiser Entrüstung. »Wir sind doch keine Bankräuber!«

Hiller nickte. »Ich weiß. Genau deshalb. Sie haben nichts Unrechtes getan und die Angelegenheit geht ihren Gang. Die Versicherung ersetzt den Verlust, die Polizei wird den Übeltäter auch dieses Mal nicht finden und ich bin ab morgen im Ruhestand. Lassen Sie uns das bitte nicht alles wieder aufrollen.«

Doktor Gerstner hob zu einem neuerlichen Einwand an, als Thekla ihm sanft eine Hand auf den Arm legte. »Sie meinen, es fehlt niemandem?«, wandte sie sich freundlich interessiert an den Bankdirektor.

»Richtig. Im Vergleich zu den Milliarden, die die

Banken aus eigener Gier verzockt haben, sind das hier nun wirklich Peanuts. Ob das Geld wieder auftaucht oder nicht, macht weder für die Bank noch für die Versicherung einen Unterschied. Aber für Sie macht es einen, oder?«

»Dann kaufe ich jetzt die Schlossallee«, krähte Marlene dazwischen. Dieter Berger nickte ihr lächelnd zu.

Thekla und Doktor Gerstner wechselten einen langen Blick. Schließlich stand Thekla auf, klappte den Karton zu, schnürte das Geschenkband wieder herum, das sie in Ermangelung einer Paketkordel hatte benutzen müssen, und steckte den Karton zurück in ihre Umhängetasche.

»Ich wünsche Ihnen alles Gute im Ruhestand. Und wenn Sie mal in der Friedrichstraße sind, kommen Sie doch auf eine Tasse Kaffee herein.«

»Gern«, sagte Hiller, »das lasse ich mir nicht zweimal sagen.« Er reichte den vier Besuchern zum Abschied die Hand.

»Eine Fügung des Himmels«, murmelte Marlene auf dem Heimweg immer wieder. »Eine Fügung des Himmels.«

Herr Doktor Gerstner hingegen glaubte nicht an himmlische Mächte.

»Ein netter Herr, dieser Hiller«, sagte Thekla mit verträumtem Lächeln. Auch Dieter Berger wandte sich um und nickte bestätigend. »Der Überfall hätte kaum zu einem passenderen Zeitpunkt stattfinden können.«

Doktor Gerstner, Thekla und Dieter tauschten einen wissenden Blick. Schade, dachte Doktor Gerstner, dass der Mann in Rente ging.

»Alles Gute zum Ruhestand, Opa«, sagte Benny und boxte Ex-Bankdirektor Hiller gegen die Schulter. »Danke, mein Junge«, entgegnete Hiller und strahlte Benny und Kristina an. Hillers Frau Luise verließ das Wohnzimmer, um frischen Kaffee für ihren einzigen Enkel und seine reizende Freundin aufzubrühen.

»Ich glaube, ich bin glücklicher über deinen Ruhestand als du selbst«, flüsterte Benny seinem Opa ins Ohr. »Diese ständigen Auftritte als Bankräuber wurden mir zum Schluss doch etwas viel.«

Kristina zog einen Schmollmund und deutete ein Kopfschütteln an. Hiller grinste, er hatte die junge Frau immer für sehr pragmatisch gehalten.

»Aber dank eurer tatkräftigen Kreditvergaben bleibt die Bäckerei in eurer Straße erhalten, weil der neue Ofen angeschafft werden konnte, dein Freund konnte sich endlich selbstständig machen, die Kita in der Nachbarschaft …«

»Du hast ja recht«, gab Benny widerstrebend zu. »Trotzdem fühle ich mich nicht wohl in dieser Robin-Hood-Rolle. Außerdem hatte ich jedes Mal Angst, dass beim Überfall etwas schiefgehen könnte. Ich bin froh, dass es vorbei ist.«

»Bist du dir da sicher?«, fragte Hiller. »Frau Weißenstein von der Filiale am Salzmarkt hat mir bei der offiziellen Abschiedsfeier gestanden, wie frustriert sie über die ablehnende Kreditpolitik der Geschäftsleitung ist. Der Frau kann doch sicher geholfen werden, oder?«

Mascha Kaléko

Novemberbrief aus Ascona

… Im November? Nein, im November reist »man« nicht nach Ascona. Nun, da ich hier bin, weiß ich auch warum. Die Nachsaison ist vorbei. Und was bietet Ascona im Winter? Romantik – vielleicht. Und Stille. Doch diese Art von Stille ist noch nicht in Mode. Das ist gut so. Morgen schon mag sie »Snob appeal« haben und übermorgen »Mob appeal«. Einstweilen aber sitze ich, Fremdling unter Ortsansässigen, in meiner lieblichen Casa Bertolli, und Ascona gehört mir. Mir und dem Restbestand der vom Frühherbst übrig gebliebenen Gäste. Ab und zu gesellt sich zu uns ein vorüberrasender Autofahrer, auf dem Wege zu begehrenswerteren Zielen. Aber sonst ist Ascona wieder ganz und gar die Tessiner Ortschaft ohne Rummel und Reiseverkehr. Die paar Ortsfremden stören kaum.

Blinzelt aber die Sonne auch nur ein bisschen ermunternd, kommt alles auf die Piazza hinausgeflattert.

In Wolljacke und Schal, versteht sich. Aber immerhin, geflattert, wie die zu Tode fotografierten Tauben auf dem Markusplatz. Hast du Glück, funktioniert die Sonne vom Zehnuhrkaffee an bis zum Espresso um drei. Dazu ist sie vertraglich verpflichtet, laut Reiseprospekt und »Statistik der sonnenreichen Tage im Tessin«. Nichtsdestoweniger – aber, bitte nicht der Kurverwaltung weitersagen – schon gegen vier bezweifelt der zitternde Zugereiste, dass es hierorts auch nur einen halben Sonnenstrahl gegeben haben könnte. So heimtückisch überfällt dich der Abend.

Bläulich grau hängt er mit einem Mal über dem Lago Maggiore. Und schieferfarben, mit Silberlichtern bestreut, taucht jetzt ein Miniatur-Vineta aus dem See auf: die herbstlich verzauberte Isola di Brissago. Wie ein i-Tüpfelchen ist ein rundes Eiland ihr vorgelagert – das Ganze bildet eine Art geologisches Ausrufezeichen. Die Interpunktion der Landschaft, Tag um Tag lernst du sie besser lesen. Dort, die Bucht trägt seit gestern den sanften Novemberschleier um die Schultern, und die Berge im Nebel schweigen.

Den See hast du nun ganz für dich, und siehe da, er ist ein herrlicher See, sobald man ihn von parkenden Autos befreit. Ein kleines Boot huscht vorbei, schattenhaft. Darüber, gelblich perlmuttern, das erste Mondviertel, die Sense – ein japanischer Holzschnitt, wie er im Buche steht. Dämmerstunden, aus Schwermut gesponnen, mit etwas Heimweh durchwirkt für den einsamen Fremden. Alles eilt nun heim an den Herd des Hauses. Alles, außer ihm. Hunde bellen ihm nicht zum Gruße, und auf der weinblattumrankten Pergola hüpfen fremde Kinder dem Vater entgegen. Da flüchtet man sich eilig in das nun nicht mehr so gastliche Gasthaus. Der allabendliche Gang durchs Dorf wird zum tröstlichen Ritual: Zunächst in die Posta hinunter, und man verlässt das pastellrosa Tessinhaus herrlich beladen, mit der Posternte des Tages unterm Arm und den Zeitungen von daheim.

Menschenleer die Straße, schon flammen die ersten Lichter auf und die Lampen in den alten Dorfhäusern. Auf jeden Schritt antworten dir die Pflastersteine, und du schlenderst dahin, begleitet vom Echo der sich eng windenden Gassen. Wuchtig gehen die Glockenschwengel über deinem Kopfe hin und her. Dann Stille. Auf einmal, von fern, Gesang. Uralter Choral der Benediktinermönche aus dem Collegio. Und noch ferner, das Rauschen einer Orgel …

Die letzten Obstkörbe werden ins Ladeninnere geholt, Tore geschlossen. Hie und da begegnest du einer

eiligen Tessinerin, den Brotlaib im Korb, die Chianti-
flasche unterm Arm.

Nun hört man Giovanni in seiner Dachstube. Niemand singt heutzutage noch so wie der junge Kalab-
rese. Als hätte er noch nie ein Radio gehört. Als wüsste
er nichts von Schallplatten und Musikautomaten, den
mechanischen und den zweibeinigen. Horch. Altmo-
disch-wehmütig tönt seine Stimme, und doch nicht
ölig wie die Fabrikware der »O sole mio«-Tenöre, die
sich »professionell« produzieren. Mit einer Innigkeit
aus vergangenen Jahrhunderten, fast ausgestorben im
Zeitalter des »Twist« (dem die jugendlichen Tessiner
nicht minder verfallen sind als ihre Altersgenossen in
Manhattan oder anderswo).

Doch Giovanni ist aus dem fernen Kalabrien, ganz
unten auf dem italienischen »Stiefel«, und sein Hei-
matdorf ist so winzig, dass du es vergeblich auf der
Landkarte suchen wirst. Dort singt man einstweilen
noch, so schlicht, dass es jeder verstehen muss, ob er
die Worte des Liedes kennt oder nicht. In seinem Gesang ist das Heimweh nach seinem Dorf, dem Oliven-
hain hinterm Haus, seinem Eselchen, der scharfen
Sonne der Heimat, die schon den nahen Orient spürt.
Der gutturalen, langgedehnten Singweise dieses Jungen hört man die Nachbarschaft der Wüste quer übers

Meer hin an. Nein, mit dem Schmachtfetzen aus der Jukebox, zu dem die jungen Asconeser des Sonntags so gern tanzen, hat das wenig zu tun.

Und wieder, und noch einmal – die Glocken. Ohrenbetäubend, so nah, so laut. Denn die Kirchen sind hier, sozusagen, im Dorfe geblieben, und wohin du auch fliehst, du entgehst ihnen nicht. Aus tiefstem Schlaf rufen sie dich, zur Messe, zum Angelus. Sie gehören zu Ascona, wie der eigenartige Duft zu diesem Orte gehört. Tag um Tag, zur Stunde der Dämmerung beginnt Ascona zu duften. Wohltuend-anheimelnd ist dieser Geruch, an Urväterisches gemahnend. Wonach riecht es? Nach würzigem Waldholz, das jetzt im Kaminfeuer Funken sprüht, nach den violettblauen Ticinotrauben im Weidenkorb, nach trocknenden Kamillekränzen und Minzenkraut auf dem Küchenbalkon. Nach Abendnebel und herbem Krautrauch von den Feldern. Und selbstverständlich nach dem Küchenaroma, das auf die Gassen dringt: Tomate, Thymian und brutzelndes Olivenöl, zur Stunde der abendlichen Pasta.

Und dazu kommt nun der winterliche Duft der »Castagnate«, dem festlichen Kastanienrösten, das die Freunde am offenen Kaminfeuer versammelt, zum gemeinsamen Maronischmaus. Vielerlei Düfte schaffen die typische Ascona-Mischung.

Rieselregen. Die Gassen werden lustig mit den hüpfenden, knallroten Schirmen. Auch du eilst heim, unter deinem roten Asconaschirm, mit dem Regen um die Wette. Rasch in die Bude und in einen schweigsamen Novemberabend.

Wer allerdings ohne »Nachtleben« nicht auskommen kann, trinkt seinen Grappa im einzigen Hotel an der Piazza, das noch ein paar Gäste beherbergt. Feineres gibt es in der Bar um die Ecke, sogar mit Klavierspieler, natürlich erst zum Wochenende. Werktags mag der Vergnügungssüchtige ins Café Verbano einkehren und den ortsüblichen Lustbarkeiten frönen. Als da sind: mit der italienischen Kellnerin schäkern, den etwas ramponierten Zeitschriftenberg noch einmal durchstöbern und dabei die klassischen Konturen der »Liz« oder »Loren« auswendig lernen. Er mag auch ein leckeres Fondue überm Spiritusflämmchen genießerisch absolvieren zum Klang des auf Turin eingestellten Radioapparates. Aber »los« ist hier nichts mehr. Jetzt findet nämlich hierorts eine Jahreszeit statt, die es eigentlich nicht gibt: zu kahl für Sommer, zu grün für Winter. Und den Herbst haben sie auch schon »eingemottet«, zusammen mit den bunten Terrassensesseln. Dafür ist in der Halle der Winterofen geheizt, die elektrischen Öflein tun's nicht mehr. Statt der Mimosen und Glyzinien blühen vor den Fenstern die Schilder »CHIUSO« – Geschlossen! Aber ins Kino kannst du gehen, in das Kino. Und kann man nicht sehen, was einem gefällt, so muss einem gefallen, was man zu sehen bekommt.

Für ganz Unternehmungslustige bleibt noch immer der Ausflug über die italienische Nahebei-Grenze, der Besuch beim Handschuhmacher in Orta, bei dem die Duchess of Windsor arbeiten lässt. Fall nicht herunter von der Wackelstiege, die zu seinem »Atelier« neben der Küche führt! Oder aber die Jagd auf Antiquitäten in Bergdörfern, hoch über Ascona, auf abenteuerlichen, verschluchteten Wegen, die nur der verwegene Autofahrer aufsucht. Man kann sich, wenn's sein muss, auch ein Horoskop stellen lassen oder bei einem der »Teetische« den oder jenen ortsansässigen Autor lesen hören. Und schließlich gibt's ja Bücher. Sogar zum Leihen, in jenem rührenden Etablissement, genannt *Biblioteca Popolare Ascona*, die neuerdings fast »up to date« geworden ist. Damit aber wären wohl selbst die halböffentlichen Vergnügungsmöglichkeiten des spätherbstlichen Ascona erschöpft.

Eine günstige Atmosphäre also für den schöpferischen Künstler, nicht wahr? Poeten und dergleichen müssen ja geradezu … Sollte man meinen.

»Keinesfalls«, sagt zu diesem Thema Erich Maria Remarque, der sein Ascona seit einem Vierteljahrhundert gut kennt. Seine Bücher sind in den Lokalbuchhandlungen immer auf Lager. »Ascona«, meint er, »regt die meisten nicht zum Schaffen an, sondern zum Nichtstun.« Haben sie eine Idee, so verschwatzen sie sich leicht bei einem Campari. »Wie vielen bin ich schon begegnet auf der Piazza, frisch angekommen mit dem Vorsatz, in Ascona ›das Werk‹ zu schaffen, zu vollenden! Bald aber sah man sie gemächlich mit den anderen im Sonnenschein vor dem Albergo sitzen und fleißig auf den Lago Maggiore blicken. Tag für Tag hockten sie da vor ihrem Glase, und es dauerte nicht lange, da hatten auch sie jenen ›leeren hellblauen Blick‹, den Sie an manchem Bohemien hier bemerkt haben werden!«

Ganz unrecht hat er nicht – wo blieb sie, die tolle Kunstproduktion all derer, die jahrzehntelang zu diesem Behufe nach Ascona pilgerten. Wo sind sie, die großen Dichter, Maler und Musiker? – Und doch, das weiß auch Remarque, kommt der »heilige Geist« der Schöpferlust über einen, dann kann ihn auch das camparirosige Piazzaleben und der himmelblauste Lago

Maggiore nicht abhalten. Stille gibt es, wenn man sie sucht, und einen Winter, der nachdenklich stimmt, zur Klausur.

So hatte ich mir das schöpferische Ascona von dazumal gedacht: Tages Arbeit, abends Gäste. Trägt nicht ein jeder von uns heimlich einen alten Ortsnamen mit sich herum als etwas Unerledigtes auf dem Kalender, das irgendwann nachzuholen wäre? Für mich war Ascona so ein Name.

Im Romanischen Café einst galt Ascona als der Treffpunkt für Former und Reformer. Jede »Richtung« war vertreten, so hieß es, von der Rohkost bis zur Religion. Das Dorado der Vegetarier und Vegetierer. Hier lebten die Sektierer ihre Ideale und Utopien, die Anhänger der Nussbutter und Nacktkultur.

Man entfloh der großstädtischen Zivilisation, den diversen geistigen und kulturellen Korsetten der »goldenen zwanziger Jahre«. Hier fand man eine billige Unterkunft (das waren Zeiten!), man wusch sich am Steinbrunnen im Hof, unter der Aufsicht einer hölzernen Bauernmadonna, ließ sich einen fotogenen Bart stehen und trug seinen Anteil bei zur »pittoresken Künstlerkolonie« im Tessin.

Es war einmal. Heute ist Ascona ein Mekka für Touristenbusse und ein beliebtes »Buon Retiro« für Arrivierte. Die Luxusvillen haben mit dem alten Tessiner »Hüsli« kaum etwas gemein. Die Architektur draußen, die Stilmöbel und Perserteppiche drinnen sagen deutlich: die Bankbilanz stimmt. Statt Künstlers Erdenwallen die neureiche »Haben-Sie-schon-ein-Haus-im-Tessin«-Bewegung!

Kein Hotelzimmer frei während der Saison, in Ascona trifft sich tout l'Europe, einiges Amerika und andere Kontinente ... Cadillacs rasen, Jaguare brüllen, und plebejische Touristenbusse schnaufen hinunter an die Piazza. Vor all der motorisierten Menschheit sieht man kaum noch einen Zipfel des tiefblauen Lago. Aber im November sind die Fremden fort. Und es wird nichts wie reinegemacht in den Hotels und Gasthäusern. Das klopft von früh bis spät auf Federbetten herum und auf Teppichen, das scheuert polternd die Treppenflure, das hantiert mit Eimer und Besen, sodass die Erde erzittert ob solcher Wucht.

Nun hat es sogar geschneit über Nacht, und das Wiener Ehepaar will abreisen. Die Feuchtigkeit ... da hilft auch kein Pfefferminztee mehr, hüstelt der alte Herr und fordert die Rechnung. Ja, Schnee auf den Bergen, das »is scho' malerisch, gewiss, aber auch gesundheitsschädlich«, meint seine Frau. Und sie befragen das

Kursbuch. Sogar in Sorrento ist es schon zu kalt. Und Kairo kann man sich dies Jahr nicht leisten. Ja, über Nacht ist alles verwandelt, Klima, Landschaft und »Weltmarkt« obendrein.

Die Wagen rollen fort, sogar die Lehrerin aus Virginia ist abgereist, mitsamt dem rotledernen Autogrammbüchlein. Zu Mittag sind im kleinen Esssaal nur noch drei Tische gedeckt. Auf der Piazza lagert eine Schneedecke auf dem braunen Blätterteppich von gestern. Und beim Pancaldi, wo man seine ›Times‹ holt, hängt schon wieder ein neues Schild:

»Diejenigen Herrschaften, die auf Weihnachtsstollen reflektieren, mögen an der Kasse ihre Bestellung aufgeben.«

Ulrike Herwig

Winterliebe

Die Toiletten waren in einem schrecklichen Zustand. Nadine stapfte durch die Überschwemmung auf dem Fußboden, wobei sie inständig hoffte, dass es sich hier nur um Wasser handelte. In ihrer Klokabine ging die Tür nicht richtig zu. Also musste sie auch noch aus ihrer ungraziösen Hocke heraus mit einer Hand die Tür zudrücken. Wenn jetzt jemand unerwartet die Tür aufstieß, würde sie wie ein Pferd in der Box dastehen, ihren dicken Skianzug und die langen warmen Unterhosen um die Knöchel gewickelt, und dann wahrscheinlich den Halt verlieren und nach hinten umkippen.

Jemand betrat jetzt die Nachbarkabine und nörgelte: »Voll versifft hier, aber echt!«

Kleidung raschelte und eine andere Stimme sagte: »Mann, ich kann kaum noch laufen. Alex ist wie ein wildes Tier, der will die ganze Nacht lang.«

»Echt?«, erkundigte sich die Erste, mit einem Hauch Neid dabei.

Die Stimmen klangen jung und unbekümmert. Nadine zerrte demonstrativ laut Papier von der Rolle, um zu signalisieren, dass sich noch jemand hier befand.

»Wenn ich ihm sage, dass ich nicht mehr kann, meint er nur, dass wir uns ja zwischendurch einen Porno angucken und dann weitermachen können«, fuhr die Stimme komplett ungerührt fort.

»Boah, echt jetzt?«, fragte wieder die Erste.

Nadine zog rasch die Klospülung, zwängte sich wieder in ihre Ganzkörperhülle und ging zum Waschbecken. In dem halb blinden Spiegel sah sie erschreckend bleich aus, ein Eindruck, der durch ihre violette Pudelmütze noch verstärkt wurde. Welcher Affe hatte sie nur geritten, dieses hässliche Ding zu kaufen? Und dann hierher mitzukommen? Ausgerechnet zum Langlaufen. Sie fühlte sich wie ein Elefant auf zwei dünnen Brettern. Ein unsportlicher Elefant mit lila Mütze. Nadine seufzte.

Mittlerweile waren die Besitzerinnen der Stimmen aus den Klokabinen gekommen, zwei Mädchen, Anfang zwanzig, nur ein paar Jahre jünger als Nadine selbst. Die eine mit Schmollmund und viel zu viel Kajal um die Augen, die andere mit blonden Strähnchen und Knutschfleck am Hals. Sie würdigten Nadine keines Blickes, sondern betrachteten sich eingehend im Spiegel.

»Ich sehe so was von scheiße aus!«, meinte die mit dem Schmollmund und fuhr sich hektisch durchs Haar. Dann schlurften die zwei mit ihren dicken Stiefeln hinaus. Nadine tappte zögernd hinter ihnen her.

Draußen wartete ein athletischer junger Mann auf die beiden und legte besitzergreifend den Arm um die Blonde. War das Alex, der unermüdliche Rammler? Ein anderer Typ stellte sich jetzt dazu, mit verdrossenem Gesichtsausdruck und einer kanariengelben Pudelmütze, deren Anblick bei Nadine ein winziges Triumphgefühl auslöste. Wenigstens gab es noch peinlichere Kopfbedeckungen als ihre.

Wo waren eigentlich Stefan und seine Freunde? Nadine ließ ihren Blick über den Parkplatz schweifen, auf dem es nur so wimmelte von skiwütigem Volk. Männer, die wie zur Everest-Besteigung ausstaffiert waren, Frauen mit Skihosen im Schlangenmuster, junge Leute mit riesigen Sonnenbrillen und Snowboards, zwergenhafte Kinder, die nur aus aufgeplusterten Anzügen zu bestehen schienen und mit beneidenswerter Sicherheit auf ihren Skiern herumsausten.

Nadine trug einen geliehenen Skianzug von Stefans Schwester, der zwei Nummern zu groß und viel zu dick für das Langlaufen war. Im Grunde ihres Herzens hasste Nadine den Winter und alles, was damit zusammenhing, Weihnachten mal ausgenommen. Und Wintersport war so gar nicht ihr Ding. Geschweige denn, dass sie die passenden Klamotten dafür hatte.

Weiter vorn am Skilift entdeckte Nadine jetzt die anderen, die gerade laut lachten. Eine panische Sekunde lang hatte sie den Eindruck, dass sie der Grund für den ausufernden Heiterkeitsausbruch war. Aber da drehte sich Stefan um und winkte ihr zu, und sie atmete tief durch. Natürlich nicht. Er hatte sie schließlich zu diesem Ausflug eingeladen, damit sie seine Freunde kennenlernte, und das hätte er ja wohl kaum getan, wenn er sie lächerlich fand. Selbst ein Blinder konnte sehen, dass diesem Tag ein romantischer Abend in einer Bar und eine kuschelige Nacht zu zweit folgen würde und damit der erste Schritt in Richtung feste Beziehung getan war.

Entschlossen stapfte Nadine der Gruppe entgegen.

»Jetzt kann's losgehen«, rief Stefan ihr zu. »Zehn Kilometer bis zum *Wachinger Hof,* dann wieder zurück. Herrlich!« Er war aufgeregt wie ein glücklicher Schuljunge. Kumpelhaft legte er ihr den Arm um die Schulter. »Du wirst sehen, das macht totalen Spaß!«

Sie nickte, lächelte und heuchelte immense Vorfreude. Die paar Schritte in den ebenfalls von Stefans Schwester geliehenen, diesmal allerdings leider zu kleinen Skilanglauf-Schuhen hatten ihre Zehen bereits völlig zerquetscht.

Eine halbe Stunde später mühte sie sich schwerfällig auf diesen idiotisch langen Skiern den Waldweg entlang. Mittlerweile war jegliches Gefühl in ihren Füßen verloren gegangen. Wozu machten Leute so etwas? Wer war nur auf die Schnapsidee gekommen, auf zwei langen Zaunlatten durch die Welt zu rutschen? Zuerst hatte sie sich ja glücklich geschätzt, wenigstens nicht den Hang hinunterfahren zu müssen, mittlerweile erschien ihr das allerdings als das kleinere Übel. Am Skihang wäre sie garantiert nach einer lebensgefährlichen ersten Runde bereits außer Gefecht gesetzt und könnte jetzt, vielleicht sogar mit gebrochenem Fuß, in der ärztlichen Notaufnahme sitzen und Tee trinken. Eine herrliche Vorstellung – warm und geborgen und vor allem weit weg von Stefans nervigen Studienfreunden.

»Alles klar?«, rief gerade diese Liane zu ihr nach hinten, wartete aber keine Antwort ab. Diese eingebildete Tusse in ihrem himmelblauen todschicken Outfit hatte

Nadine ja ganz besonders gefressen. Dafür, dass sie nur eine »alte Studienfreundin« von Stefan war, schäkerte sie ganz schön mit ihm herum. Überhaupt waren sie alle eigentlich gar nicht so lustig, wie sie sich nach Stefans Erzählungen angehört hatten, sondern eher nervig.

Schon im Auto hatte es angefangen, als Liane darauf bestanden hatte, dieses Gekreische von Helene Fischer anzuhören. Anna und Bert, das Traumpaar aus Unizeiten, telefonierten ständig mit dem Babysitter, offenbar eine taubstumme Person, die angeschrien werden musste. Frank, Typ Klassenkasper vom Dienst, riss einen abgeschmackten Kalauer nach dem anderen. Immer wieder wurden ihr unbekannte Physikprofessoren zitiert, von wahnsinnig extremen Jahrhundertpartys geschwärmt, die Nadine als zu spät erkorene Freundin natürlich leider verpasst hatte, und von originellen Vorlesungen und chaotischen Prüfungen erzählt. Die Krönung aber stellten Franks unerträgliche Physikerwitze dar – Albert Einstein war relativ, Konrad Röntgen war durchschaubar, Anders Celsius war hitzig und so weiter. Lautes Gelächter erschallte pausenlos, an dem Nadine sich beteiligte, ohne zu wissen, warum. Jetzt schämte sie sich fast dafür.

Stumm mühte sie sich hinter der Gruppe her und

kam sich vor wie ein Kind, das nicht mit den Erwachsenen Schritt halten konnte.

Stefan drehte sich zu ihr um. »Kommst du klar?«, rief er. »Hier ist es eigentlich noch ganz flach.«

»Ja. Ich bin nur nicht so schnell«, entgegnete sie.

»Schnelle Frauen laufen eh nur davon«, witzelte Frank prompt.

Liane grinste und Nadine ergötzte sich eine Sekunde lang an der Vorstellung, wie sie Liane das Grinsen mit einer riesigen Ladung Schnee aus dem Gesicht reiben würde. Aber sie würde nicht aufgeben. Stefan war der erste annehmbare Typ, der ihr seit langem über den Weg gelaufen war, und sie würde ihm beweisen, dass sie gut zu ihm passte. Das wäre doch gelacht! Entschlossen bewegte sie sich weiter auf ihren Skiern vorwärts, mal langsam und schnaufend wie eine russische Bäuerin hinter dem Pflug, mal ruckweise wie ein Schiff auf feuchtem Sand. Ihre Beine zitterten unkontrolliert, ihre Füße schmerzten und waren garantiert schon erfroren, ihr Gesicht hingegen war schweißüberströmt, die Haare unter der grusligen Mütze klitschnass. Außerdem musste sie schon wieder pinkeln.

»Hügelalarm«, rief Liane auf einmal, und aus irgendeinem Grund lachten die anderen und legten schwungvoll einen Zahn zu. Nadine konnte sehen, wie Stefan mit sich kämpfte. Natürlich wäre er am liebsten den anderen hinterhergesaust, um mit einem genauso idiotischen »Astalavista, Baby!« wie Frank den kleinen Hügel weiter vorn hinunterzupreschen. Aber er blieb stattdessen stehen und drehte sich nach ihr um. War da ein Hauch von Genervtheit in seinem Blick? Eine winzige Spur von Reue, dass er sich dieses unsportliche Weib aufgehalst hatte? Er verließ die Loipe, wendete elegant und glitt geradezu schwerelos auf Nadine zu.

»Hey«, sagte sie und lächelte ihn an. Endlich waren sie mal alleine. Sie beugte sich nach vorn, um ihm einen Kuss auf die Wange zu hauchen, verlor dabei die Balance, wedelte hektisch mit den Armen und hieb Stefan ihren Skistock ins Gesicht.

»Oh, shit, sorry!«, stammelte sie erschrocken.

Über Stefans Wange zog sich ein roter Striemen, er wirkte einen Moment lang gekränkt. »Schon gut«, murmelte er und massierte sich die linke Gesichtshälfte.

Nadine fand, dass es genervt klang. »Tut mir echt leid«, wiederholte sie daher bittend.

»Hm. Du musst lockerer werden in den Knien. Dann kommst du auch schneller vorwärts.« Offenbar war er nicht in Flirtlaune. Dauernd blickte er sehnsüchtig in Richtung Hügel, von dem schrilles Kreischen und Lachen ertönte.

Mein Gott, dachte sie. Es ist doch nur Schnee. »Weißt du was, fahr ruhig schon vor. Ich komme gleich nach«, sagte sie betont munter. »Ich muss nur mal. Und dann werde ich meine Knie lockern und du wirst mich kaum noch einholen können.«

»Wie jetzt?« Stefan kniff verwirrt ein Auge zu.

»Das war ein Scherz«, erklärte sie und schaute ihn ernst an.

Stefan verzog die Mundwinkel zu einem halbherzigen Lächeln, stand dann unschlüssig herum, und als Liane von vorn ein »Wow, das müsst ihr sehen!« ertönen ließ, hastete er erleichtert hinterher. »Okay, bis gleich!«

Nadine wartete, bis er außer Sichtweite war, und arbeitete sich mühsam ein Stück vom Weg ab ins winterliche Unterholz. Was war nur mit Stefan los? Er war total anders als bei ihren Dates zu zweit. In diesem Ausflug war eindeutig der Wurm drin. Dann beschloss sie, sich mit dem unmittelbar Dringendsten zu beschäftigen. Ließ man beim Pinkeln im Wald eigentlich die Ski an oder nicht? Sie hatte keine Ahnung. Aber sie wusste sowieso nicht mehr, wie genau Stefan diese seltsamen Schuhe mit den Brettern verbunden hatte, also ließ sie sie besser an.

Auf einmal war es ganz still um sie herum, fast idyllisch, aber sie war viel zu schlecht gelaunt, um sich daran zu erfreuen. Sie hockte sich hin, vorsichtig darum bemüht, die Ski nicht wie Mikadostäbe zu kreuzen.

Raahh! Ein schwarzer Vogel schoss plötzlich hinter ihr aus dem Baum, Nadine fuhr erschrocken herum und fiel dabei vornüber. Mit voller Wucht krachte ihr rechtes Knie auf eine spitze Wurzel, die sich heimtückisch unter dem Schnee versteckt hatte.

»Verdammt noch mal!« Oh Gott, tat das weh. »Stefan!«, rief sie kläglich. Schnee rieselte vom Baum über ihr herunter und landete eiskalt auf ihrem nackten Hintern. Mit der rechten Hand raffte sie den Skianzug hoch, zerrte, zog und fluchte, mit der linken rammte sie den Skistock in den Boden, um nicht wieder umzufallen. Endlich war sie wieder angezogen und stand aufrecht, Tränen in den Augen und eine Wut im Bauch, die immer größer wurde. Wo waren die anderen, wenn man sie brauchte? Sie versuchte ein paar Schritte, es tat höllisch weh, aber wenigstens konnte sie laufen. Zu diesem blöden *Wachinger Hof* würde sie es allerdings nie im Leben schaffen.

Nadine schleppte sich zurück zum Weg und konnte

gerade noch die anderen oben auf dem kleinen Hügel entdecken, wo sie herumalberten, offenbar im Begriff, den Hang hinunterzusausen. »Stefan? Hallo!« Liane und Stefan standen nebeneinander und reagierten nicht. Sie konnten oder wollten Nadine nicht hören. Dann stießen sie sich mit einem lauten Jauchzen ab und verschwanden im Wald. Nadine blickte ihnen hinterher und schrie: »Arschlöcher!« Vielleicht hörten sie das ja. Dann drehte sie sich um und schob sich auf der entgegengesetzten Loipenspur mühsam wieder zurück. Sie würde jetzt zum Parkplatz gehen und jemanden um Hilfe bitten.

An die kleine Weggabelung, vor der sie auf einmal stand, konnte sie sich gar nicht mehr erinnern. Waren sie von rechts oder von links gekommen? Von rechts, beschloss sie zögernd. Verdammt noch mal, warum hatte sie keinen Surfer oder Fußballer in der Bar aufgegabelt? Warum keinen gemütlichen Hobbykoch, der an so einem kalten Winternachmittag Bratäpfel für sie schmoren würde? Wahrscheinlich passte Stefan sowieso besser zu Liane, diesem arroganten Schneehuhn.

Nadine schleppte sich an einer Gruppe von Bäumen vorbei, die aussahen, als ob sie einen Reigen bildeten. War es normal, dass Bäume im Wald von Natur aus so angeordnet waren? Der Horrorfilm ›Blair Witch Project‹ fiel ihr ein, und schlagartig wurde ihr kalt. Hier waren sie vorhin nicht vorbeigekommen, das hätte sie sich doch gemerkt. Oder?

Der Weg hörte auf einmal auf. Weiter hinten konnte sie einen anderen, mittlerweile tief verschneiten Pfad erkennen. War das vielleicht der richtige?

»Scheiße«, sagte sie laut. Und dann gleich noch einmal: »Verdammte Scheiße!«

Sie würde hier im Wald erfrieren und dann bei Tauwetter als formlose Leiche ins Tal hinunterrollen, wo man sie nur noch an ihrem geschmacklosen Skianzug würde identifizieren können. Sie fing an zu weinen.

In diesem Moment blitzte etwas Gelbes zwischen den verschneiten Zweigen auf. Wolfsaugen? Nadine schniefte und hielt den Atem an. Unsinn, dachte sie, es war schließlich mitten am Tag und Wolfsaugen leuchteten nur im Dunkeln. Jetzt erkannte sie auch, worum es sich bei dem gelben Ding handelte. Das war die kanariengelbe Pudelmütze vom Parkplatz. Der Kumpel von Sexmaschine Alex. »Hallo!«, rief sie mit all der Energie, die sie noch aufbrachte. »Könntest du mir bitte sagen, wo der Parkplatz ist?«

Der Typ guckte verblüfft, dann kam er näher. »Du heulst ja«, stellte er fest. »Ist was passiert?«

»Nein, ich bin nur hingefallen, ich kann nicht so richtig langlaufen, und mein Knie tut weh, und es ist so verdammt kalt, und …«

»Bekloppt, diese Langlauferei, was?«, erwiderte er. »Man friert sich den Arsch ab und holt sich blaue Flecke. Der Parkplatz ist übrigens da vorn.« Er zeigte den kleinen Weg entlang.

Nadine starrte ihn an wie eine Vision.

»Und dafür hab ich meinen Sonntag geopfert.« Er setzte sich wieder in Bewegung, und Nadine stellte fest, dass er auch nicht viel sicherer auf seinen Brettern stand als sie auf ihren.

»Ich meine, ich hatte ja von vornherein keinen Bock, aber jetzt reicht es mir. Und dann waren im Wald noch so ein paar singende Idioten unterwegs, die haben mir echt den Rest gegeben.«

Nadine gab ein schnaufendes Geräusch von sich, halb Lachen, halb erleichtertes Ausatmen.

Er drehte sich um. »Kommst du mit? Der Parkplatz ist gleich um die Ecke.« Dann bemerkte er, dass Nadine hinkte. »Lauf ich zu schnell? Soll ich dich stützen?«

»Lieber nicht. Ich schmeiß dich sonst noch mit um. Aber trotzdem danke.« Sie lächelte ihm zu. Die zwei Sätze hätte sie nur zu gern heute mal von Stefan gehört.

Er grinste. »Du hast also meine famosen Langlauf-
künste schon bemerkt.«

»Na ja. Immerhin besser als meine.«

»Spielt ja auch keine Rolle mehr. Ich fahr zurück ins
Dorf.«

Nadine fasste sich ein Herz. »Könntest du mich vielleicht mitnehmen?« Sie stockte kurz. »Also, ich meine,
wenn deine Freundin nichts dagegen hat?«

»Wer?« Er blinzelte verwirrt.

»Die von vorhin. Die Freundin von dieser Blonden.«

»Die? Ach, du meine Güte.« Er schüttelte amüsiert
den Kopf. »Das war der Verkupplungsfehlschlag des
Jahres. Noch ein Grund, hier abzuhauen.«

Aus irgendeinem Grund freute Nadine diese Antwort. »Ach so. Verstehe.«

Er musterte sie und grinste sie dann an. »Und klar
nehme ich dich mit. Du siehst nicht so aus, als ob du
das Bedürfnis hast, hier auch nur eine Sekunde länger
zu bleiben.«

Sie liefen mehr schlecht als recht weiter, er stützte
Nadine gelegentlich und einmal fielen sie deswegen
tatsächlich um, aber es war lustig.

Am Parkplatz angekommen schälte sie sich so gut es
ging aus all dem Ski-Ballast, vor allem lockerte sie die
Schuhe und streckte ihre malträtierten Zehen.

Björn – so hieß ihr Retter, wie sie mittlerweile erfahren hatte – entriegelte sein Auto und startete den Motor, um das Auto anzuwärmen. »Soll ich mir dein Knie mal ansehen?«, fragte er Nadine.

»Bist du Arzt oder so was?«

»Nee. Aber du siehst aus, als hättest du ziemlich hübsche Knie.« Er grinste wieder.

Nadine lachte.

»Vielleicht dann irgendwo einen Kaffee trinken?«, schlug er vor.

»Gerne. Ich bin total durchgefroren.«

»Dann mal los.« Er setzte sich hinters Steuer und zog sich die Mütze vom Kopf. Seine blonden Haare klatschten am Kopf. »War ein Schnäppchen«, sagte er. »Sieht scheiße aus, ich weiß.« Er schmiss die Mütze nach hinten auf den Rücksitz.

Nadine schmiss ihre dazu. »Meine auch. Wenn du willst, zünden wir nachher ein Freudenfeuer damit an«, schlug sie vor und ließ sich genüsslich in den Beifahrersitz sinken.

Arnold Küsters

Emma beinhart

Es ist einer dieser nebligen, nasskalten November-
abende, die man lieber zu Hause verbringt. Am besten
auf dem Sofa, in eine kuschelige Wolldecke gewickelt
und auf den ›Tatort‹ wartend. Oder man dreht, dick eingepackt, noch schnell eine Runde mit dem Hund und
sieht hinter den Fenstern heimelig das Licht flackern.
Vielleicht bringt man auch fix noch den Sack mit dem
Plastikmüll vors Haus.

Was immer man an solch klammen Abenden auch
zu tun hat, ist, weiß Gott, allemal besser, als bei Nebel
auf einer einsamen Landstraße unterwegs zu sein.

Keine Straßenbeleuchtung. Das Asphaltband, das
im Abblendlicht grau unter dem Wagen wegzieht. Nur
hin und wieder Abzweigungen zu einem Weg oder
Gehöft. Die leise Stimme aus dem Radio verstärkt das
Gefühl, auf sich selbst zurückgeworfen zu sein. Eine
blecherne Zeitkapsel im Nebel. Unterwegs irgendwo
zwischen Aldekerk und Sevelen.

In Filmen sind diese Szenen mit dunklen Tönen unterlegt. Oder mit Geigen, die mit jedem Bogenstrich einem furiosen Crescendo entgegenstreben.

Derartiges erlebst du nur im Kino oder vor dem heimischen Fernseher.

Dachte ich.

Was musste ich auch um diese Uhrzeit noch unterwegs sein?

Das Möbelstück nehme ich gerade eben noch so aus den Augenwinkeln wahr. Mitte oder Ende 19. Jahrhundert. Eher Ende 19., taxiere ich in Sekundenbruchteilen. Keine opulenten Gründerzeitverzierungen. Schlicht.

Schade, denke ich, nur das Unterteil eines Schranks. Andererseits wäre es aufgearbeitet durchaus als kultiges Einzelstück zu verkaufen. Die Leute stehen ja auf alte Möbel. *Vintage.* In den Siebzigern des 20. Jahrhunderts schon einmal hip. Ein wahrer Hype um Sperrmüll und Trödel, damals. Vor allem unter Studenten und Jungakademikern. Möbel aus Uromas Zeiten waren der letzte Schrei. Wer was auf sich hielt, hatte mindestens eine abgelaugte, geschliffene und mit Bienenwachs veredelte Kommode vom Sperrmüll in seinem Besitz. In einer Frauenzeitschrift wurde sogar die Anleitung zum Beflechten der Sitze von Caféhausstühlen abgedruckt.

Ich bin längst vorbei, als mir bewusst wird, dass ich bereits meinen Plan habe. Das Schrankunterteil wäre die ideale Küchenanrichte. Ich könnte es mit zum Flohmarkt nehmen oder einem Trödelhändler anbieten. Zuhause habe ich keinen Platz. Aber es wäre auf jeden Fall zu schade für die Müllkippe.

Also: Anhalten oder nicht?

Hätte ich nur nicht angehalten!

Ich werfe einen kurzen Blick in den Rückspiegel, setze kurz entschlossen den Blinker, wende mit einem gewagten U-Turn und schicke Stoßgebete zum Himmel, dass nicht ausgerechnet jetzt ein Auto aus dem Nebel auftaucht.

Wenn es nur das gewesen wäre!

Ich lasse den Wagen langsam ausrollen und drehe das Radio ab. Nun gibt es nur noch Stille, die Straße und das Unterteil eines alten zweiteiligen Küchenschranks. Je näher ich komme, umso sicherer bin ich mir, dass ich mit diesem halben Schrank etwas anzufangen weiß.

Ich kenne mich mit Antiquitäten, im Speziellen mit Gebrauchsantiquitäten wie diesem Weichholzteil, einigermaßen gut aus. Mein Studium habe ich mit dem Verkauf von in Kommission genommenem Trödel finanziert. Mir gefiel der Handel mit den alten Dingen.

Indem ich Spiegel, Bücher, Nachtschränkchen oder Bilderrahmen vom Straßenrand auflas, konnte ich ein wenig Zeitgeschichte bewahren.

Langsam nähere ich mich dem Baum, an dem die Kommode lehnt, parke gegenüber am Straßenrand, schalte den Motor aus und den Warnblinker ein. Ich bleibe einen Augenblick sitzen. Erst dann steige ich aus. Mit ein paar Schritten erreiche ich die Kommode und streiche mit der Hand über die Oberfläche. In der Apotheke werde ich eine Dose Natriumhydroxid kaufen. Wasser zusetzen. Mit der Lauge die organische Farbe ablösen. Auf den ersten Blick ist das Stück intakt. Verständlicherweise ein wenig ramponiert.

Ich trete etwas zurück. Das Möbel hatte zwei Kriege überdauert. Stumm Tränen, Lachen, Schmerz, Liebe und Streit erlebt. Wo mochte der Unterschrank die letzten Jahre verbracht haben? In welcher Scheune, in welchem Keller ist er Hort für alte Farbdosen oder anderes Gerümpel gewesen? Ich betrachte die Füße. Ein wenig wurmstichig. Der Schreiner wird sie ersetzen müssen. Angesichts des Allgemeinzustandes lohnt sich der Aufwand. Kein Problem.

Schöne Beschläge. Sie werden leicht zu reinigen sein. Der Schlüssel steckt noch im Schloss. Ich drehe ihn um und ziehe langsam die Tür auf.

Der Geruch ist nicht so schlimm. Doch was ich sehe, trifft mich wie ein Keulenschlag. Ein menschliches Bein! Im diffusen Licht der Scheinwerfer erkenne ich einen Schuh und einen Strumpf. Mein Blick wandert den Unterschenkel entlang und mein Gehirn weigert sich zu bestätigen, was ich gerade sehe.

»Können wir Ihnen helfen?«

Ich drehe mich abrupt um und schlage die Tür zu. Eine einzelne fließende Bewegung. Vor mir steht ein Polizeibeamter und mustert mich neugierig.

Wo kommen die Bullen her? Ausgerechnet jetzt, schießt es mir durch den Kopf. Ich habe vor lauter Nachdenken über das blöde Möbelstück gar kein Auto kommen hören.

Mir stockt der Atem.

»Brauchen Sie Hilfe? Sollen wir tragen helfen?« Der etwas füllige Beamte mit dem Bürstenhaarschnitt, der so gar nicht zu seinem Alter passen will, deutet auf den Unterschrank.

»Wie? Nein.« Ich muss mich beherrschen, nicht zu stottern. »Nicht nötig. Ich komme schon zurecht.« Ich weiche ein Stück zurück und stoße gegen das Holz.

Um Gottes willen. Ich und eine Leiche! Im Dunkeln. Auf einer einsamen Landstraße. Dazu ein Streifenwagen mit zwei ahnungslosen, dafür umso hilfsbereiteren Polizisten.

Wer um alles in der Welt steckt in diesem Schrank? Wie soll ich den Bullen die Leiche erklären? Und dass ich mit dem Toten nichts zu schaffen habe! Alibi? Ich habe kein Alibi. Für den ganzen Tag nicht. Meine Freundin ist übers Wochenende bei einer Tante. Und unser Kater kann nicht sprechen.

Tausend Gedanken rasen gleichzeitig durch meinen Kopf.

Aus den Augenwinkeln sehe ich, dass eine hübsche Beamtin mit blondem Pferdeschwanz aus dem Wagen steigt und am Straßenrand stehen bleibt. Abwartend. Oh Gott. Sie sichert gewiss bereits den Tatort!

»Wissen Sie, ich bin rein zufällig vorbeigekommen und habe den Schrank da gesehen.« Ich deute überflüssigerweise hinter mich. »Ich kann einfach nicht an schönen Dingen vorbeifahren. Ich mag nun mal alte Sachen. Ich habe zwar keinen Platz mehr, aber ich könnte es nicht ertragen, wenn dieses Möbelstück auf der Kippe landet. Ich habe es gefunden, wissen Sie.«

Nicht, dass der Bulle denkt, ich entsorge illegal Müll. Ich klinge, als würde ich meine Lebensbeichte ablegen. Ich sollte damit aufhören, sonst mache ich mich noch verdächtig. Trotz des nasskalten Wetters wird mir

ganz heiß. Auf meiner Stirn müssen längst Schweiß-
perlen zu sehen sein.

»Wir packen schnell mit an und ruckzuck ist das
Ding im Kasten.« Der Beamte deutet grinsend auf meinen Kastenwagen.

Ich habe zu allem Überfluss einen Witzbold erwischt.

Meine Knie werden spürbar weich. »Nee. Geht
schon. Wirklich.«

Was soll ich tun? Soll ich sie einfach machen lassen?
Nach dem Motto: Jeeeetzt zusammen, Voooorsicht,
die Kante! Soooo, nun langsam absetzen. Ups, die Tür,
hahaha, was ist das denn? Ein Bein? Hahaha.

Was, wenn der Tote tatsächlich aus der Tür purzelt?
Oder ist es vielleicht bloß das Bein einer in handliche
Teile zerstückelten Leiche? Noch dazu mit ungeputz-
tem Schuh. Ich muss mir schleunigst etwas einfallen
lassen! Andernfalls werde ich noch den Rest der Nacht
in Polizeigewahrsam zubringen. Oder für die nächsten
Jahre Schlimmeres durchmachen.

»Nur keine falsche Bescheidenheit, junger Mann.
Machen se mal Platz. Emma, ist alles in Ordnung!
Kommst du mal?«

Der Hüter von Recht und Ordnung schiebt mich
einfach beiseite. Seine Kollegin heißt also Emma.

Emma, das klingt nach unerbittlichen, stahlharten Muskeln.

Ich kann nicht mal im Ansatz protestieren. Mit einer schnellen Bewegung schließe ich die Schranktür ab und sende Stoßgebete zum Himmel.

Hilflos muss ich mit ansehen, wie die Ordnungshüter das verfluchte Möbelstück hochheben und quer über die Straße zu meinem Wagen tragen.

Die Polizei ist gerade mit einem Lächeln dabei, nicht nur Spuren, sondern ein komplettes Mordopfer beiseitezuschaffen. Mir bleibt nichts anderes übrig, als vorauszulaufen und die Tür des Lieferwagens zu öffnen.

»Was für ein Wetter, nicht? Eben noch habe ich zu meiner Kollegin gesagt, die Nebelsuppe wäre die perfekte Tarnung, um eine Leiche verschwinden zu lassen – und dann treffen wir Sie.«

Der Beamte atmet tief ein.

»Ich sach meinen Kindern immer, jeden Tag eine gute Tat.« Seine Stimme klingt mit einem Mal gepresst. »Ist wohl echt Massivholz.«

Ich nicke stumm. Was soll ich auch sagen?

»So, schon ist der Schrank Ihrer.« Der Beamte reibt sich die Hände. »Wir sind dann mal wieder weg.«

Seine Kollegin hat nicht einen Ton gesagt. Aus der

Nähe betrachtet erscheint sie mir längst nicht mehr so hübsch. Ihr Blick hat etwas Lauerndes.

Ihr Kollege schüttelt den Kopf. »Viel Spaß mit dem Teil. Wenn ich ehrlich bin, ich finde nichts an dem alten Kram. Wir haben uns im Sommer eine neue Sitzgarnitur geleistet. Vier Motoren. Die helfen sogar beim Aufstehen. Wenn die Beine mal nicht mehr so wollen. Emma, kommst du?«

Der letzte Satz klingt eher wie »Bei Fuß«. Es würde mich nicht wundern, wenn zu Hause neben seiner Frau und den Kindern auch ein Golden Retriever aufs Herrchen wartet.

Ich bin völlig erschöpft. Als der Streifenwagen endlich anfährt und seine Rücklichter im Nebel verschwinden, bringe ich aber tatsächlich noch ein freundliches Winken zustande.

Danach setze ich mich in meinen Wagen und lege den Kopf aufs Lenkrad. Das kann alles nicht wahr sein. Ich stehe hier mutterseelenallein auf der Landstraße und die Bullen haben gerade eine Leiche in meinen Wagen gepackt. Ich kann doch jetzt nicht so tun, als sei nichts passiert, und einfach nach Hause fahren!

Wo soll ich mit der Leiche hin?

Dem Schuh nach muss es ein Mann sein. Mir geht das Eisfach in meinem Kühlschrank durch den Kopf.

Zu klein. Eine Kühltruhe habe ich nicht. Gartenhaus?

Vielleicht sollte ich den Schrank einfach wieder ausladen. Ich sehe mich um. Durch den Nebel kann ich in der Entfernung ein schwaches Licht erkennen. Was, wenn mich der Mörder längst beobachtet? Mir wird schwindelig. Ich muss hier weg. Auf der Stelle.

Beim Einschalten der Zündung würge ich prompt den Motor ab. Der Klassiker. Ich versuche es erneut. Es dauert eine gefühlte Ewigkeit, bis der Wagen endlich anspringt.

Ich lasse den Warnblinker eingeschaltet, ohne es zu merken. Ich, Erich Maria Jacobs, langjähriger selbstständiger Versicherungsmakler mit einem Hang zu alten Möbeln, bisher ohne Vorstrafen, habe die Leiche nicht im Keller, sondern als Beifahrer in meiner Karre! Ich muss nachdenken. Aber es geht nicht. Mit einer Leiche im Auto kann kein Mensch nachdenken!

Ich starre durch die Windschutzscheibe. Der Nebel ist dichter geworden. Ich erkenne kaum noch Konturen. Da hilft auch kein Scheibenwischer. Das Licht der Scheinwerfer ist stumpf.

Ich kann es immer noch nicht fassen. Ein schwarzer Herrenschuh. Größe unbekannt. Unmoderne Form. Vorne spitz zulaufend. Die schwarze Socke ist heruntergerutscht. Keine Hose. Das nackte Bein! Der Kerl muss schon länger tot sein. So grau, wie das Fleisch ist. Ich taste mich durch die Nacht. Ich bin noch nicht weit gekommen, als Emma plötzlich wieder vor mir auftaucht. Wie aus dem Nichts. Oh Gott. Das Ende naht. Mit ihrer Polizeikelle winkt sie mich an den Straßenrand. Ich werde meiner Freundin eine Menge erzählen müssen. Himmel. Wenn ich sie denn jemals wiedersehe. Ich fluche. Mein Hemd ist durchgeschwitzt. Ich schalte die Heizung aus und fahre rechts ran.

»Allgemeine Fahrzeugkontrolle. Ihren Führerschein und die Zulassung bitte.«

Emma tut, als würde sie mich nicht kennen.

Nun versuche ich einen Scherz.»War ich zu schnell?«

Emma reagiert nicht. Nur ihre kräftigen Augenbrauen heben sich leicht.

»Schalten Sie bitte den Motor ab, steigen Sie langsam aus und öffnen Sie die Tür zum Laderaum.«

Wo ist bloß ihr Kollege? Warum pfeift er sie nicht zurück? Ich habe doch gar nichts getan.

»Ich kann Ihnen alles erklären.« Mir fällt ein, dass die Papiere daheim auf dem Vertiko im Flur liegen. »Mein Perso und mein Führerschein …«

»Öffnen Sie bitte die Tür.« Emma hält die Kelle wie

eine Keule. Wie ein Gespenst taucht aus dem Nebel plötzlich ihr Kollege neben mir auf.

Mir läuft der Schweiß in Bächen übers Gesicht. »Ich habe nichts Unrechtes getan.«

Hätte ich nur nicht an diesem beschissenen Schrank gehalten!

Emma sagt nichts.

Ihr Kollege räuspert sich. Es klingt nervös.

Da stehe ich nun vor dem Heck meines kleinen Wagens und weiß nicht weiter. Mich und das Grauen trennt nur noch eine dünne Wand. Eine sehr dünne Wand.

»Was ist?«, klingt es aus dem Hintergrund. Ich meine zu hören, wie eine Waffe gezogen wird.

»Hören Sie«, starte ich einen letzten Versuch, »ich bin Ihnen wirklich dankbar, dass Sie mir geholfen haben. Aber ich verstehe nicht ganz …«

»Aufmachen.« Emma wirft ihren Kopf zurück, dass der Pferdeschwanz nur so wippt. Sie sieht angriffslustig aus.

Ich muss Zeit gewinnen. Oder flüchten. Rein in den Wald. Oder übers Feld. Ich schüttele den Kopf. Schlechte Idee. Der Nebel. Ich habe keine Ahnung, wo ich bin.

Emma missdeutet mein Kopfschütteln. »Wird's bald?« Sie dreht sich zu ihrem Kollegen um. »Ich hatte doch recht, Fred. Da ist was oberfaul.«

Die Frau hält mich tatsächlich für einen Mörder!
Dabei kenne ich die Leiche nicht einmal. Ich könnte
höchstens etwas über eines ihrer Beine sagen.

»Ich bin unschuldig.«

»Das werden wir ja gleich sehen.«

Ich habe keine Wahl. Die Türklinke ist glühendes
Eisen in meiner Hand. Mit einem Ruck öffne ich den
Verschlag. Hat ja doch alles keinen Zweck. Ich werde
von der Polizeiwache sofort Sebastian anrufen. Er ist
Anwalt. Nicht besonders erfolgreich, aber ich kenne
niemand anderen, den ich fragen könnte. Er wird mich
schon heraushauen, und dann, ja, dann werde ich an
die Presse gehen. Unschuldig in Haft! Polizei *kein*
Freund und Helfer! Das wird eine fette Schlagzeile geben.

Die beiden Beamten nehmen mich in die Mitte. Fred
deutet stumm auf die Schranktür.

Ich atme noch einmal tief ein.

»Bitte.«

Emma unterdrückt einen Schrei, als ihr das fast
nackte Bein in die Hände fällt.

Ich empfinde nicht einmal Mitleid.

»Heiliger Strohsack.« Fred legt seine Hand auf ihre
Schulter.

Da stehen wir drei vor dem grausigen Fund und können uns keinen Millimeter bewegen. Zu hören ist nur das rhythmische Ticken meines Warnblinkers.

»Was ist das, um Himmels willen?«

Emmas Hände zittern, als sie das Bein gegen die offene Tür des Kastenwagens lehnt. Zu meinem Erstaunen bleibt es stehen.

»Eine Prothese. Eine Beinprothese.« Mein Lachen klingt ein wenig irre.

Fred hat sich und die Situation als Erster im Griff. Emma sagt nichts. Sie ist kreidebleich und starrt auf ihre Hände.

»Das gibt's doch nicht. Jetzt schmeißen die Leute schon Beinprothesen auf den Müll. Was denken sich die Menschen bloß dabei?« Fred kratzt sich am Kopf.

»Tote brauchen keine Gehhilfen. Soweit ich weiß«, versucht sie eine Erklärung.

Emma ist also ebenfalls wieder in der Gegenwart angekommen. Eine beinhart praktisch denkende Frau, wie mir scheint.

Vor mir steht eine Antiquität. Ein Bein. Komplett. Am Oberschenkel die gepolsterte Öffnung für den Stumpf. Die Lederriemen mit den Schnallen brauchen Fett. Wegen des Schuhs datiere ich die Prothese auf Anfang bis Mitte der sechziger Jahre des vergangenen Jahrhunderts.

145

»Komm, Emma.« Fred tippt an seine Dienstmütze. Es klingt erneut wie »Bei Fuß«.

Da stehe ich nun – mitten im Nebel – mit meinen drei Beinen.

Und bin wie vom Donner gerührt.

Eugen Roth

Schneerausch

Ein alter Mann kann mit jungem Schnee nicht mehr
viel anfangen; sogar wenn er sich kindisch freut, es
bleibt eine platonische Liebe, eine Erinnerung an
schönere Zeiten, Schneeballschlachten, Schneeburgen
und Schneemänner, an Rodelbahnen, an Schiabfahr-
ten, von denen die frühesten ein halbes Jahrhundert
und länger zurückliegen. Schnee – was für ein vieldeu-
tiges Wort: es kann der Schnee sein, der nässlich über
die Straßen der Großstadt wirbelt und am Boden zer-
schmilzt, der Pulverschnee, in Eiskristallen blitzend
im Winterwald, der Schnee, der zu Lawinen geballt ins
Tal stürzt, der Schnee im Sturm, gegen den der einsame Wanderer kämpft – nun, heute Vormittag ist es
der fallende, der frischgefallene Schnee, flaumenweich,
da und dort schon von den Wegen der Vorstadt ge-
schaufelt und zu Bergen getürmt, so recht der lockere
Schnee für lockere Buben, die es gar nicht mehr erwarten können, hinauszustürmen in das rieselnde Weiß.

»Du hast jetzt all die Tage hier genug geschrieben«, sagt die Mami zu mir, »Du könntest mit dem Stefan ein wenig in den Winter hinausgehen; es täte Euch beiden gut, wenn Ihr an die frische Luft kämt.«

Der Thomas sieht und hört unsere Vorbereitungen zum Aufbruch. Hätten wir ihn nur gefragt, ob er auch mitwill! Aus lauter Widerspruchsgeist wäre er daheim geblieben. So aber heult er uns so lange was vor, bis ich weich werde. »Sag: ›meinetwegen‹, Papi!« Also sage ich »meinetwegen!«

Die Mutter warnt. »Du wirst mit den zwei Buben nicht fertig!«, sagt sie kummervoll. Das geht gegen meine Ehre. »Leicht!«, sage ich und nehme den beiden das heilige Versprechen ab, aufs Wort zu folgen und mir nicht von der Hand zu gehen.

Des freut sich das entmenschte Paar und zum Meineid finster entschlossen, leisten sie den Schwur, ganz brav sein zu wollen.

In voller Einigkeit treten wir unsere Polarexpedition an – aber das dauert nur so lang, als wir noch in Sichtweite der an der Gartentür nachblickenden Mutter sind.

Dann ist mit einem Wupps der winzige Stefan in einem der hohen, weichen Schneehaufen verschwunden – nur seine hohe Pelzmütze schaut noch heraus.

Ich schimpfe – er aber, den Mund voller Schnee, behauptet listig, er sei nur hingefallen. Merkwürdig, dass er bei dem überdeutlich gezeigten Versuch, sich aus der weißen Flut herauszuarbeiten, immer tiefer hineingerät. Was bleibt dem braven Thomas übrig, als dem Brüderchen beizuspringen – mitten in den Zauberberg hinein. Zwei Zirkusclowns, die einem vor Lachen berstenden Publikum ihre Scheinbemühungen vorführen, sich aus einer tragikomischen Lage zu befreien, könnten sich nicht täppischer anstellen als Thomas und Stefan. Ich merke die Absicht und werde verstimmt. »Wenn Ihr Euch jetzt schon durch und durch nass macht, wird es nicht viel werden mit unserm Spaziergang! Marsch jetzt, heraus – oder soll ich nachhelfen?!«

Die zwei Bösewichter gehen zum offenen Aufruhr über. Blitzschnell sind sie aus dem Haufen heraus, aber nur, um sich, rot vor Vergnügen und weiß von Schneepuder, in den nächsten, größeren zu stürzen. Sie waten hinein, sie baden im wunderbaren Element, sie balgen sich, sie spritzen sich an; bis ich komme, ist mindestens einer entwischt. Und bis ich den, der mir in die Hände gefallen ist, zur Rede und auf die Füße gestellt habe, ist der andre schon weit. Lass ich nun den Stefan, abgeklopft und einigermaßen zurechtgerückt, stehen, mit Donnerwetter moralisch auf seinem Platz festgenagelt – und eile dem Thomas nach, um ihn aus den wilden Wogen zu zerren, entläuft der Stefan mit hellem Jubel in die andere Richtung. Wohin der graue, erschrockene Vater schaute, sieht er eins der Kinder im Schnee verschwinden. Ihr strategischer Plan ist, den alten Mann in der Weite des Geländes zu ermüden.

Eine dicke Frau geht vorüber, sie hat Verständnis für mich:»Tut's den Großvater net so ärgern!«, ruft sie den beiden Missetätern zu, die sich soeben vereinigt haben, um aus der Schneewüstenei heraus einen Kosakenangriff auf mich zu machen.

»Nix Großvater!«, sag ich zu der Frau, »ich bin der Vater!«»Ja, nachher!«, meint sie, – ja dann! Alles Mitleid ist aus ihrer Stimme verschwunden, Schadenfreude liegt darin: wenn ich grad noch jung genug war, darf ich jetzt nicht zu alt sein!

Ja, meine liebe Gattin hatte schon recht gehabt, mich zu warnen – diesem Zweifrontenkrieg war ich nicht gewachsen. In offener Feldschlacht siegte ich: als die beiden gegen mich anstürmten, Schnee werfend, hatte ich sie mit raschen Griffen ins Genick überwunden – aber es war ein Pyrrhussieg; alle drei wälzten wir uns nun im Schnee, in diesem wunderlichen Element, das halb Luft zu sein schien, aber doch überwiegend Was-

ser war, wie auch ich feststellen musste, nass und kalt
bis tief in den Halskragen und in die Ärmel hinein.

Ich sah, die Expedition musste abgebrochen werden; meine heimliche Hoffnung, bis zum Zigarren-
laden vorzustoßen und ein paar Virginier zu kaufen,
war vereitelt. Ich blies teils zum Rückzug, teils mir und
den Buben den Schneestaub fort; wir klopften ihn
aus den Kleidern, bohrten ihn aus den Stiefeln – man
glaubt gar nicht, wo frischer Schnee überall hinkommt.

Die Buben waren noch immer außer Rand und Band,
jeden Augenblick konnte der Wahnsinn wieder aus-
brechen. Ich durfte heilfroh sein, wenn ich die Kerle
leidlich heim brachte. Gottlob, es zeigten sich erste
Spuren der Erschöpfung, den Thomas fror es, wie vor-
ausgesagt, jämmerlich an den Füßen. »Stefan, wo hast
Du denn Deine Handschuhe?!« Die guten, von der
Mami neugestrickten, mit einer Wollschnur gesicherten Fäustlinge – weg waren sie. »Kinder, ohne Hand-
schuh dürfen wir uns gar nicht nach Haus trauen!«, rief
ich. Der Stefan fing bitterlich zu weinen an, natürlich
nützte kein hochnotpeinliches Verhör, er hatte keine
Ahnung, wo sie ihm abhandengekommen waren.

Dem Schneerausch folgte der Katzenjammer. Den
frierenden Thomas ließen wir als Vortrab losziehen,
die Gefahr, dass er noch einmal rückfällig würde,

schien mir gebannt. Mit dem Stefan machte ich mich auf die Suche nach den Fäustlingen. Wir durchstöberten alle Lagerplätze und Schlachtfelder – vergebens; mit hängenden Köpfen, eine geschlagene Truppe, traten wir den Rückmarsch an durch den tiefen, weißen, flirrenden Schnee.

»Die Handschuhe«, sagte tiefsinnig der vor Kälte und Traurigkeit ganz zusammengeschnurrte, kleinwinzige Stefan –, »die Handschuhe wissen genau, wo sie sind!«

Harry Luck

Alles zu seiner Zeit

Es ist KW 35, also die fünfunddreißigste Woche im Kalenderjahr, meist Ende August. Die Schüler in süddeutschen Bundesländern sind mitten in den Sommerferien, das Quecksilber kratzt noch an der Dreißiggradmarke, die Freibäder haben Hochkonjunktur, es ist die Saison der Open-Air-Kinos, der Grillfeste, der Eiscafés – und der Lebkuchenindustrie. Das jedenfalls ist die Argumentation des Einzelhandels, der in KW 35 damit beginnt, seine Regale mit Dominosteinen, Spekulatius, Schokoweihnachtsmännern und Lebkuchen zu füllen. Der Empörung und dem Kopfschütteln derjenigen, die als »Weihnachtsnostalgiker« verspottet werden, wird entgegnet, dass nur die Nachfrage derer bedient wird, die schon im Sommer nach Weihnachtsgebäck lechzen.

Doch Demoskopen wissen: Laut einer Forsa-Umfrage gibt zwar jeder vierte Deutsche zu, spätestens im Oktober Weihnachtssüßigkeiten zu kaufen. Zugleich

153

aber kritisieren fünf von sechs Befragten, dass es schon im August in den Lebensmittelmärkten weihnachtet, bei den weiblichen Befragten sind dies sogar einundneunzig Prozent. Jeder Sechste sieht sich um seine persönliche Weihnachtsstimmung gebracht, wenn Lebkuchen & Co. lange vor der Zeit als »Herbstware« verkauft werden.

Der Advent ist die Wartezeit auf Weihnachten, Kinder verkürzen sich das Warten, indem sie täglich ein Türchen im Adventskalender öffnen. Und sie kriegen zu Recht Ärger, wenn sie aus Heißhunger auf Schokolade den Kalender schon am 1. Dezember geplündert haben. Ende November an einem ungeöffneten Adventskalender vorbeizugehen, stärkt den Charakter! In einem Kinderlexikon wird erklärt, dass die Wochen vor Weihnachten »früher« zur Besinnung und Umkehr genutzt wurden. Warum »früher«? Weil Besinnung nicht mehr zeitgemäß ist? Weil immer weniger noch wissen, was Weihnachten eigentlich gefeiert wird?

Es hat nichts mit volkstümelnder Verklärung alter Zeiten zu tun, wenn man sich darauf besinnt, dass alles seine Zeit hat. Der Rhythmus gehört zum Leben des Menschen. Und was passiert, wenn dieser Rhythmus durcheinandergerät, merkt jeder Fernreisende, der nach einem Interkontinentalflug einen Jetlag hat, und jeder Schichtarbeiter, dessen Beruf für ihn dauerhaft die Nacht zum Tag macht. Es gibt den Rhythmus des Tages mit seinen Tageszeiten und den Rhythmus des Jahres, der von Jahreszeiten und Festen geprägt ist. So wenig wie das Frühstück in die Abenddämmerung passt, so wenig gehört die Adventszeit in den Sommer. Und so hat die evangelische Kirche vollkommen recht, wenn sie im Rahmen ihrer Aktion »Advent ist im Dezember« feststellt, das permanente Angebot typischer Adventswaren könne zu einer Störung gewohnter Rhythmen und somit zur Bedeutungslosigkeit des Advents im privaten Raum führen.

Zwar gab es Lebkuchen schon, als Christus noch lange nicht geboren und demzufolge Weihnachten noch nicht erfunden war. Schon vor viertausend Jahren legten die alten Ägypter »Honigkuchen« als Jenseitsspeise in die Pharaonengräber. Auch Römer und Griechen sahen in der süßen Kost eine göttliche Bedeutung. Im Mittelalter galt »Lebekuoche« als verdauungsfördernde Arznei. Später war der Lebkuchen, der vor allem in Klöstern und Hostienbäckereien hergestellt wurde, als Fastenspeise erlaubt. Heute wird er in manchen Regionen auch Lebenskuchen oder Leckkuchen genannt. Die Bedeutung des Wortes ist aber vermutlich auf den Brotlaib oder das lateinische »libum«

zurückzuführen, was »Fladen« oder »Opferkuchen« bedeutet. Und weil in Deutschland alles geregelt ist, gibt es auch genaue Vorschriften über die Beschaffenheit von Lebkuchen: Wird er als »Elisenlebkuchen« verkauft, müssen mindestens fünfundzwanzig Prozent Mandeln und/oder andere Nüsse, höchstens aber zehn Prozent Getreidemahlerzeugnisse enthalten sein. Die Glasur muss aus hochwertiger Kuvertüre bestehen, minderwertige Fettglasur ist nicht erlaubt. Keine Gedanken hat sich der Gesetzgeber aber wohl darüber gemacht, wann Lebkuchen im Regal stehen darf. Ähnlich verhält es sich mit den Ostereiern, die heutzutage ganzjährig als Brotzeit- oder Partyeier verkauft werden – auch hier wird der Einzelhandel behaupten, dass damit nur ein Kundenbedürfnis befriedigt wird. Und ähnlich wird man auch begründen, dass es neuerdings mit Schokolade gefüllte »Osterkalender« gibt, mit denen wohl die Schlussphase der Fastenzeit versüßt werden soll.

Wer im August Lebkuchen isst und im Oktober schon die Tannenzweige dekoriert, der hat gewiss spätestens am zweiten Weihnachtstag die Nase voll vom Fest der Liebe, wird umgehend die Krippenfiguren wieder einmotten und den Tannenbaum dem Kreislauf der Gartenabfälle anvertrauen – obwohl der Baum doch bis zum traditionellen Ende der Weihnachtszeit an Mariä Lichtmess am 2. Februar stehen bleiben könnte. Doch Trost finden wird der Ganzjahres-Lebkuchenkonsument vermutlich darin, dass nach dem Verschwinden der Schoko-Nikoläuse die ersten Osterhasen schon mit ihren Pfoten scharren.

Elke Pistor

Die Schneekönigin

Winter. Er tötet immer im Winter.

Ich friere. Ziehe die Schultern unter der Jacke ein, auf der vergeblichen Suche nach Wärme, die nur ich selbst mir geben kann. Die tief in mir schlummert und die es mir nur selten gelingt zu wecken. So ist es, seit Kai gegangen ist. Vor vielen Jahren. An diesem einen Tag, den ich seither nicht vergesse.

An jenem Morgen stand ich vor seiner Tür. Gestern noch hatte sein Name daran gestanden. Heute fand ich alles verlassen. Kein Wort, keine Nachricht, kein Zeichen. Er war fort. Ich drehte mich um und ging die Treppe hinunter. Das Holz der alten Stufen knarrte unter meinen Schritten. Kleine Staubflocken tanzten in den fahlen Wintersonnenstrahlen, die durch die schmierigen Fensterscheiben fielen. Im Treppenhaus war es still. Es roch nach Suppe. Und ich zitterte vor Kälte.

Ich stehe auf der gegenüberliegenden Straßenseite,

schlinge die Arme um mich und warte darauf, dass ich die Kraft finde, etwas zu tun. Die Fassade des Hauses ist alt und grau. Risse springen von Fenster zu Fenster. Aus den Fugen wachsen vertrocknete Blätter an dürren Ästen. Die eine Seite ist zerstört, aufgerissen wie eine Wunde. Sie gibt den Blick frei auf Wände, an denen einmal Bilder gehangen, vor denen Schränke gestanden haben. Kein Mensch verirrt sich hierher. Hinter mir die Gleise der Straßenbahnlinie. Die Menschen in den Zügen schauen nach draußen auf die Häuser, ohne sie zu sehen. Ohne mich zu sehen. Ohne zu ahnen, was hinter den kaputten Mauern geschieht.

Alles bleibt verborgen. Das Gute und das Schlechte. Gerade als ich denke, dass ich für immer hier stehen und warten werde, wird es mir klar: Ich kenne jetzt meine Bestimmung. Ich bin am Ziel, am Ende des Weges, den ich vor Jahren begonnen habe zu gehen. Mit jenem ersten Schritt.

Wir waren fröhlich, wenn wir zusammen waren. Kai und ich. Wenn wir uns anschauten. Wenn wir lachten. Wenn wir einander Halt gaben. Wir waren jung und hätten das, was da mit uns geschah, nicht Liebe nennen können, weil wir gar nicht wussten, was Liebe bedeuten kann. Weil wir sie nicht kannten.

Wir waren einsame Kinder. Und wir waren anders.

Anders als die anderen. Wir trugen nicht die richtigen Logos auf den Kleidern, hatten nicht den richtigen Haarschnitt. Wir wohnten nicht in den richtigen Stadtvierteln, den richtigen Häusern, mit den richtigen Eltern. Alles an uns war weniger. Ärmlicher. Die anderen verachteten uns, grenzten uns aus, lachten über uns. Aber ihre Häme schweißte uns nur noch mehr zusammen. Wir teilten das Schulbrot, wenn einer von uns am Morgen wieder mal vor einem leeren Kühlschrank gestanden hatte. Wir halfen uns bei den Arbeiten, lernten zusammen. Wir gingen zusammen, egal wohin. Beschützten uns. Der Spott der anderen war uns egal. Wir waren eins. Wir hätten alles für den anderen getan.

Kai schenkte mir einmal eine Schneekugel. Die beiden Figuren darin standen dicht beieinander und hielten sich an den Händen. Die gleichen Jacken, die gleichen Hosen, die gleichen Gesichter. Nur ihre Mützen hatten unterschiedliche Farben.

»Das sind wir, Gerda«, sagte Kai, als ich die Schneekugel wie einen Schatz in meinen Händen hielt, sie schüttelte und zusah, wie die Farben unter den glitzernden Schneeflocken verschwanden, bis nur noch zwei Umrisse sichtbar waren. Er lächelte und ich sah einen neuen blauen Fleck dicht hinter seinem Ohr.

Der Tag, an dem seine Mutter starb, war unser letzter gemeinsamer Tag. Seine schöne Mutter mit den eisblauen Augen und dem hellblonden Haar. Die er so liebte. Die ihn quälte, mit Worten und Taten. Ihn missachtete und von sich stieß, weil sie ihm die Schuld gab, dass ihr Leben so war, wie es war. Aber je mehr sie ihren Sohn fortstieß, umso näher wollte er ihr sein. Er tat alles, um sie froh zu machen. Sie schrie und schlug ihn. Sie nahm ihm die Hoffnung und die Kindheit. Wir hatten sie die Schneekönigin genannt. So schön und kalt. Wie in dem Märchen, das ich Kai vorlas und das er zu dem unsrigen erklärt hatte.

Später sagte man, sie müsse in den frühen Morgenstunden in den Park gegangen sein. Nackt, trotz klirrender Kälte. Trunken von ihrem Unglück und dem vielen Schnaps. Mit wirrem Haar und bloßen Füßen. Sie musste gestolpert und ausgerutscht sein. Am Hinterkopf hatte sie eine große Platzwunde von dem Aufprall auf den gefrorenen Boden. Wollte sie Schutz suchen in dem Unterstand? Man vermutete es. Als sie so hilflos dalag, musste sich vom Dachrand ein Eiszapfen gelöst und sie durchbohrt haben. Am Abend hatte Kai sie gefunden, ihr ein Bett aus Schnee und Eis gebaut, damit die Strahlen der Sonne sie wieder zum Leben erweckten. Sie lag steif und kalt. Er hielt ihre Hand, bis sie fortgebracht wurde.

Danach änderte sich alles.

Ich schaue auf meine Uhr. Bald wird es Tag werden. Die fahle Dämmerung weicht einem kalten Licht. Es ist die Stunde, in der sie starb. In der heute wieder jemand sterben wird. Ich warte. Ich friere. Ich trete von einem Fuß auf den andern, bewege meine Zehen, meine Finger.

Ich bin alleine gekommen, weil ich ihn sehen will. Mich vergewissern. Meine Polizeimarke liegt in meiner Wohnung. Auf der Ablage neben der Haustür. Ich habe sie aus meiner Jacke genommen und abgelegt. Genau wie mein Polizistinnensein. Jetzt, in diesem Moment, bin ich nicht die Kommissarin der Mordkommission. Jetzt bin ich Gerda. Nur Gerda, und zum ersten Mal seit langer Zeit fühle ich mich echt. Wahrhaftig. Ohne Hüllen, ohne Rollen, die ich spielen muss, um vor den anderen zu bestehen.

Ich bin meinen Weg gegangen. Ohne Kai. Habe weiter gelernt, immer die Beste zu sein, um den Makel meiner Herkunft zu verschleiern. Das hat den Spott ferngehalten, weil sie hofften, von mir zu profitieren. Von meinem Wissen, meinem Können, meinem Fleiß. Aber sie wollten nie mich. Nie Gerda. Ich fühlte mich immer fremd, zwischen ihnen auf den Lehrgängen, auf den Kneipenbänken, in den Einsatzzentralen. Immer war da die alte Angst, jemand könnte mich entlarven, meine Vergangenheit hervorholen wie einen alten verstaubten Aktenordner, in dem man neugierig herumblättert. Und dann würden sie wieder lachen und spotten.

Aber die Kollegen sehen in mir nur die Kommissarin der Mordkommission. Die Spurenleserin. Die Jägerin. Und sie breiten vor mir ihr Wissen aus über die Morde, die sich Winter für Winter ereignen.

Sie nennen ihn den Schneekönig. In einer Mischung aus Faszination, Bewunderung und Abscheu vor dem Monster. Der Kreis schließt sich. Sie erkennen nicht den Sinn hinter seinem Tun. Nicht den Grund. Verstehen nicht, warum er seine nackten Opfer auf einem Bett aus glitzerndem Schnee und Eis aufbahrt, nachdem er sie mit einem Eiszapfen durchbohrt hat.

Die Frauen sind schön, noch im Tod. Blondes Haar. Eisblaue Augen, die jetzt blind waren. Im ersten Winter eine. Drei im darauffolgenden. Das Muster dahinter war schnell zu erkennen. Ein Serienmörder. Ein Psychopath. Kalt. Gefühllos.

Ich ahnte, dachte, wusste, wer der Schneekönig war, schon als ich von der ersten Leiche erfuhr. Aber ich wollte es nicht wahrhaben. Nicht Kai. Nicht mein Freund, mein Seelenverwandter. Es durfte nicht sein. Es konnte nicht sein. Es ist nicht.

Aber die Taten wiederholten sich. Die Bilder glichen sich. Frauen starben. Jeden Winter. Immer wieder. Immer mehr. Und ich wusste, dass es nicht mehr aufhören würde, bis jemand ihn stoppen würde.

In diesem Jahr kam der Frost schon im Oktober. Brachte Schneestürme, fegte die noch grünen Blätter von den Bäumen. Legte Städte und Landstriche lahm mit meterhohen Wällen aus glitzerndem Weiß. Das Leben erstarrte. Die Menschen verbarrikadierten sich in ihren hell erleuchteten Wohnungen und Häusern. Warmes Licht fiel aus den Fenstern wie satter Honig. Sie harrten aus. Nach ein paar Tagen schmolzen Eis und Schnee und ließen nur braune weiche Erde und verfaulendes Grün zurück.

In diesem Winter wurde die erste Leiche nicht so schnell entdeckt. Als man sie schließlich fand, ruhte sie auf einem Rest verharschten schwarzen Schnees. Bleich und schön. In dem Loch in ihrer Brust fand der Rechtsmediziner Schmelzwasser.

Es hatte wieder begonnen.

Er ist hinter den toten Fenstern. Geht auf und ab. Ich sehe ihn nicht, aber ich ahne seinen Schatten. Ob er weiß, dass ich da bin? Ob er mich spürt? Meine Anwesenheit, meine Gedanken, meine Angst. Meine Furcht vor dem, was aus ihm geworden ist und was das für uns bedeutet. Für mich.

Wann war der Zeitpunkt gekommen, an dem ich es nicht mehr schaffte, mich zu betrügen? An dem ich mich der Wahrheit stellen musste? Ich weiß es nicht mehr. Mit einem Mal war da die Gewissheit. Und die unendliche Trauer darüber. Kai war der Schneekönig. Wenn ich die Augen schloss, konnte ich ihn vor mir sehen. Das Bild des Jungen aus meinem Herzen verschwamm mit dem Bild des Mannes, der er heute war.

Einmal war ich ihm in der Stadt begegnet. Nach Jahren. Ein Zufall. Sein Gesicht tanzte über der Menge, und ich erkannte es sofort. Es leuchtete. Vielleicht nur für mich. Damit ich ihn sah, obwohl er mich nicht bemerkte. Er sah anders aus. Dabei waren es nicht die Jahre, sondern der Ausdruck in seinen Augen, der ihn für mich zum Fremden machte. Unbeteiligt. Über allem stehend. Als wäre ein Splitter des Eiszapfens, der seine Mutter getötet hatte, in sein Herz gewandert und hätte es erkalten lassen. Wie die Spiegelscherben im Märchen. Und wie im Märchen wollte ich ihn wiederfinden, ihn retten, sein Herz erwärmen, damit alles wieder so sein konnte, wie es einmal gewesen war.

Aber plötzlich war er verschwunden. Ich rief seinen Namen. Schrie nach ihm, hetzte durch die Menge, sah ihn wieder. Doch der Abstand zwischen uns wurde immer größer. Zu groß. Unüberbrückbar.

Trotzdem habe ich ihn mit allen Mitteln, die mir zur Verfügung stehen, gesucht. Es war nicht leicht, denn er verwischte seine Spuren, nannte sich anders. Die Kollegen wussten nicht, dass ich ihn suchte, und sie wussten nicht, dass ich ihn gefunden habe. Ich bin Kai ganz alleine hierher gefolgt. Nachts. Er hat mich nicht bemerkt. War so auf sein Ziel fixiert. Hat sich nicht umgedreht. Kein einziges Mal.

Langsam gehe ich über die Straße auf das Haus zu. Unter meinen Füßen knirscht das dünne Eis auf den Pfützen. Wassertropfen springen hoch und beißen wie kleine Raubtiere in den schmalen Streifen nackter Haut über meinen Strümpfen. Ich heiße den Schmerz und die Kälte willkommen. Sie machen mich wachsam. Empfindsam. Zeigen mir, dass ich existiere. Wie die Schnitte, die ich mit der Klinge in meine Haut geritzt habe, nachdem Kai verschwunden war, um wieder etwas zu fühlen. Um mich wieder zu spüren. Die Wunden sind verheilt. Nur noch schmale helle Narben auf meinen schmalen hellen Armen zeugen von dieser Zeit.

Nur wenige haben die lichten Spuren als das erkannt, was sie sind. Jonathan. Er war der Erste. Der, an dessen Stelle Kai hätte sein sollen. Später dann Tom, dessen Fingerspitzen über meine Haut wanderten, zart erst, dann immer fester zupackend. Später war ich lange Zeit allein. Ich schlief unruhig. Und wenn ich schlief, träumte ich schlecht.

In all den Jahren stand die Schneekugel immer neben meinem Bett. Die Farben verblasst, der Schnee verklumpt, eine dünne feine Linie zeigte, bis wohin das Wasser verdunstet war. Nachts, wenn das Licht des Mondes vor dem Fenster in mein Zimmer fällt, verschiebe ich die Kugel, bis der Schein sie trifft und ihr Leuchten die Schatten und meine Angst vertreibt. Ich wünschte, ich hätte sie eingepackt. Tief in meiner Manteltasche versenkt. Ich könnte sie ihm zurückgeben. Als Zeichen. Als Geschenk. Als Symbol für den Kreis, der sich schließt. Um ihn. Um uns. Unser Leben und unser Tun.

Die Haustür ist angelehnt. Ich stoße sie auf und bin überrascht, wie geräuschlos sie sich öffnen lässt. Ich spüre das kalte Metall der Türklinke in meiner Hand, bremse den Schwung ab, bevor der Aufprall mich verraten kann. Kai. Ich spüre ihn. Kai. Ich kann die Angst riechen. Kai.

Die Dämmerung hat sich im Inneren des Hauses gesammelt. Das Ende des Flurs versickert in der Dunkelheit. Ich erkenne schwache Schemen einer Treppe, die nach oben ins Nichts führt. Zögernd setze ich einen Fuß vor den anderen. Gehe an der Treppe vorbei weiter in die Dunkelheit hinein, die mit jedem meiner Schritte zurückweicht. Am Ende des Ganges ist eine Tür. Schweres Metall. Glatt und neu. Sie gehört nicht hierhin. Jemand hat sie nachträglich eingebaut. Jemand. Kai.

Der Staub auf dem Boden vor der Tür ist von vielen Sohlenabdrücken verwischt. An einer Stelle ist er gänzlich verschwunden, als hätte dort etwas Großes gelegen und den Staub mitgenommen. Ist das der Umriss eines Menschen? Einer Frau, die dort abgelegt wurde wie eine schwere Last?

Meine Hand zittert, als ich die Klinke umklammere und dann nach unten drücke. Dass ich den Atem anhalte, bemerke ich erst, als ich wieder Luft einsauge. Gierig und tief. Mein Herz rast. Mein Mund ist trocken und meine Zunge klebt am Gaumen. Ich presse den Arm gegen meinen Körper und spüre den Druck meiner Waffe im Holster. Gibt mir das Sicherheit, für den Fall, dass es nicht Kai ist oder dass ich selbst zum Opfer werde? Wie all die anderen Frauen. Oder beunruhigt es mich? Dass ich mir selbst nicht vertraue. Meinem Gespür, meinem Urteil, meinem Instinkt. Ich darf keine Zweifel zulassen, die mir meine Kraft rauben. Ich muss das beenden, was durch meine Hand angefangen hat.

Ich öffne die Tür. Kalte Luft strömt mir entgegen, lässt mich erschaudern. Hinter der Tür eine weitere Treppe. Sie führt nach unten. Feuchtes Bruchsteingemäuer. Ein Geländer mit rostigem Lauf. Stille. Ich gehe weiter. Am Fuß der Treppe ein neuer schmaler Gang, der vor einer weiteren Tür endet. Ein schmaler Lichtschein dringt darunter hervor und ich weiß, ich bin am Ziel.

Der Raum hinter der Tür ist viel kleiner, als ich mir vorgestellt habe. Der Platz reicht gerade für einen Sessel in der Ecke und eine Liege in der Mitte des Raumes. Das gelbliche Licht der einzelnen Glühbirne täuscht über die im Raum vorherrschenden Minustemperaturen und lässt die Schatten im Gesicht der reglosen nackten Frau auf der Liege hervortreten. Ich will schreien, als ich sie sehe, aber ich beiße mir auf die Lippen. Dann sehe ich, wie ihr Brustkorb sich hebt und senkt. Langsam und schwer, aber in gleichmäßigen Abständen. Kleine Wolken gefrorenen Atems schweben über ihrem Mund. Die Frau lebt, und ich fühle eine

Welle der Erleichterung über mich hinwegrollen. Ich schließe kurz die Augen, lege den Kopf in den Nacken. Als ich sie wieder öffne, sehe ich den Eiszapfen hoch über ihr im Schatten eines Deckenbalkens hängen.

Eine Hand legt sich von hinten auf meine Schulter, dreht mich langsam um. Kai steht vor mir. Mustert mich ohne eine Spur des Erkennens. Verwunderung liegt in diesem Blick, Staunen. Über den unerwarteten Moment. Über meine Anwesenheit.

Ich sage seinen Namen. Sonst nichts. Er starrt mich an. »Kai, ich bin es, Gerda.« Er rührt sich nicht, aber ich spüre, wie die Wut in ihm aufsteigt, der Hass seine Muskeln steif macht. »Kai«, sage ich ein drittes Mal und hebe meine Hand, um ihn zu berühren. Ganz langsam streiche ich mit der Hand über seine Wange, sein Kinn und dann weiter über seine Brust. Unsere vertraute Geste. Ich spüre seinen Atem unter meinen Fingerspitzen. Er blinzelt.

»So hat mich schon lange niemand mehr genannt.« Seine Stimme wird getragen von jener Heiserkeit, die langes Schweigen mit sich bringt. »Ich hatte den Namen beinahe vergessen.«

»Erinnerst du dich an mich?«

Er nickt langsam. »Warum bist du hier?«

»Weil ich dich gesucht habe.«

»Du hast Kai gesucht.«

Die Frau auf der Liege hinter mir stöhnt leise. Ich will mich umdrehen, aber er hält mich fest. »Ich habe mich verändert seit damals.« Ich nicke, mache mich von ihm vorsichtig los und gehe zu der Frau. Ich lege ihr die Hand auf den Arm.

»Warum?«, frage ich ihn.

»Weil es so sein muss.«

»Wer ist sie?«

»Die Schneekönigin.«

»Hat sie keinen eigenen Namen?«

»Nein. Für mich ist sie die Schneekönigin.«

Ich schweige, berühre kurz ihr Haar, ihre Schulter. Ihr kleiner Finger zuckt kurz auf. »Schläft sie?«

»Tief und traumlos.« Kai tritt neben mich und streicht der Frau sanft über das blonde Haar. Eine Strähne löst sich und ich erkenne dunkles Blut darin.

»Sie soll nicht leiden müssen. Ihr Tod wird sanft sein und schön«, flüstert Kai.

»Was hast du mit ihr gemacht?«, will ich wissen und will sie aufrichten, aber Kai greift nach meinem Arm und hält mich zurück.

»Nein. Nicht. Lass alles so, wie es ist.« Er lässt mich los. »Bitte.«

»Es muss aufhören. Jetzt.« Ich denke an die Waffe in

dem Holster unter meiner Jacke, zögere. Es wäre einfach. Zu einfach.

»Es ändert nichts, wenn du mich jetzt stoppst. Es wird die Toten nicht wiederbringen.«

»Aber diese Frau hier wird leben.« Ich schaue ihn an. Endlos lang. Plötzlich zieht er mich heftig in seine Arme, presst mich an sich, legt seinen Kopf auf meine Schulter. Ich spüre, dass er weint. Wir bleiben reglos stehen. Einer den anderen haltend. So wie es früher immer war. So wie es wieder sein wird. Ich werde für ihn da sein, ihn beschützen. Ich werde alles für ihn tun.

Schließlich löse ich mich. Kai bleibt schwankend zurück. »Lass sie gehen«, flüstere ich und warte seine Antwort nicht ab.

Die Frau sinkt schwer in meine Arme, als ich versuche, sie aufzurichten und von der Liege zu ziehen. Ihre Beine knicken weg, sie hat Mühe, den Kopf hochzuhalten. Ein verzerrtes Lächeln huscht über ihre Mundwinkel, sie klammert sich an mich in einer Mischung aus Hoffnung und Angst. Es gelingt mir, sie bis zur Wand zu schleppen und sie dort auf den Boden sinken zu lassen. Ich ziehe meine Jacke aus und lege sie ihr um die Schultern. Ich brauche sie nicht mehr. Dann gehe ich wieder zu Kai.

Mein Kopf ist auf einmal ganz klar. Ich weiß, was ich

nun tun muss. Alles fällt von mir ab. Ich sehe die Bilder wieder vor mir von jener Nacht, als Kais Mutter in die Kälte hinauslief und starb. Kai und ich. Wir waren Freunde. Wir waren wie Geschwister. Wir waren die Welt füreinander. Wir hätten alles füreinander getan. Langsam entkleide ich mich. Lege das Holster mit meiner Waffe auf die Liege. Ich ziehe Pullover und Jeans aus und streife meinen Slip mit einer raschen Handbewegung herunter. Kai starrt mich an. Er schluckt und kann seinen Blick nicht von mir lösen. Meine Hände suchen den Verschluss des BHs. Ich bin jetzt nackt. Die Kälte greift nach mir. Springt mich mit spitzen Zähnen an, bohrt sich in mein Fleisch und schleift über meine Haut. Dann lege ich mich auf die Liege und strecke meine Arme nach Kai aus. Er weint.

»Komm«, sage ich leise und er beugt sich zu mir, küsst mich auf die Stirn und legt sich dann zu mir. Ich umarme ihn, halte ihn. Wie einen Freund. Wie einen Bruder. Wie einen Teil von mir.

»Erinnerst du dich an den Schnee auf deinem Fensterbrett in jener Nacht?«, will ich wissen und Kai nickt, den Kopf an meiner Schulter geborgen. »Er war so rein. So weiß und weich. Wie ein Bett für uns beide.« Ich lächele ihn an. »Nachdem ich deine Mutter aufgeweckt hatte, folgte sie mir bereitwillig. Sie wusste nicht, was geschah oder wohin ich sie brachte. Ich musste sie stützen, so sehr torkelte sie. Und immer, wenn sie wissen wollte, wohin wir gingen, sagte ich ihr, wir seien bald da.«

»Du hast …«, setzt Kai an, aber ich bringe ihn mit einem Kuss zum Schweigen. Er kommt mir entgegen. Zögernd, zaghaft, unerfahren. Als hätte er auf mich gewartet, so wie ich trotz allem auf ihn gewartet habe. Wir verschmelzen. Nichts außer uns. Keine Vergangenheit. Keine Gegenwart. Keine Zukunft.

»Sie hat dir wehgetan, Kai. Sie hat dich gequält. Sie hat dich zerstört«, sage ich, nachdem ich mich von ihm gelöst habe. Ich schlucke, spüre die Tränen in meiner Kehle brennen, die nach oben drängen. Wie meine Worte, die endlich ausgesprochen werden können. »Ich musste das tun.«

»Was tun, Gerda?«, fragt er mich, obwohl ich ihm ansehe, dass er die Antwort bereits weiß. Er will sie aus meinem Mund hören. Er wird sie aus meinem Mund hören. Das bin ich ihm schuldig.

»Es war ganz einfach, Kai. Wir sind aus dem Haus gegangen, die Straße entlang, in den Park. Sie trug keine Schuhe. Keinen Mantel. Ich wollte, dass sie erfriert. Dass sie stiller und stiller, langsamer und langsamer wird und einfach erfriert.« Tränen laufen über meine

Wangen. Heiße Tränen, die zu Eis werden. Die Frau in der Ecke des Raumes wimmert. Ich schaue kurz zu ihr rüber.

Meine Schuld. Alles das ist meine Schuld. Ich habe Kai zu dem gemacht, was er heute ist. Durch das, was ich getan habe. »Sie ist plötzlich gestolpert und hingefallen. Die Wunde an ihrem Hinterkopf. Hast du sie gesehen, damals?« Ich warte nicht auf eine Antwort. Dunkelrotes Blut auf blütenweißem Schnee. »Ich habe sie weitergeschleppt, bis zu dem Unterstand.«

»Der Eiszapfen.«

»Ja. Der Eiszapfen. Er war unglaublich groß. Er hing genau am Rand des Daches, und ich habe einen Ast genommen und ihn heruntergeschlagen. Sie lag genau darunter. Ich habe zugesehen, wie er sie durchbohrte.«

Kai ist bleich geworden. Er will sich von mir lösen. Sich aus meiner Umklammerung befreien, aber ich halte ihn mit Armen und Beinen, bis er aufhört, sich zu wehren. Bis er erkennt und sich ergibt. Sein Widerstand erschlafft.

»Sie hat dich so gequält. Ich konnte es nicht mehr ertragen. Ich musste dich beschützen.«

»Du hast das alles für mich getan.«

Es wird dunkel um uns und in uns, und wir sehen uns in die Augen. Nah, ganz nah. So wie es hätte sein sollen, denke ich und spüre seinen Körper auf mir. Die Schwere seiner Gliedmaßen, seinen Atem, seine Tränen. Ich taste mit einer Hand nach dem Holster, das immer noch halb neben mir liegt. Ich ziehe meine Waffe heraus, hebe langsam die Hand, ziele gegen die Decke. Der Schuss löst den riesigen Eiszapfen und ich sehe ihn fallen. Wie in Zeitlupe. Kais Augen weiten sich, als die Spitze in seinen Rücken dringt, ihn durchbohrt und dann in mir versinkt.

Der Splitter trifft mein Herz.

Kälte.

Dunkelheit.

Ich bin die Schneekönigin.

Ewald Arenz

Glaubenskrieg

Es war Dezember. Draußen fiel endlich der erste Schnee, und obwohl es schon Abend war, sah der Garten durch die Fenster des Kinderzimmers sehr hübsch hell aus. Es war auch sehr schön anzusehen, wie sich der kleine blonde Kinderkopf über das Papier beugte und eine kleine, nicht ganz saubere Faust mühsam über das Papier spazierte. »Was machst du da?«, fragte ich schließlich. Der blonde Kopf hob sich nicht. »Ich schreibe an den Weihnachtsmann«, kam es ein paar Augenblicke später trotzig, »stör mich nicht!« – »Darf ich sehen?«, fragte ich lächelnd. Otto schüttelte heftig den kleinen Kopf: »Geh raus!«, sagte er. Ich schloss die Kinderzimmertür und ging ins Wohnzimmer. Juliane las. »Otto schreibt geheime Briefe an den Weihnachtsmann«, sagte ich froh und mir war ganz weihnachtlich warm ums Herz. »Otto kann nicht schreiben«, sagte Juliane realistisch, »er ist erst drei. Ich bin froh, wenn ich erkennen kann, was er malt. Und da er sich weigert, mir zu sagen, was er sich wünscht, wird das ein sehr trauriges Weihnachten für ihn werden, solange er mir die schwarzen und roten Strahlen auf seinem Wunschzettel nicht erklärt! Für dich wird es übrigens auch kein schönes Weihnachten«, fügte sie boshaft lächelnd hinzu, »wir können uns auch dieses Jahr noch keine Scheidung leisten!« Bevor ich antworten konnte, öffnete sich die Tür und Otto kam herein. Sein Gesicht war finster und entschlossen: »Papa, wie malt man ein Schinengewehr?«, fragte er. »Es heißt *Ma*-schinengewehr«, sagte ich, »und es hat einen Lauf, aus dem Kugeln rauskommen. Wieso?« Otto antwortete nichts, sondern marschierte türenschlagend zurück in sein Zimmer. Juliane sah von ihrem Buch auf. »Man fragt sich ja manchmal, ob sie im Hebammenhaus nicht auch manchmal Fehler machen und die Babys vertauschen«, sagte sie verträumt zu niemandem im Besonderen. Ich aß einen Spekulatius und zündete demonstrativ die Kerzen am Adventskranz an. Zehn Minuten später kam Otto wieder. Mit einem Blatt in der Hand. »Und wie malt man eine Bombe?« Seine Stimme war dem Weinen nah. »Otto«, sagte ich sanft, »wozu wünschst du dir lauter Waffen vom Weihnachtsmann?« Otto sah böse zum Adventskranz. »Ich will sie töten!«, sagte er trotzig. »Wen?«, fragte Juliane mäßig interessiert. »Deine Familie?« – »Still!«, sagte ich. Otto schlug mit der Faust gegen das Sofa. »Die Kinder im Kindergarten. Ich wünsch' mir auch ein Feuerswert und einen Mörderpanzer!« Seine Unterlippe zitterte und seine Augen waren wässrig. »Otto«, sagte ich, »Weihnachten ist das Fest der Liebe. Da tötet man niemanden. Wirklich nicht. Was ist denn passiert?« Da brach es aus ihm heraus: »Die Kinder sagen alle, das Christkind bringt die Geschenke. Und dass es lange blonde Haare hat. Und dass ohne Christkind gar nicht richtig Weihnachten ist und dass ich blöd bin, weil zu uns nur der Weihnachtsmann kommt.« Jetzt weinte er richtig, und stoßweise kam, von Schluchzen und Schluckauf unterbrochen, die Frage der Fragen: »Wieso ... wieso kommt bei uns bloß der blöde Weihnachtsmann und nicht ... wie bei den anderen ... das Christkind? Ich will auch ein Christkind! Ich will, dass es richtig Weihnachten ist!« Es brauchte über eine halbe Stunde und beide Geschwister, um Otto glaubhaft zu erklären, dass es auch ohne Christkind ein reguläres Weihnachten geben konnte.

»Der Weihnachtsmann fährt auch einen viel schnelleren Schlitten«, war Theos letztes, schlagendes Argument. »Echt?« Otto wischte sich die Tränen ab. »Malst du mir einen?« Und während Philly, Theo und Otto

179

gemeinsam den Weihnachtsmann malten, wie er auf einem Düsenschlitten durchs All bretterte, kehrte ich ins Wohnzimmer zurück. Juliane sah nicht von ihrem Buch auf. »Mach die Tür zu!«, sagte sie. Und erst als ich eine neue Kerze auf den Kranz steckte, sah sie mich an. Sie ähnelte in diesem Augenblick Otto sehr: »Ganz egal, was in deiner Kindheit und in deiner Familie üblich war und was du den Kindern erzählst«, sagte sie und deutete in Richtung Kinderzimmer, »aber wenn du dieses Weihnachten vielleicht doch wider Erwarten ein Geschenk bekommen solltest, dann, mein Lieber«, sagte sie und lächelte, »dann kommt dieses Geschenk vom Christkind und von niemandem sonst.« Und dann küssten sich das Christkind und der Weihnachtsmann.

Eva Berberich

Es weihnachtet sehr

Das tut es zwar alle Jahre wieder, aber für meine Katze weihnachtete es zum ersten Mal. Für Konrad und mich zum zweiundneunzigsten Mal, aber wie sich das aufteilt, sag ich nicht.

Eines Abends lehnte jemand groß und grün an der Mauer neben der Haustür, neugierig umtänzelt von Schlumpel.

»Wo kommt der denn her?«

»Das ist ein Christbaum, den hab ich heut Morgen auf dem Weihnachtsmarkt in Höchenschwand gekauft, hab ihm gesagt, wo unser Haus ist, und nun steht er da.«

»Da hat er aber lange gebraucht.«

»Er hat ja auch nur ein Bein.«

»Was will der hier?«

»Er will ins Zimmer und geschmückt werden. Morgen. Am Heiligen Abend.«

»Ich kratz ihn ein bisschen«, sagte Schlumpel, »dann freut er sich.« Und sie wetzte ihre Krallen an ihm.

»Jetzt muss ich wieder in die Küche, Kartoffelsuppe kochen.«

»Ich auch«, sagte Schlumpel. In der Küche sprang sie auf die Sitzbank, ließ sich von mir das Kissen mit der draufgestickten Katze bringen, nahm auf der Katz Platz, und das Verhör ging weiter. »Wieso ist morgen ein Heiliger Abend?«

»Weil da der Christbaum angezündet wird.« Ich gab die gewürfelten Kartoffeln in die Brühe, dazu ein Lorbeerblatt, sehr fein geschnippelte Gelberüben, Sellerie und Lauch.

»Dann ist er hin«, sagte Schlumpel nicht zu Unrecht.

»Ich meine natürlich, nicht der Christbaum wird angezündet, sondern die Kerzen.«

»Wer ist denn nun heilig?«, fragte Schlumpel. »Der Morgen, der Abend oder der Baum?«

»Heilig«, sagte ich, »ist eigentlich nur das Kind in der Krippe, die unter dem Christbaum stehen wird.« Nun kam getrockneter Majoran dazu und eine Spur Knoblauch, aber nur so viel, dass Konrad es nicht merken würde.

Schlumpel verlangte, dieses Krippenkind zu sehen. Und zwar sofort.

»Geht nicht. Weil es erst morgen kommt.«

»Woher?«, fragte Schlumpel.

»Vom Speicher. Ich mein, vom Himmel hoch – nein, der vom Himmel hoch ist ja –«

»Konrad?«

»Der kommt mit dem Auto. Vom Himmel hoch kommt der Engel.«

»Was für ein Engel?«

»Ein himmlischer. Sonst könnt er doch nicht vom Himmel hoch daherkommen.«

»Der manchmal mit dem Pfarrer ›Malefiz‹ spielt und den Würfel frisst und bescheißt?«

»Der nicht. Engel gibt's jede Menge. Ich mein den, der den Hirten sagt, dass das Kind in der Krippe liegt. Dann laufen die Hirten los.« Die Suppe köchelte vor sich hin.

»Nach Oberweschnegg?«

»Nach Bethlehem im Heiligen Land.«

»Das ist auch heilig?«

»I leute nicht mehr besonders. Aber damals war es das. Als das Kind in der Krippe lag, was der Engel den Hirten verkündigte.«

»Was hat er denn so gesagt?«, fragte Schlumpel.

»Friede auf Erden!«

»Und? Stimmt's?«

»Nein.«

»Dann war das ein Lügen-Engel.«

»War er nicht.«

»Vielleicht war er zu leis? Oder es haben's nicht alle gehört? Oder weggehört?«

»So wird's wohl sein«, sagte ich. »Riecht fein, die Suppe, was?«

»Aber wo liegt das Kind denn nun herum? Auf unserem Speicher oder in diesem Bettel –?«

»Das Kind«, erklärte ich, »liegt öfters herum. Einmal bei uns in Oberweschnegg, und bei vielen anderen Leuten auch noch.«

Schlumpel sah mich an, als halte sie mich für nicht ganz gebacken, was ich sogar verstehen konnte, weshalb ich, in der Absicht, sie weiter aufzuklären, noch tiefer in die Bredouille geriet und in einen Kreisverkehr, aus dem ich nicht mehr hinausfand.

»Unser heiliges Kind«, sagte ich, »ist nicht echt. Es ist aus Holz und ein Familienerbstück. Maria und Josef – das sind seine Eltern – auch. Das echte Kind gab's nur einmal, und dieses einmalige Kind lag damals in der Krippe. In Bethlehem.«

»Woher weißt du das? Auch vom Engel?«, fragte Schlumpel.

»Ich unterhalte mich grundsätzlich nicht mit Engeln. Weil ich, wie ich dir schon einige Male erklärt hab, nicht an sie glaube.«

»Warum nicht?«

»Weil es keine gibt.«

»Aber der auf dem Speicher? Gibt es den auch nicht?«

»Doch, den gibt es.«

»Ist der heilig oder nicht heilig?«

»Der ist aus Holz. Dass es den gibt, muss ich nicht glauben, das weiß ich, weil ich ihn selbst in Seidenpapier eingewickelt und in der Kiste verstaut hab, wo *Weihnachten* draufsteht.« Ich pürierte die Suppe mit dem Mixstab, bis sie schön sämig war, dann schaltete ich den Herd aus. Suppe fertig. Muss dann nur noch aufgewärmt werden.

»Und den damaligen richtigen Engel, der nicht aus Holz ist, und heilig?«

»Den richtigen, nicht hölzernen Engel gibt es nicht. Ich mein, für mich nicht. Unfromme Leute glauben nicht an Engel. Und jetzt muss ich den Rollschinken in Blätterteig einwickeln. Den gibt's morgen Abend zum Essen.«

»Ist der dann ein Heiliger Rollschinken?«

»Es gibt keine Heiligen Rollschinken.«

»Glaubt Konrad an Engel?«

»Konrad ist noch unfrommer als ich. Wir sind«, sagte ich seufzend, »alle beide aufgeklärte Menschen.«

»Warum seuf – warum tust du seufzen? Weil Konrad auch unfromm ist? Und aufgeklärt?«

»Weil der Blätterteig am Backbrett klebt. Wir leben im einundzwanzigsten Jahrhundert, dazu noch im dritten Jahrtausend.«

»Und das mag keine Engel?«

»Nur in Form von unzähligen, sich ständig vermehrenden Büchern über Engel, wobei man heute besser von Engelinnen und Engeln spricht, sonst kriegt man es mit den Feministinnen zu tun.«

»Aber warum gibt es Engelsbücher, die sich vermehren, wenn kein Schwein an Engel glaubt?«

»Ich vermute«, sagte ich, »dass die Menschen schon gern an Engel glauben würden, aber sie trauen sich nicht mehr.«

»Warum nicht?«

»Weil wir so aufgeklärt sind, zum Donnerwetter. Wir glauben nicht mehr dran, aber das, woran wir nicht mehr glauben, finden wir immer noch sehr schön. Drum haben wir Heimweh danach. Und es tut uns sehr leid, dass wir's nicht mehr glauben können. Oder dürfen. Oder sollen. Oder wollen.«

»Dir auch?«

»Ich muss den Schinken – den unheiligen –, bevor ich ihn in den Blätterteig einwickle, erst noch mit Senf bestreichen. Du kriegst auch ein Stückchen. Wenn du die Schnauze hältst.«

Nachdem Schlumpel ihrer Meinung nach lange genug die Schnauze gehalten hatte, schleckte sie sich dieselbe. »Fein, dein unheiliger Schinken. Woher weißt du das von dem Kind und dem Engel und den Hirten?«

»Man hat mir davon erzählt.«

»Und woher wissen die das, die dir's erzählt haben?«

»Von jemand, der es ihnen erzählt hat.«

»Und woher –«

»Die Geschichte von dem Kind und dem Engel und den Hirten«, sagte ich, energisch und um die Sache abzukürzen, »gehört zu den großen Überlieferungen der abendländisch-christlichen Menschheit. Die muss man kennen, aber nicht glauben.« Ich stellte den Blätterteigschinken in den Kühlschrank. »Und jetzt back ich eine Linzertorte.«

»Für die Hirten? Weil die so lang herumgelaufen sind?«

»Die Linzertorte«, sagte ich gereizt, »ist nicht für die Hirten.«

»Mögen die keine?«

»Das ist mir wurscht. Sollen sie doch Schafskäse essen. Die Linzertorte ist für Konrad und für mich gedacht.«

»Wie schmeckt eine gedachte Linzertorte?«, fragte Schlumpel. »Also, ich mag keine gedachten Mäuse. Nur richtige. Was machen die Hirten, wenn sie beim Kind sind und keine Linzertorte kriegen, obwohl ihr Magen knurrt?«

»Sie gucken es an.«

»Warum?«

»Weil es ein besonderes Kind ist. Das Kind von Maria und Josef. Und das vom lieben Gott auch noch dazu.«

»Versteh ich nicht«, sagte Schlumpel. »Verstehst du das?«

»Nein«, sagte ich.

»Versteht Konrad es?«

»Der erst recht nicht. Drum sind wir ja auch nicht fromm.«

»Was macht es denn in der Krippe, das Kind?«

»Es liegt halt drin. Ich vermute, es lutscht am Daumen. Oder es macht in die Windeln. Rechts steht der Ochs, links der Esel.«

»Die du geerbt hast?«

»An meiner Krippe stehen der geerbte Ochs und der geerbte Esel, beide aus Holz. Damals standen echte Tiere an der Krippe.«

»Und die haben das kapiert mit dem Kind, das vom

lieben Gott ist und von der Maria auch und dazu noch vom Josef?«

»Vielleicht besser als Konrad und ich.«

»Weil sie auch heilig gewesen sind?«

»Wenn ich Linzertorte backe, darf man mich nicht stören«, sagte ich, »sonst verwechsle ich Salz und Zucker, Vanille und Zimt, Linz und Graz, und dann ist das keine Linzertorte mehr.«

»Ich stör dich nicht«, sagte Schlumpel, »ich will nur wissen, wie das ist mit dem heiligen Kind und all dem Engelszeug und so. Find ich interessant. Wo hat sie's denn gekriegt, die Maria?«

»In einem Stall.«

Den Stall fand Schlumpel gar nicht so schlecht. »Da riecht's immer gut. Und warm ist's auch. Und der Ochs und der Esel, wo du nicht weißt, ob die auch heilig sind, haben's nicht so weit gehabt, weil sie schon da gewesen sind. Wie viel Junge hat sie denn im ganzen gekriegt?«

»Eins«, sagte ich.

»Was? Nur eins?« Schlumpel fand das bescheiden. »Jede Katz kriegt mehr.«

»Maria«, sagte ich, »war nun mal keine Katze. Eins hat ihr gereicht.«

»Und das war heilig, das Kind?«

»So ist es. Ich meine, so sagt man.«

»Sind heilige Kinder besser als unheilige?«

»Wie man's nimmt. Heilige Kinder sind dafür bekannt, dass sie oft Ärger machen.«

»Hat er Flügel gehabt?«

»Der Knabe? Hat er nicht.«

»Ich mein doch den Engel.«

»Ach, den. Klar hatte der Flügel. Engel sind im Allgemeinen schlecht zu Fuß.«

»Kann man Engel rupfen? Wie die Hühner von unserer Eierfrau?«

»Engel rupft man nicht.«

»Warum nicht?«

»Weil sich das nicht mit ihrer Würde verträgt. Unser Engel war groß, heilig und ehrfurchtgebietend. Der Glanz des Herrn umleuchtete ihn. Was ich sehr schön gesagt finde.«

»Aber du bist doch unfromm.«

»Ich find's trotzdem wunderschön.«

»Der Glanz war wegen der Kuhnacht da«, sagte Schlumpel überzeugt. »Sonst hätten die Hirten ihn ja nicht sehen können. Ich kann prima sehen, wenn's Kuhnacht ist. Mit dem Schnurrbart. Hat der Engel einen Schnurrbart gehabt?«

Das entzog sich meiner Kenntnis.

»Was hat der Ochs gesagt, als er das Kind gesehen hat?«

»Muh! Und der Esel Iah! Falls du das auch noch wissen willst.«

»Was hat der Josef gesagt, wo der doch einer von den Vätern ist?«

»Der Josef hat gesagt, jetzt reicht's aber. Das Kind braucht seine Ruh, und Maria auch. Und ich.«

»Meint er sich?«

»Jawohl. Und mich.«

»Der Josef?«

»Ich mein mich.«

»Warum brauchst du auch Ruh? Du hast es ja nicht gekriegt, das Kind.«

Ich verschob die Linzertorte auf den nächsten Tag.

»Was machst du jetzt?«, fragte Schlumpel.

»Ich geh auf den Speicher und hol den Schmuck für den Christbaum. Und die Krippe. Und den Engel.«

»Hat der auch Flügel?«

»Seit drei Wochen. Stoffele, dein lieber Großvater, hatte ein bisschen mit ihm gespielt, weshalb Konrad sie ihm wieder ankleben musste.«

»Aber Konrad glaubt doch nicht an Engel«, sagte Schlumpel. »Oder glaubt er nur an Engel mit abgegangenen Flügeln?«

»Konrad glaubt, wie ich, nicht an den damaligen, echten Engel. Nur an den geerbten.«

»Ich tät lieber an den echten glauben. Find ich viel einfacher. Ich glaub, ihr seid ein bisschen blöd. Ist mein Opa jetzt auch heilig?«

»Bestimmt nicht. Er hatte nix Heiligmäßiges an sich. Schon gar nicht, was seinen Namen anging.«

»Jetzt weiß ich alles über Engel«, sagte Schlumpel. »Jetzt reicht's. Ich geh ein bisschen raus.«

Nach einer Stunde war sie wieder da. »Du hast jemand vergessen.«

»Ich? Wen? Und wo?«

»Bei der Krippe.«

»Ausgeschlossen. Ich kenn das Personal.«

»Eine Katze.«

»Aber Schlumpel!«, sagte ich.

»Eine mit Streifen, wie ich, aber grau.«

»Aha. Und woher weißt du das?«

»Von Miss Lizzy. Das ist eine sehr alte Katze. Sie wohnt vier Häuser weiter. Die hat mir doch mal das Paradies erklärt, und ich hab's dann wieder dir erklärt.«

»Ach, die. Und woher weiß sie das?«

»Von ihrer Oma. Und die von ihrer. Sie stammt nämlich von dieser Krippenkatze ab. Sie sagt, es war sehr gescheit von der Maria und dem Josef und dem lieben Gott, der der andere Vater ist, sich einen Stall mit Katze auszusuchen. Wegen der Mäuse. Der Esel hätt sie wahrscheinlich nicht gefangen, der Ochs auch nicht. Ohne Katz hätten sie's nicht ausgehalten. Die Mäuse hätten ihnen bestimmt die ganze schöne Linzertorte weggefressen, wenn sie die gekriegt hätten, aber sie kriegen ja nix davon, weil du sie ganz allein frisst. Mit Konrad. Das erzähl ich jetzt dem Seppi, dann ärgert der sich, weil es kein Kater gewesen ist.« Und sie zog wieder ab.

Am nächsten Morgen – dem Heiligen Abend – kam Weihnachtspost. Ein Brief, vielmehr eine Briefkarte, war besonders eindrucksvoll. Ich sah ein Bild, das Meister Bertram im fünfzehnten Jahrhundert gemalt hatte, einen Ausschnitt aus dem Buxtehuder Altar, und zwar die Geburtsszene. Hinter dem neugeborenen Kind guckte eine Tigerkatze hervor. Wer's nicht glaubt, der kaufe sich ein Buch über den Meister und sehe nach.

Mein Unglaube kam ins Wanken. Einer von beiden hat geschwindelt. Entweder gab es die Krippenkatze, und Lukas hat sie verschwiegen, vielleicht mochte er keine Katzen, oder er hatte eine Katzenallergie, und

Meister Bertram hat sie, vielleicht auf Grund einer himmlischen Offenbarung und damit die Wahrheit ans Licht komme, gemalt. Oder es gab sie nicht, dann hat Lukas nicht geschwindelt, und Meister Bertram hat den schwarzen Peter in Gestalt einer grauen Tigerkatze.

Wenn jemand mich fragt: Ich vertraue Meister Bertram.

Ingo Schulze

Die Verwirrungen der Silvesternacht

Früher habe ich mich immer vor Silvester gefürchtet. Überhaupt führte ich ein unmögliches Leben. Nur das Geschäftliche funktionierte. Es funktionierte sogar besser, als mir lieb war.

Sooft ich nach einem Anfang für diese Geschichte suche, sehe ich mich zurückgelehnt in meinem Bürosessel, den rechten Fuß auf dem Knauf der mittleren Schreibtischschublade, die Schuhspitze unter die Tischkante geklemmt. In der linken Hand halte ich den Hörer, mit der rechten drücke ich die Spiralstrippe wie eine Saite auf mein Knie. Der Rauch über dem Aschenbecher bildet Figuren, ein aufgezupftes Taschentuch, eine umgedrehte Eiswaffel, die Märchenburg eines Trickfilms.

Nachdem mich die Berliner Vorwahl aufgeschreckt hatte, war ich wie immer enttäuscht, als ich dann Claudias Nummer erkannte. Claudia rief hier nur an, wenn sie Ute in unserer Altstadtfiliale nicht erreicht hatte.

Diesmal aber fing sie an zu plaudern. Sie redete über Silvester, und ich verstand nicht, warum sie mir aufzählte, wen sie einladen wollte, die Namen sagten mir nichts. Nach einer kurzen Pause jedoch fügte sie, jedes Wort betonend, hinzu: »Und auch deine Julia!«

Das war am 9. Oktober 1999 kurz nach siebzehn Uhr.

Vielleicht gibt es ja auch in Ihrem Leben einen Menschen, der Ihnen die Welt bedeutet, für den Sie zehn Jahre opfern, für den Sie Frau, Kind und Geschäft ohne zu zögern verlassen würden. Für mich war es Julia, jene Julia, die ich 1989 in Dresden auf dem Fasching der Kunsthochschule kennengelernt hatte. Man hätte sie, die als »Hans im Glück« ging, tatsächlich für einen Jüngling halten können, wäre da nicht ihr Gang gewesen. Sie bestellte ein Bier und ich bestellte ein Bier, und zusammen warteten wir, bis es kam. Ich machte ihr ein Kompliment für ihr Kostüm und sagte noch, dass ich Frauen gut fände, die Bier trinken, eine Bemerkung, die mir noch heute die Schamesröte ins Gesicht treibt. Wir stießen miteinander an. Julia glaubte, ich redete so enthusiastisch über das Theater im Allgemeinen und »Das Käthchen von Heilbronn« im Besonderen, eine Inszenierung auf der Probebühne in der Leipziger Straße, weil ich sie erkannt hätte. Als die Musik begann, tanzten wir. Julia tanzte den ganzen Abend nur mit mir.

Ich war Physikstudent an der TU und mitten in meiner Diplomarbeit, Julia absolvierte am Staatsschauspiel ihr Praktikum.

Bei unserem zweiten Treffen hatte Julia, als wir uns in der Milchbar am Gänsediebbrunnen gegenübersaßen, ihre Hände in die Mitte des Tisches gelegt, ja, sie noch ein Stück darüber hinausgeschoben, so dass ich gar nicht anders konnte, als meine Hände auf ihre zu legen.

Engagiert wurde sie trotz großer Versprechungen nicht in Dresden. Julia meinte, schuld sei allein die Beurteilung der Berliner Schauspielschule, laut der sie Probleme habe, »die führende Rolle der Arbeiterklasse anzuerkennen«.

Das Theater der Kreisstadt A. nahm Julia dafür mit Kusshand. Mich kränkte das beinah mehr als sie. Da ich aber überzeugt war, dass ihr jeder über kurz oder lang verfallen müsse, fand ich A. letztlich besser als Dresden. Denn dass sich eine Schauspielstudentin mit einem von der TU einließ, war damals zumindest ungewöhnlich. Ihrer Theaterbande fiel bei »Physiker« bestenfalls Dürrenmatt ein. Die hatten keine Ahnung, was es hieß, fünf Jahre TU durchzustehen und – ohne

Genosse zu werden – die Zulassung für ein Forschungs-studium zu bekommen, wenn auch nur an der TH in B. Julia zu beschreiben fällt mir bis heute nicht leicht. Das ist, als sollte ich meine Liebe begründen. Mich ärgerte es, wenn man sie originell nannte, so wie man ein Kind originell nennt. Das Verblüffendste an ihr, zumal als Schauspielerin, war, dass sie sich ihrer Wirkung kaum bewusst zu sein schien. Sie nannte es Verblendung, wenn ich ihr sagte, dass ich noch an keiner anderen Frau einen so leichten und zugleich entschiedenen Gang gesehen hätte. Morgens gab es für Julia nichts Wichtigeres, als mir ihre Träume zu erzählen, ganz so, als drängte es sie zu beichten. Julia ließ kaum eine Feier aus, auch wenn es dann meist so aussah, als langweilte sie sich. Ihre Rollen lernte sie oft im Zug oder stellte sich den Wecker auf vier Uhr morgens. Ich liebte alles an Julia, nur nicht ihre Verkapselungen! Julia konnte sich scheinbar grundlos von einem Augenblick auf den anderen verschließen. Während ich für sie dann zu einem Gegenstand wurde, dem man notgedrungen ausweicht, flirtete sie mit einem Verkäufer oder unterhielt sich minutenlang mit einem Bühnenarbeiter, den wir auf der Straße trafen.

Im Juni '89 war ich beim Waldlauf mit dem linken Fuß umgeknickt, hatte mir eine Sehne angerissen und bekam einen Gips. Julia ließ meinetwegen ihre Abschlussfeier in Berlin sausen, bekochte und umsorgte mich und bestellte mir schließlich ein Taxi, das mich zur Verteidigung meiner Diplomarbeit brachte.

Mit dem Gips begann unsere schönste Zeit. Wir trennten uns kaum noch. Als ich wieder richtig gehen konnte, fuhren wir nach Budapest und Szeged und kehrten Mitte August zurück, wofür uns einige belächelten. Julia und ich hatten mit keiner Silbe erwogen, in den Westen zu gehen, so wie wir auch nicht über Kinder oder eine gemeinsame Wohnung sprachen.

Später habe ich mich manchmal gefragt, ob ich Julia liebte, weil sie Schauspielerin war. Der Gedanke, dass jenes Geschöpf dort, das alle anstarrten, mir nach dem Schlussapplaus in mein schreckliches Wohnheim folgen und an mich geschmiegt einschlafen würde, dass diese Stimme mir Worte ins Ohr hauchte, dass ihre Hände ach, für Dritte klingt das abgeschmackt.

Aber glauben Sie mir: Sosehr ich das Käthchen von Heilbronn liebte, viel mehr liebte ich Julia, die nichts weiter wollte, als mit mir zusammen zu sein, mit der alles leicht und selbstverständlich und ganz ohne Anstrengung war.

Einmal im Zug, wir fuhren zu meinen Eltern, Julia saß mir gegenüber und las, überfiel mich die Vorstellung, wir kennten uns nicht, eine schreckliche Vision, von der ich tatsächlich kalte Hände bekam. Ohne Julia war alles traurig oder zumindest unvollständig. Selbst wenn ich mit meinem Freund C. oder meinem Bruder zusammen war, quälte mich spätestens nach einer Stunde die Sehnsucht nach ihr.

Im September begann Julias erste Spielzeit in A. und für mich die Assistentenstelle in B. In B. waren sie weit weniger bigott als an der TU. Ich hätte schon donnerstags verschwinden können. Julia aber sagte, sie brauche jetzt Zeit und genügend Schlaf, sie habe sich nun ganz auf ihre Arbeit zu konzentrieren.

Eine Woche ohne sie war endlos, zwei Wochen hielt ich kaum aus. Ich verstand ihren Sinneswandel nicht. Als sie mir schrieb – wir hatten ja beide kein Telefon, und im Theater oder in der Hochschule anzurufen war nur im Notfall möglich –, dass sie auch am kommenden Wochenende proben und lernen müsse, fuhr ich nach A.

Julia hatte Abendprobe. Ich wartete im gegenüberliegenden Theatercafé, verpasste sie und klingelte sie schließlich aus dem Bett – sie bewohnte anderthalb Zimmer ohne Bad zur Untermiete. Das war fünf Tage vor ihrem 26. Geburtstag. Ich fragte sie, wo wir feiern würden, in A. oder in B.? Julia sagte, ihr sei so kurz vor der Premiere nicht nach feiern. Ich fuhr natürlich trotzdem nach A.

Es war ein Akt der Gnade, dass mich die Pförtnerin überhaupt einließ. Als ich die Kantine betrat, stand ich, den Beutel mit den Geschenken in der einen Hand, den Blumenstrauß in der anderen, vor etwa zwei Dutzend Leuten, die darüber diskutierten, ob sie am kommenden Montag, dem 2. Oktober, nach Leipzig fahren sollten, um zu demonstrieren.

Es war schon nach zwölf, als wir endlich gingen. In aller Eile bereitete ich ihr einen Geburtstagstisch. Julia, schon im Schlafanzug, sagte: »Du siehst aus, als würdest du gleich losheulen!«

Ich war tatsächlich verzweifelt. Ich hoffte aber, den Bann, in den Julia geschlagen war, mit einem unserer Zauberwörter jeden Augenblick zu lösen, und wusste doch, dass ich so nicht weitermachen durfte.

Am Mittwoch, dem 4. Oktober, ging ich in die Kirche von B., sagte etwas in der Art, dass bei uns das Bekenntnis zur Partei viel mehr bedeute als die Arbeitsleistung, was eine lächerliche Platitüde war, mir aber viel Applaus einbrachte. Danach wurde ich von zwei Männern gefragt, ob ich nicht im Neuen Forum von B. mitarbeiten wolle. Ich muss dazusagen, dass ich viel riskierte. Meine Diplomarbeit, »Neue Versuche über die Hochduktilität von Aluminium-Zink-Legierungen«, hatte mir einige Vorschusslorbeeren verschafft, die Vorbereitungen zu den ersten Versuchsreihen entwickelten sich problemlos, und Professor Walther von der Martin-Luther-Universität in Halle hatte mir eine Übernahme in Aussicht gestellt.

Die Premiere von Sophokles' »Antigone« war das, was man einen rauschenden Erfolg nennt. Klaglos ertrug ich die endlose Premierenfeier und nahm mich überhaupt zusammen. Doch erst als ich Julia am nächsten Morgen von meinem Auftritt in der Kirche erzählte, taute sie auf.

Von ihr bewundert zu werden war schön, dann aber sagte sie, meine Aktion würde bestimmt der Sowieso gefallen – den Namen ihrer Regisseurin habe ich vergessen. Ich sagte, dass ich der Sowieso gar nicht gefallen wolle, worauf Julia antwortete, dass ich da auch kaum Chancen hätte, denn die Sowieso sei lesbisch.

Wenn Sie nun glauben, das entscheidende Stichwort sei gefallen, irren Sie. Ich weiß es natürlich nicht mit Sicherheit, aber gerade weil die Beziehung zwischen der Sowieso und Julia nicht eindeutig war, machte sie mir zu schaffen.

In B. entwickelten sich die Dinge wie im ganzen Land, nur dass die Demonstrationen von B. nie im Radio erwähnt wurden, was jedes Mal Enttäuschung und ein Gefühl der Vergeblichkeit hervorrief.

Bevor das Neue Forum in B. das aus der bundesdeutschen Partnerstadt K. eingeschmuggelte Kopiergerät erhielt, tippten wir den Gründungsaufruf des Neuen Forums immer wieder mit vier Durchschlägen ab. Ute, die als Laborantin an der Poliklinik arbeitete, und ich waren die Einzigen, die mit zehn Fingern schrieben. Oft saßen wir zu zweit bis Mitternacht im »Hobbykeller« einer heruntergekommenen Villa und tippten. Für mich war diese Tätigkeit nahezu ideal. Ich war in Gesellschaft und musste nicht nachdenken.

Es lag wohl an unserem Arbeitseifer, dass der »Sprecherrat« des Neuen Forums glaubte, das Kopiergerät sei in Utes und meiner Obhut am besten aufgehoben. Da aber plötzlich jeder irgendetwas zu kopieren hatte – wir nahmen zwanzig Pfennig pro Blatt als Spende –, richteten wir ab Anfang November, als wir keine Angst mehr haben mussten, regelrechte Bürostunden ein, die Ute und ich uns teilten.

Ute war von Anfang an in mich verliebt. Ich hatte ihr auf der Fahrt nach Coburg – von unserem Begrüßungsgeld kauften wir Kartuschen für den Kopierer – von Julia und unserem herrlichen Sommer erzählt. Das änderte jedoch nichts an ihrem Verhalten.

Wenn klar ist, dass man die Frau neben sich jederzeit berühren darf, ja, dass sie darauf wartet, dann tut man es bei irgendeiner Gelegenheit schließlich auch. Ich war überrascht, wie leidenschaftlich und einfach und schön der Sex mit ihr war. Es passierte nun fast täglich, danach war immer alles wie vorher. Irgendwann stellte ich mir die Frage, ob es möglich wäre, mit Ute zu leben. Das war nur ein Moment, ein einziger Augenblick, und natürlich erschien mir der Gedanke absurd, ich könnte Julia wegen Ute verlassen.

Ich fuhr zu Julias Shakespeare-Premiere am 26. November nach A. Das Theater war fast leer. Trotzdem gratulierte ich der Sowieso, die sofort fragte, warum ich kalte Hände hätte. »Habe ich wirklich kalte Hände?«, fragte ich erstaunt und hielt mir eine Hand an die Wange, woraufhin die Sowieso lachte und Julia vielsagend ansah.

Mitte Dezember geschah, was geschehen musste: Julia kam zum ersten Mal nach B., eine Mitfahrgelegenheit habe sich ergeben, sagte sie. Die Mitfahrgelegenheit war die Sowieso. Später sagte Julia, sie habe sofort gespürt, dass mit mir etwas nicht stimmte. Dreieinhalb Monate lässt sie sich nicht blicken, und dann steht sie mit der Sowieso vor der Tür! Sollte ich da etwa vor Glück zerspringen? Ich kochte Kaffee, stellte Kuchen auf den Tisch und wünschte die Sowieso zum Teufel.

Die Sowieso schwärmte von den Leipziger Demonstrationen und davon, dass sie nicht nur das Theater, sondern ganz A. auf den Kopf gestellt hätten. Ich fragte, wer denn »wir« sei. »Na, wir alle«, rief sie und breitete die Arme aus, »das ganze Theater«. Julia sprach von dem Zusammenhalt unter den Kollegen und davon, dass die Gewissheit, sich aufeinander verlassen zu können, eine unglaublich schöne Erfahrung sei. »Hätten sie einen von uns von der Bühne gezerrt, wir wären alle ins Gefängnis gegangen.«

Was sollte ich da noch von unserem »Kopierservice« erzählen?

Während die Sowieso sprach, ängstigte mich die Vorstellung, mit Julia allein zu bleiben. Julia saß in ihren Mantel gehüllt, die Hände in den Taschen, auf dem Sofa – ich hatte das Fenster geöffnet, weil wir um die Wette quarzten – und empfand vermutlich dasselbe. Der Abschied von der Sowieso war äußerst herzlich. Sie entschuldigte sich, anderthalb Stunden unserer gemeinsamen Zeit gestohlen zu haben, und umarmte am Ende sogar mich.

Eigentlich hätte nun alles gut werden können, doch als Julia sagte, wie froh sie sei, dass die Sowieso und ich jetzt einen Draht zueinander hätten, dass die Zusammenarbeit mit der Sowieso ihr viel bedeute und dass ich nun vielleicht verstehen würde, warum sie, Julia, nicht habe kommen können, sah ich rot.

Ob das mit uns in dieser Art und Weise jetzt weitergehen würde, fragte ich. Und als mich Julia völlig entgeistert ansah, rief ich: »Ich kann so nicht leben!« Ich war selbst überrascht, wie zornig und verbittert ich klang. Ich wollte eine Entscheidung. Ich wollte meine Julia zurück! Entweder das Paradies oder eben gar nichts. Heute erscheint mir das völlig unsinnig, aber damals glaubte ich, genug gelitten zu haben. Julia sagte daraufhin jenen Satz, dass sie schon an der Tür so etwas gespürt habe.

»Ich habe dich betrogen«, erwiderte ich und wollte mich erklären. Ich sei an ihrem Rückzug irre geworden, sie sei doch mein Leben, ohne sie würde ich doch erfrieren, ich wolle doch nichts weiter, als mit ihr zusammen zu sein, so wie früher! Aber ich schwieg, als scheute ich die Anstrengung des Redens.

Julia liefen Tränen über die Wangen. Wir standen in dem winzigen Flur, hörten Schritte über uns, das Klacken eines Lichtschalters und wie eine ihrer Tränen mit einem ganz leisen »tack« auf den Fußbodenbelag fiel.

Sie mache mir keinen Vorwurf, sagte Julia, sie habe auch gemerkt, dass sie mich sexuell nie wirklich habe zufriedenstellen können.

Nein, widersprach ich, das sei Blödsinn. Wir rührten uns nicht von der Stelle.

Sie nehme mir das nicht übel, sagte sie, das sei ein dummer Ausrutscher, der ja wohl mit Liebe nichts zu tun habe.

Und nun geschah etwas, was ich bis heute nicht begreife. Ich dachte an diesen einen Augenblick, in dem ich überlegt hatte, ob ich auch mit Ute leben könnte. Und anstatt Julia zu beteuern, dass mir der Gedanke, sie wegen einer anderen zu verlassen, absurd erscheine, sagte ich, dass auch ein bisschen Liebe im Spiel gewesen sei.

Warum log ich? Denn das war eine Lüge, ich schwöre es, eine Lüge!

Julia sah mich an. »Wenn es so ist«, sagte sie. Ihre Stimme klang fremd. Zum ersten Mal klang sie vollkommen fremd. Sie ging ins Zimmer, um ihre Tasche zu holen. »Wenn es so ist« war das Letzte, was ich von ihr zu hören bekam.

Auf dem Weg zum Bahnhof überhäufte ich sie mit Liebesschwüren. Ich liebte Julia, ich liebte nur Julia und hatte deshalb keinen Zweifel, sie umzustimmen zu können. Ich war mir sicher, dass wir uns schon im nächsten Augenblick umarmen und küssen, dass wir umkehren und uns nie mehr trennen würden. Auf dem Bahnhof, als Julia sich eine Zigarette von mir erbat, dachte ich, der erlösende Moment, aus dem Albtraum zu erwachen, sei gekommen.

Julia antwortete nicht auf meine Briefe. Ich fuhr zu ihren Vorstellungen nach A. Sie wollte nicht mit mir reden. Eines Tages würde ich sie sicher verstehen, sagte sie, bedankte sich für die Blumen und reichte mir die Hand. Ihre Kolleginnen und Kollegen übersahen mich wie einen Fremden.

Zuerst glaubte ich, Julia hätte mir eine Probezeit auferlegt, doch weder zu Silvester noch am 13. Januar, meinem Geburtstag, hörte ich von ihr. Ich begann zu trinken, allein zu sein war unerträglich.

An der Hochschule waren fast alle aus der SED ausgetreten. Mein Betreuer, Professor K., erzählte herum, wie viel er Anfang Oktober riskiert habe, um meine Exmatrikulation zu verhindern. Ich saß die meiste Zeit im Büro des Neuen Forums und kopierte bis in die Nacht Diplomarbeiten, Werbezettel und Aufrufe aller Art. Zehn Prozent des Rechnungsbetrages verlangten wir in D-Mark. Das war Utes Idee gewesen, die überhaupt alles Geschäftliche regelte. Sie war immer für mich da. Ich könnte auch sagen, sie hielt sich zu meiner Verfügung, und das, obwohl ich oft gemein zu ihr war. Ich ertrug es nicht, wenn sie mir gegenüber tat, als wären wir ein Paar.

Dem Neuen Forum spendeten wir monatlich zweitausend Mark, den Rest behielten wir. Dieser Rest wuchs von Woche zu Woche, so dass Ute mir sonnabends das Mehrfache meines Stipendiums zusteckte. Doch so, wie ich jetzt davon berichte, entsteht ein falscher Eindruck. Geld interessierte mich damals genauso wenig wie alles andere. Außerdem verstanden wir erst allmählich, was wir da taten. Ute war klar, worauf ich keinen Gedanken verschwendet hätte, nämlich, dass wir schwarz arbeiteten.

Mitte März, in der Woche vor den Volkskammerwahlen, meldete sie ein Gewerbe an. Wir gründeten eine Gesellschaft bürgerlichen Rechts. Wie gesagt, ich musste mich um nichts kümmern. Ich unterschrieb, was sie mir vorlegte, und erledigte die Arbeit, mehr wollte ich damit nicht zu tun haben. Ich lebte in der Erwartung, beim ersten Zeichen von Julia alles aus der Hand fallen zu lassen, um ihr, wohin auch immer, zu folgen.

Meine Dissertation gab ich auf, weil ich es nicht fertigbrachte, im Wohnheim zu sitzen und vor mich hin zu brüten. Gegenüber meinen Eltern begründete ich es damit, dass sämtliche Betreuer und Förderer, wie Professor Walther in Halle, beurlaubt oder entlassen worden waren.

Auch Utes Tage in der Poliklinik waren gezählt. Wir betrieben »Copy 2000« wie ein Hobby. Ich lernte Geld rollen, trug Ute die Tasche zur Sparkasse und sah, wie die Zahlen auf den Kontoauszügen wuchsen. Zweimal fuhr ich noch nach A., dann beschloss ich, nie wieder einen Fuß in diese Stadt zu setzen.

Weil die meisten, mit denen wir im Neuen Forum begonnen hatten, in andere Parteien abgewandert waren, wusste außer Ute und mir niemand, wem die Geräte – wir hatten ein zweites Kopiergerät im Dezember geschenkt bekommen – eigentlich gehörten. Wir transportierten sie in das kleine Ladengeschäft im Erdgeschoss, für das Ute von der Volkssolidarität ab dem 1. Juli 1990 einen unbefristeten Mietvertrag erhalten hatte. Neben den drei Kopiergeräten, die wir auf Kredit kauften, wirkten die alten Apparate schon museumsreif.

In B. waren wir von Anfang an die Platzhirsche. Wir lehnten nichts ab, machten Nachtschichten, wenn es notwendig war, während sich die Konkurrenz von Computern und Büroeinrichtungen das große Geschäft versprach und sich verzettelte. Wir investierten in Bindemaschinen.

Ute und ich schliefen fast täglich miteinander, manchmal auch im Büro, während wir darauf warteten, dass die Geräte die restlichen Satzungen ausspuckten. Was Sex betraf, waren Ute und ich wie füreinander geschaffen. Bei Julia, vielleicht hatte sie doch recht gehabt, war ich immer etwas gehemmt gewesen.

»Wir rammeln ganz schön rum«, sagte Ute einmal. Sie sagte es wie »Wir machen ganz schön viel Geld«. Sie hätte aber auch das Gegenteil behaupten können, ohne im Geringsten anders zu klingen. Verstehen Sie? Ich meine, ihr war allein wichtig, dass wir zusammenblieben. Ute hätte, ohne mit der Wimper zu zucken, alles stehen und liegen gelassen, um mit mir durch dick und dünn zu gehen. Das sage ich nicht aus Eitelkeit. Bei mir war es ja genauso, nur in Bezug auf Julia.

Ende August, es wurde gerade hell, Utes Kopf lag auf meiner Brust und ich war schon fast wieder eingeschlafen, flüsterte sie: »Ich bin schwanger.« Sie erwartete nicht, dass ich mich freute. Am 28. Februar 1991 wurde Friedrich geboren, er hieß nach Utes Großvater. Den zweiten Vornamen, so wie den Familiennamen, bekam er von mir, Friedrich Frank Reichert.

Trotzdem war und blieb Fritz allein Utes Kind. Der

Junge veränderte mein Leben im Grunde nicht. Er versöhnte meine Eltern mit mir, die mir lange wegen der geschmissenen Dissertation gegrollt hatten. Und ich hatte mehr Arbeit, obwohl Ute schon nach wenigen Wochen wieder im Geschäft stand.

Ich vermied es bald, allein mit Fritz zu bleiben. In Gegenwart seiner Mutter jedoch war alles, was ich sagte, Schall und Rauch. Je älter er wurde, umso gereizter reagierte er auf mich, umso größer wurde aber auch seine Fürsorge gegenüber seiner Mutter. Fritz war zu Ute auf fast schon beängstigende, das heißt unkindliche Art und Weise charmant.

Bereits vor seiner Geburt hatten wir Angestellte. Wir beschäftigten vor allem Studenten, die für einen Job bei uns Schlange standen. Aber das führt schon zu weit. Als Vorgeschichte reicht das vielleicht. Das ganze betriebliche Auf und Ab gehört ja nicht hierher. Ich war wirklich ein guter Chef, auf jeden Fall ein besserer als heute; ich weiß, was ich sage. Damals hielt man mich tatsächlich für cool, und im geschäftlichen Sinne war ich es wohl auch. Ich wollte ja keinen Erfolg.

Verstehen Sie? Nichts von dem, was ich tat, tat ich aus Überzeugung. Zwischen mir und meiner Arbeit bestand kein Zusammenhang, es passte nur zueinan-

der, das eine ergab das andere, wie ein Gesellschafts-
spiel, in das ich aus Kummer, aus Verwirrung und rein
zufällig geraten war.

Natürlich hätte ich jederzeit nach Berlin fahren und
bei Julia klingeln können (sie hatte 1991 ein paar kleine
Rollen am Gorki gehabt, danach nur noch in der freien
Szene). Aber das erschien mir unangemessen, beliebig,
auch irgendwie zu simpel. Ich hoffte, wenn Sie so
wollen, auf einen Wink des Schicksals, letztlich auf die
Insolvenz von »Copy 2000«. Von heute aus klingt das
lächerlich, aber in Ute und mir sah ich vor allem zwei
Leute, die einen Betrieb leiteten, Geschäftspartner, die
halt auch zusammenlebten.

Ja, ich hoffte, dass wir pleitegingen. Trotzdem brachte
ich es nicht übers Herz, sehenden Auges Fehler zu be-
gehen. Ich wollte keinem Konkurrenten unterliegen,
sondern den Umständen. Und offenbar reagierten wir
immer richtig.

1993, nachdem auch der Letzte kapiert hatte, dass
das Wirtschaftswunder ausbleiben würde, demorali-
sierten wir mit unserem Lieferservice die anderen vollends. Als wir ein Jahr später die Ausschreibung um den
Kopierladen in der Hochschule verloren, dachte ich,
jetzt sei Schluss. Doch dann gaben wir Studenten und
Arbeitslosen Rabatt, hielten die Preise niedrig, und

siehe da, nicht wir, sondern der Hochschulcopy ging den Bach runter.

Heute wünschte ich mir, mit der Leichtigkeit von damals, Schwierigkeiten als mathematisches Problem betrachten zu können, als eine Gleichung, die sich lösen lässt. Ich wusste, wir mussten wachsen, nicht weil wir Marktforschung betrieben hätten, sondern weil B. aus drei Arealen besteht, Altstadt, Neustadt, Hochschule. Und außerdem ist drei eine gute Zahl, die beste, wenn Sie mich fragen. Hat man drei Kopierläden in einer Stadt wie B., wird für andere die Luft dünn. Trotzdem war ich jedes Mal überrascht, wenn mein Kalkül aufging.

Der Kontakt mit Freunden, ja, sogar die Beziehung zu meinem Bruder, der zwei Jahre jünger ist als ich und als Orthopäde arbeitet, war nach der Trennung von Julia fast völlig abgebrochen. Jeder hatte plötzlich viel zu tun, war umgezogen oder einfach abgetaucht, so wie ich. Ich wollte niemandem erklären müssen, warum ich statt mit Julia nun mit Ute lebte.

Natürlich ließ der Schmerz nach, ich würde lügen, behauptete ich etwas anderes. Doch er blieb ein treuer Begleiter, ein Schatten, manchmal ein Dämon, der mich aus heiterem Himmel überfiel. Es reichte schon der Duft von Erdbeeren oder dass jemand Ungarisch sprach oder eine bestimmte Musik erklang (besonders vor Brahms und Suzanne Vega musste ich mich hüten), häufig jedoch wusste ich nicht einmal, was ihn angelockt hatte. Die Sommermonate ertrug ich am schlechtesten, den Herbst eigenartigerweise am besten. Fürchterlich aber war Silvester. Wenn es hieß, noch zwei Stunden bis Mitternacht, dachte ich, noch zwei Stunden, um Julia zu finden. Wenn die Minuten und schließlich die Sekunden gezählt wurden, hätte ich am liebsten aufgeschrien. Was sollte ich hier, unter fremden Menschen in diesem sinnlosen Leben? Jedes Mal war ich überzeugt davon, es sei mein letztes Silvester, noch einmal würde ich das nicht aushalten. Es brauchte Tage, mitunter Wochen, bis ich mich wieder beruhigt hatte. Einmal, das muss Mitte der Neunziger gewesen sein, lag ich nachts wach neben Ute auf dem Rücken. Plötzlich fragte sie mich, ob ich noch oft an Julia dächte. Ich hatte kaum Zeit, die Hände vors Gesicht zu schlagen, da schluchzte ich schon los. Wie Ute dieses Theater aushielt, ist mir schleierhaft.

Eine andere Frau? Wie denn? Sich in B. zu verlieben war schwer, eigentlich unmöglich. Etwas mit den Studentinnen beginnen, die bei uns arbeiteten, wollte ich nicht, wahrscheinlich hat es deshalb nie gefunkt. Und sonst? Ich konnte ja schlecht Kontaktanzeigen aufgeben, obwohl ich ständig welche las und nach einer suchte, die auf Julia passte.

Dann aber hörte ich tatsächlich von ihr.

Ute hatte geglaubt, Claudia, ihre Kindergarten- und Schulfreundin aus Döbeln, sei diejenige, mit der ich mich aus ihrem Freundeskreis am besten verstünde. Claudia arbeitete als Buchhalterin in einem Berliner Theater, der Name tut nichts zur Sache, und verkehrte, wie Ute es nannte, in Schauspielerkreisen. Ute musste mit ihr über Julia gesprochen haben. Und so erfuhr ich im Februar 1997 bei einem Besuch in Berlin von Claudia, dass Julia ein Kind habe, ein Mädchen. Das berührte mich weniger als der Umstand, dass mir gegenüber jemand den Namen Julia in den Mund nahm und sie, wenn auch mit Unterton – bei Claudia gab es fast nur Untertöne –, »deine große Liebe« nannte.

Bis zu dem erwähnten Anruf Claudias im Oktober 1999 war mir nie klar gewesen, ob Julia, ich meine das wenige, was Claudia mir von ihr erzählte, eine Art Geheimnis zwischen Claudia und mir war oder ob Claudia auch Ute auf dem Laufenden hielt. Ich will damit sagen, es traf mich nicht völlig unerwartet, Julias Namen von Claudia zu hören. Und trotzdem war es, als erwachte ich aus einer tiefen Betäubung. »Und auch deine Julia!«

Ich saß also in meinem Bürosessel, den rechten Fuß auf dem Knauf der Schreibtischschublade, die Schuhspitze unter die Tischkante geklemmt, hörte Claudia reden und blickte dabei durch die geöffneten Jalousien ins Geschäft. Selbst im größten Trubel, wie zu Beginn des Wintersemesters, bleiben unsere Angestellten durch die weißen T-Shirts erkennbar. Ich fand es immer ein wenig obszön, unser »Copy 2000« auf den Brüsten von Studentinnen zu sehen. Aber das ist Utes Idee gewesen, und beschwert hat sich darüber noch keine. Bei denen, die schon länger dabei sind, ist das Rot verblasst, bei den Neuen leuchtet es wie ein Signal. Ich zählte vier unserer T-Shirts, zählte erneut, ohne herauszubekommen, wer fehlte. Ich versuchte, mich irgendwie zu beruhigen. Als Claudia zum zweiten Mal Julia erwähnte, hielt ich es nicht mehr aus. »Julia?«, fragte ich. Dabei griff ich nach dem Pappkuvert, in dem die Entwürfe für unser neues Logo lagen, ohne die 2000 im Firmennamen.

»Na endlich!«, stöhnte Claudia. »Ich dachte schon, du sitzt auf deinen Ohren.« Es folgten Sätze, die ich Wort für Wort wiederholen könnte und deren letzter lautete: »Sie liebt dich mehr denn je, so einfach ist das.«

Und ich – glaubte ihr.

Claudia fragte, wie es denn bei uns so laufe. Ich berichtete von dem Ärger mit der Softwareumstellung auf die 2000 und dass wir überlegten, unseren Firmennamen zu ändern.

»Stimmt«, sagte Claudia, »sonst könnt ihr euch gleich neunzehnhundert nennen.«

Zum Schluss fragte sie: »Also, ihr kommt?«

»Wir kommen«, sagte ich und fühlte, wie ich wieder in die Gegenwart eintrat. Plötzlich spürte ich den Schmerz in den Zehen und nahm den Fuß vom Knauf der Schreibtischschublade. Ich setzte mich auf und legte den Hörer zurück. Ich war froh, ja stolz, all die Jahre durchgehalten zu haben, und humpelte ins Geschäft.

Abends kam ich fast gleichzeitig mit Ute nach Hause. Sie war aufgekratzt, weil kurz vor Feierabend ein Auftrag vom Schulamt gekommen war und gleich darauf die Stadtverwaltung Gotha angerufen hatte, die gar nicht in unserem Einzugsbereich lag, so dass wir auf ein dickes Zusatzgeschäft hoffen durften.

Ich erwähnte Claudias Einladung, und Ute sagte: »Warum belästigt sie dich? Sie hat doch meine Nummer!«

»Willst du denn?«, fragte Ute später.

»Was Besseres wird uns wohl nicht mehr einfallen«, sagte ich. Ute hatte sich tatsächlich um etwas Besonderes bemüht, aber Wien war bereits ausgebucht, Prag ebenso.

»Dann klär ich das«, sagte Ute, nahm das Telefon und ging mit einer halb geschälten Apfelsine ins Wohnzimmer.

Meine Stimmung der folgenden zweieinhalb Monate ließe sich am besten mit »Willkommen und Abschied« wiedergeben. Ich erinnere mich leider nur noch an den Titel des Gedichts und an die Begeisterung unserer Deutschlehrerin, aber wenn ich mein Gefühl beschreiben sollte, so war es genau das: Willkommen und Abschied.

Ich hatte knapp hunderttausend Mark auf dem Konto, fuhr einen fast abgezahlten Mercedes SL und war nicht verheiratet.

Ich räumte meinen Schreibtisch auf, beantwortete sämtliche Post, kümmerte mich um die Außenstände, übergab einige Fälle einem Inkassobüro und zerriss einen Haufen Papier. Zwischen den Briefen meines Vaters lagen Ausschreibungen, an die ich mich nicht mehr erinnern konnte.

Was ich an Krimskrams aus dem Herbst '89 fand, brachte ich ins Stadtmuseum und warf die Quittung, die ich im Gegenzug erhielt, in einen Papiercontainer.

Zweimal fuhr ich vormittags nach Hause, um auch

dort für Ordnung zu sorgen. Unter meinem Pass und den Versicherungspolicen fand ich ein kleines rotes Heyne-Buch: »Wie man eine Frau befriedigt – jedes Mal/Wie es wirklich klappt/Wie sie nach noch mehr verlangt«. Auf der Rückseite das Foto von Naura Hayden, schöne Augen, tadellose Zähne. »Vitamin C ist Ascorbinsäure, und der Nobelpreisträger Linus Pauling empfahl eine tägliche Mindestdosis von 3000 mg. Ich nehme jeden Tag mindestens 15000 mg, und das seit vielen Jahren«, schreibt Naura Hayden auf Seite 74. Ute hätte sich wohl gewundert, warum ich solch ein Buch besaß, aber mit ihr hatte das ja auch nichts zu tun.

Ich schob meine Unterlagen in Klarsichtfolien, packte alles in eine Lidl-Tüte und ging zur Tür. Wie einer, der keine Spuren hinterlassen darf, sah ich mich um. Was in dieser Wohnung gehörte eigentlich mir? Es gab nichts, woran ich hing oder was ich vermissen würde, mit Ausnahme der vieretagigen Seiffener Weihnachtspyramide, die ich zum zehnten Geburtstag geschenkt bekommen hatte.

Ute aß seit der Berlin-Entscheidung, wie sie es nannte, abends nur noch Gemüse und Obst, weil Claudia sie in die Sauna und zum Schwimmen eingeladen hatte. Ich begnügte mich mittags mit Broten, verzichtete auf Kuchen und bestellte im Restaurant Gekochtes oder Gedünstetes mit viel Reis. Gab es Brathering, entfernte ich die Haut. Ute ging sogar ins Fitnessstudio zu Kursen wie »Fatburner« und »Poweryoga« und belegte an der Volkshochschule einen Schminkkurs, bei dem man ihr für eine Unmenge Geld Kosmetika aufschwatzte.

Wir brachten zwei Säcke Hosen, Jacketts, Röcke und Pullis zur Kleidersammlung, und ich schmiss endlich meine alten Strümpfe und Unterhosen weg, die ich aus Gewohnheit noch fürs Schuheputzen aufbewahrt hatte. Das Wetter wechselte wie im April. Es gab früh Schnee und richtige Stürme und dann wieder Frühlingswetter.

Es waren verrückte Wochen. Und noch dazu brummte das Geschäft wie nie. Es war ein Gefühl, als würde das Leben an Schlacke, an Fett verlieren und dafür Muskeln aufbauen.

Ute sprach in dieser Zeit viel von Claudia und ihrem neuen Mann Marco. Marco arbeite beim Film und verstehe sich gut mit Dennis, Claudias Sohn. Außerdem wusste Ute, dass Claudia nur mit Ohropax schlafen könne, ganze Klumpen davon stecke sie sich abends in die Ohren. Und dass Marco sehr eifersüchtig sei, jedoch ein guter Liebhaber, und dass er einen kurzen, aber dicken Schwanz habe.

Ich fragte Ute, ob sie auf diese Art und Weise auch über mich Auskunft gebe. »Nein«, sagte sie, doch irgendwie klang es dünn. Erst als ich sie zum zweiten Mal fragte, rief sie: »Wofür hältst du mich denn?« Claudia fand Marco kräftig. Ute sagte, hoffentlich wirst du nie so fett. Marco muss damals sehr viel verdient haben, sonst hätten sie sich nicht diese Maisonettewohnung samt Dachterrasse und Blick über den Friedrichshain leisten können.

Im Fernsehen war unentwegt vom Countdown die Rede. Dabei hätte ich mich fast verraten. Eine Schnapszahl wurde genannt, ich glaube 666, und ich sagte: »Noch 666 Stunden hier«, aber Ute reagierte nicht.

Erst in den Weihnachtstagen dämmerte mir, welchen Verrat Claudia da plante. Oder trieb sie nur ein Spiel mit mir? Sie werden einwenden, einer wie ich sollte nicht auf andere zeigen. Ich jedoch habe Ute nie falsche Versprechungen gemacht. Sie wusste, dass sie nicht meine große Liebe war. Zwang sie mich, deutlicher zu werden – mal ging es um Heirat, mal um ein zweites Kind –, antwortete ich jedes Mal mit Nein.

Außer Julia gab es nichts, was mich an Claudia interessiert hätte. Ja, ich ertrug Claudia, die ich für magersüchtig hielt, nur schwer. Kein Wort kam über ihre Lippen, das nicht laut war, bei dem ihre schwarzen

halblangen Haare nicht irgendeinen Schwung voll-
führten, das nicht von einer Geste begleitet wurde.
Ihre Gesten schienen die Worte überhaupt erst zutage
zu fördern. Vor allem wenn sie lachte, spürte man, dass
da etwas Vulgäres an ihr war, von ihrem Verschleiß an
Männern ganz zu schweigen.

»So ist sie eben«, sagte Ute. Eigentlich bewundere sie
Claudia, auch wenn so ein Leben nichts für sie sei.

»Wenn das fünfte Lichtlein brennt, hat's der Weihnachtsmann verpennt«, sagte Claudia bei ihrem letzten Anruf. Diesmal war Weihnachten tatsächlich eher
wie ein fünfter Advent. Ich schenkte Ute einen Koffer,
mir selbst hatte ich auch einen gekauft. Unser Beitrag
zur Feier sollte der Champagner sein, von dem ich mir
vier Kartons bei Aldi hatte zurücklegen lassen.

Am 30. Dezember stellten wir uns morgens auf die
Waage. Ich hatte fünf und Ute vier Kilo abgenommen.
Es war noch nicht ganz hell, als wir losfuhren. Das er-
leichterte den Abschied.

Nein, ich machte mir keine Gedanken darüber, wo
und wie ich wieder eine Arbeit finden würde, und na-
turlich sah ich, was ich aufgab. Genau das sollte es sein:
ein Opfer! Ein großes Opfer, verstehen Sie? Ich wollte
zu Julia einfach nur Ja sagen, gleichgültig, was passieren würde.

Unterwegs aßen wir Apfel- und Paprikaschnitze, um erst kurz vor Berlin bei Mövenpick fürstlich zu frühstücken. Wir fuhren über die Avus und dann den Kaiserdamm hinunter in Richtung Osten, da hat man am ehesten das Gefühl, in Berlin anzukommen. Claudia empfing uns in einem knallgelben ärmellosen Kleid – als wäre Hochsommer. Nach der Begrüßung warf sie mir einen Blick zu, der zu sagen schien: Wir sind Komplizen. Als sie sich bückte, um in ihre Stiefel zu fahren, sah ich, dass sie offenbar nur dieses Kleid auf der Haut trug. Marco half mir, den Aldi-Champagner zum Fahrstuhl zu tragen und in einem leeren mannshohen Kühlschrank in der Dachetage zu verstauen.

Die Wohnung, in der wir übernachten sollten, lag keine zweihundert Meter entfernt, in der Käthe-Niederkirchner-Straße, im Hinterhaus. Da die gegenüberliegende Häuserfront eine Lücke hatte, sah man vom Wohnzimmer aus über einen Bagger hinweg den Blumenladen in der Hufelandstraße, über dem früher einmal Claudia und Dennis gewohnt hatten. Während Claudia, die ihren Mantel eher abgeschüttelt als ausgezogen hatte, von Zimmer zu Zimmer schritt, um die Heizkörper aufzudrehen, beobachtete ich, wie der Bag-

224

ger unter unserem Fenster plötzlich seinen Greifarm senkte und zu arbeiten begann.

Die Wohnung gehörte einem Freund von Marco, der auf die Malediven geflogen war. »Hier ist's ja blitzeblank«, sagte Ute, nachdem Claudia Küche und Bad vorgeführt hatte. Die Bettwäsche, ich dachte zuerst, sie wäre aus Seide, verwandelte das Schlafzimmer in ein orientalisches Gemach.

Fritz war bei Dennis geblieben, Ute und Claudia wollten gleich in die Thermen am Zoo. Ich begleitete sie zum Bus. An der Haltestelle vor dem Kino nutzte Claudia den Moment, als Ute sich die Filmplakate ansah, um mir zuzuflüstern: »Geh ein bisschen im Park spazieren. Vielleicht hast du ja Glück.«

Dann kam der Bus, und Ute rief, als wäre das ein Abschiedsgruß: »Von diesen Plakaten erfährt man rein gar nichts.«

Statt hinüber in den Park ging ich die Straße zurück, die wir gekommen waren, und ließ mir in einer Drogerie von einem überaus freundlichen Mann ein schon zu DDR-Zeiten produziertes Mittel gegen Fußschweiß empfehlen. An der nächsten Ecke kaufte ich bei einem Vietnamesen Kaffee, Milch, Bananen und Brötchen, in dem italienischen Laden daneben Gebäck, Rotwein und Mortadella. Zum Schluss erstand ich sündhaft teure Rosen und ließ mich dafür von der Verkäuferin bewundern. Während sie den Strauß band, beobachtete ich durch die Scheibe den Bagger, der schon einen kleinen Berg aufgehäuft hatte. Als ich mit den Tüten und Rosen durch die Straßen ging, stieg so etwas wie Glück in mir auf, weil man mich für einen Einheimischen halten konnte, ganz so, als wäre es Julia, die mich in der Käthe-Niederkirchner-Straße erwartete.

Kaum in der Wohnung, rannte ich die Treppe wieder hinunter. Eine Minute später war ich im Friedrichshain. Der Park wirkte verlassen, das Café geschlossen. Ein paar Hunde wurden ausgeführt, ab und an kam ein Jogger vorbei. Ich lief auf dem Weg vor dem Teich hin und her, ging dann auf den rechten, etwas höheren Hügel, von dem aus ich die Karl-Marx-Allee und den Strausberger Platz sah, wechselte auf den kleineren, der kaum höher war als die gegenüberliegende erleuchtete Fensterfront von Marcos Dachwohnung. Plötzlich bewunderte ich Marco und Claudia. Ich hatte das Bedürfnis, ihnen zu sagen, dass sie recht hatten, so verschwenderisch zu leben, wie sie lebten, und dass man etwas riskieren müsse. In diesem Moment wünschte ich mir nichts sehnlicher als ein Berliner Kennzeichen an meinem Auto.

Ich lief eine lange Treppe hinunter und zurück in

unsere Wohnung, aß die ganze Mortadella und sah dann lange dem Bagger zu, der sich selbst die Schräge schuf, auf der er Stück für Stück tiefer fuhr.

Abends luden wir Claudia und Marco zu einem Italiener ein, in ein großes Eckrestaurant genau in der Mitte zwischen unseren Wohnungen. Der Besitzer, raunte Marco, habe aus Italien flüchten müssen, er sei früher ein Linksaktivist gewesen. Mich ärgerte, dass Ute nickte, als wäre ihr das bekannt. Claudia hatte einen dicken Pullover über das gelbe Kleid gezogen und zerteilte mit ihren langen Fingern das Weißbrot. Ohne aufzusehen, bestellte sie und hielt, während sie mit uns sprach, die Speisekarte über ihre Schulter, bis der Kellner sie ihr abnahm. Wir aßen Fisch und tranken eine Karaffe Wein nach der anderen. Der Besitzer streunte von Tisch zu Tisch, küsste Claudia beide Hände, legte einen Arm um Marcos Schulter und lächelte dabei so reglos, als posierte er für ein Foto.

Ute litt an diesem Abend an einer regelrechten Zustimmungssucht, verwendete Worte wie »Filmbranche« und »normale Menschen« und wollte wissen, woher Marco seine Inspiration nehme und ob er nicht auch schöpferische Pausen brauche. Marcos Lieblingswort war »stemmen«. Die Ufa habe die Serie »gestemmt«, den Film könne er nicht allein »stemmen«, das würden sie zusammen »stemmen«. Das Restaurant, unsere Wohnung, der Park seien »klasse locations« und gestern habe er noch einen Antrag »gegreenlightet«. Er habe, erklärte er mir, sein Okay gegeben, habe also dem Film den Weg geebnet, was er mit einer Verbeugung begleitete, als wollte er damit die Antiquiertheit seiner Wortwahl betonen. Marco wusste natürlich auch, was es mit dem Bagger auf sich hatte. »Baubeginn noch in neunzehnhundertneunundneunzig, wegen der Kredite.«

Viel zu spät holten wir Fritz bei Dennis ab. Ute wollte wissen, was mit mir los sei. Ich sagte, ihre Devotheit und ihre blöden Fragen gingen mir auf die Nerven. Als wir uns hinlegten, war ich mir sicher, dass dies unsere letzte gemeinsame Nacht sein würde.

Als ich wieder aufstand und zur Toilette ging – mehrere Blitzknaller im Treppenhaus hatten mich aus dem ersten Schlaf gerissen –, sah ich den Bagger wie auf einer Bühne beleuchtet, die erhobene Kralle geöffnet. Obwohl es gegen eins war, wuselten vielleicht ein Dutzend Leute um ihn herum, auf der Straße standen mehrere Blaulichtwagen.

Dann geschah etwas, was zu berichten mich einige Überwindung kostet. Ich beobachtete das Treiben um den Bagger, dachte an Marcos Erklärung und vermutete eine Art Razzia, als ich im einzigen erleuchteten Fenster schräg gegenüber eine Bewegung wahrnahm, einen sich gleichmäßig hebenden und senkenden Kopf. Ich wusste sofort, was sich da abspielte, auch wenn ich es nicht glauben wollte. Aus unserem Schlafzimmer, das nach Bastmatten roch und in dem Ute leise schnarchte, holte ich meine Brille. Jetzt sah ich nur noch den Mann, halb liegend, halb aufgestützt, gar nicht unähnlich dem Adam Michelangelos. Im Fenster nebenan erschien die Silhouette einer nackten Frau, die nach wenigen Schritten wieder aus meinem Blickfeld verschwand. Der Mann folgte ihr, sie begegneten sich in der Mitte des Zimmers, sie umarmten sich. Dann gingen sie nebeneinander in den Flur, so dass ich im Gegenlicht erkannte, was für schlanke Beine, überhaupt, was für einen schönen Körper sie hatte. Den Moment, in dem sie ins erleuchtete Zimmer zurückkehrten, verpasste ich, weil nun auch ich ins Nachbarzimmer wollte, um ihnen näher zu sein. Ich drückte bereits die Klinke, als mir einfiel, dass Fritz darin schlief.

Zurück an meinem Fenster, saß die Frau bereits auf dem Mann, mit einer Hand strich sie sich das lange Haar aus dem Gesicht, mit der anderen stützte sie sich leicht zurückgelehnt auf seinen Schenkel. Ich verfolgte

229

ihre Bewegungen und wie die beiden Hände ihre Taille hielten.

Ihre Brüste wirkten übertrieben groß, wie eine Karikatur im ›Playboy‹. Um ihr Gesicht zu sehen, musste ich in die Knie gehen, weil es sonst vom Fensterkreuz verdeckt wurde.

Sie mögen es merkwürdig finden, doch erst in dem Moment, da ich begriff, dass ich hier kein Video vor mir hatte, spürte ich den Stich im Herzen. Das war nichts Inszeniertes. Was dort drüben geschah, war die Wirklichkeit! Zudem fühlte ich mich gedemütigt, weil ich mich nicht von ihrem Anblick losreißen konnte.

Nachdem ich mich selbst befriedigt hatte, wusch ich mich, ging ins Bett – stand aber Minuten später wieder am Fenster. Jetzt sah ich ihren Rücken, über den das Haar fiel. Sie beugte sich vor und zurück, und immer diese Hände, die ihre Taille umfassten. Ich wollte mir das nicht länger antun und inspizierte Reihe für Reihe die Videokassetten. Die Titel, fast alle auf Deutsch, sagten mir nichts. Als ich das erste Mal nachsah, ob sie es »noch trieben«, eine Formulierung, die mir nicht mehr aus dem Sinn ging, saß sie wieder mit dem Gesicht zu ihm, vorgebeugt, seine Hände auf ihren Brüsten. In der Küche trank ich ein Glas Wasser und zwang mich, am Tisch auszuharren.

Sie glauben nicht, wie erleichtert ich war, als gegenüber nur noch ein kleines Lämpchen brannte. Ohne etwas zu erkennen, starrte ich auf dieses Licht, bis es endlich verlosch.

Um den Bagger herum hatte sich das Gewusel beruhigt, obwohl es kaum weniger Leute geworden waren. Ich legte mich seltsam zerschlagen ins Bett. An Schlaf war nicht zu denken.

Hätte das Spektakel nicht gegen sieben, sondern anderthalb Stunden früher begonnen, es wäre eine Erlösung gewesen. So aber traf es mich beim Einschlafen. Mehrmals klingelte es, dann wurde an die Wohnungstür geklopft und etwas gerufen. Marco hatte gesagt, wir sollten uns nicht ums Telefon kümmern. Wenn es aber an der Tür klingelte, könnte es ein Paket sein.

Als Ute wieder ins Schlafzimmer kam und sagte, kommst du mal bitte, klang sie, als hätte sie Spuren meines nächtlichen Abenteuers entdeckt.

Wir sollten bis 8.30 Uhr die Wohnung verlassen, im Hof war man auf eine Fliegerbombe gestoßen, eine Fünfzentnerbombe, wie wir bald erfuhren. Obwohl mir nicht nach Aufstehen zumute war, versetzte mich diese Nachricht in kindische Freude. Beim Kaffee versuchten Fritz und ich, Ute zu überreden, in der Wohnung zu bleiben, schlimmstenfalls würden hier ein paar Scheiben zu Bruch gehen. »Wie ihr redet«, sagte sie und war nur schwer davon abzubringen, unsere Koffer zu packen.

In der Wohnung von gestern Nacht war ein Fenster angekippt. Entweder waren die beiden schon draußen, oder sie rührten sich nicht aus dem Bett. Auf der Straße liefen viele Leute mit Koffern und Decken durcheinander, als würde ein Flüchtlingsfilm gedreht. Ein Radioreporter fragte Ute, wie sie Silvester feiern wolle. Aus dem gegenüberliegenden Haus brachte eine Frau ein Tablett mit Thermoskannen und Tassen, von dem sich der Reporter und zwei Feuerwehrleute bedienten. Anfang Mai, sagte sie, sei die ganze Straße ein Meer aus rosa Blüten, Anfang Mai müssten wir mal kommen.

Bei Marco war die Haustür angelehnt. Wir fuhren hinauf, klingelten, ich glaubte, Schritte in der Wohnung zu hören.

Die Tür nebenan ging auf. Ein älterer Mann, eine Abfalltüte in jeder Hand, trat heraus. Ob er uns behilflich sein könne. Ute erzählte von der Bombe und dass wir wohl zu früh hier wären. Ich hatte die Frau, die hinter ihm aus dem dunklen Flur aufgetaucht war, erst gar nicht bemerkt. Sie blieb vor der Schwelle stehen. Während ihr Mann Utes Bericht wiederholte, sah sie uns aus ihren tief liegenden Augen an, Mund und Nase waren von fast krankhafter Feinheit, wozu auch die Geste passte, mit der sie uns hereinbat. Wir sollten uns nicht zieren, sagte der Mann und fragte, ob wir direkt in B. wohnten – er habe unser Autokennzeichen gesehen. In B. sei er mal ein Jahr zur Schule gegangen, kurz nach dem Krieg. Von ihnen und ihrer Wohnung ging der Geruch von Wäsche aus, die lange im Schrank gelegen hat, von Sauberkeit ohne Deo oder Parfum.

Der Mann zuckte zusammen, als die Dielen hinter Marcos Tür knarrten. Und schon lief er polternd die Treppe hinunter, mit dem Schwung eines guten Skifahrers, der sich einen Hang hinabstürzt. Seine Frau war bereits im Dunkel des Vorraums verschwunden, als die Schlösser an Marcos Tür klackten.

Marco sah furchterregend aus, aufgedunsen, gerötete Augen, sein schmuddeliger Bademantel ließ einen Spaltbreit den Bauch frei. Er bat uns herein. Wir entschuldigten uns und brachen unter dem Vorwand, Brötchen zu holen, gleich wieder auf. Wir hätten dann eigentlich einen schönen Morgenspaziergang im Park machen können, aber irgendwie war es trostlos. Ute und Fritz trotteten nur widerwillig hinter mir her auf den großen Berg. Inmitten der Jogger und Hundebesitzer waren wir die einzigen Spaziergänger. Ute sagte, dass ihr erst an den Nachbarn von Claudia und Marco klar geworden sei, dass es in dieser Gegend kaum Alte gebe.

Beim Vietnamesen kauften wir Brötchen. Unwillkürlich hielt ich nach der Frau von gestern Nacht Ausschau. Ich wollte sie aus der Nähe sehen und ihre Stimme hören.

Beim Frühstück sagte Marco, hier gebe es wesentlich mehr Bomben im Sand als am Strand Hühnergötter. Er erklärte uns das System, nach dem Berlin bombardiert worden war. Wahrscheinlich sei es Zufall, dass die Bomben zuerst jenen Bezirk getroffen hätten, der sich als Erster für judenfrei erklärte. Leider nur Zufall, fügte Marco hinzu. Hier, am Prenzlauer Berg, sei kaum was passiert. Ich wusste darüber nichts, hatte auch nie von dieser Theorie gehört und hoffte nur, dass Ute jetzt nicht wieder von Dresden und ihren Großeltern zu erzählen anfing.

Claudia gab sich Mühe, Fritz zu unterhalten, der darauf wartete, dass Dennis endlich aufstand. Ute sagte, aus irgendeinem Grund deprimiere sie die Bombe, worauf ein viel zu langes Schweigen am Tisch folgte.

Ich spürte, dass wir den beiden bereits lästig waren, und glaubte sogar das Wort zu wissen, das Claudia aller Wahrscheinlichkeit nach für uns verwenden würde, nämlich »miesepetrig«.

234

Marco fragte mich nach meiner Arbeit. Ich sprach über unser Rabattsystem und die Bindungsarten und wie wichtig die Wartungsverträge für uns seien, durch die wir zusätzliches Geld ins Haus kriegten. »Das ist immer gut«, sagte Marco. Claudia sagte, dass, wenn unser Laden in Berlin wäre, wir sicherlich ein Vermögen an ihnen verdienen würden. »Marco muss immer so viel Schreibkram erledigen, stimmt's?« Marco nickte mit vollem Mund. Danach erzählte Claudia, wie nobel jetzt alles bei der Ufa sei und dass es auf den Kommunikationsbrücken im Gebäude kostenlos Kaffee und Obst gäbe, wovon sich solch genügsame Menschen wie sie ausreichend ernähren könnten. Danach sagte sie: »Um Marco reißen sie sich.«

Ich fragte, wen sie alles eingeladen habe. Claudia brachte es fertig, Julia zwischen all den Namen so beiläufig zu erwähnen, dass ich mich zu keiner Reaktion genötigt sah.

Ute sagte, wir hätten nichts vor und den ganzen Tag Zeit, um ihnen zur Hand zu gehen. Draußen krachte es immer wieder, und einmal gab es einen derartigen Rums, dass Ute rief: »Die Bombe!«

Als wir gegen eins ohne Fritz aufbrachen, war der ganze Bombenspuk vorbei. Niemand hinderte uns daran, in die Wohnung zurückzukehren. Ich empfand es als Privileg, einen Berliner Wohnungsschlüssel zu besitzen.

»Die Rosen behalten wir«, sagte Ute, machte Musik an und entledigte sich ihres Pullis und ihrer Hose. Sie bewegte sich mit solcher Selbstverständlichkeit in diesen fremden Räumen, dass ich mir plötzlich wie ihr Gast vorkam, ganz so, als besuchte ich eine fremde Frau. Ob mir ihr neuer BH, überhaupt die neue Unterwäsche gefalle, fragte Ute, die sei nämlich sehr angenehm.

Sie ließ die Tür zum Badezimmer hinter sich offen. Ich folgte ihr. Sie lächelte mich im Spiegel an und schloss bei der ersten Berührung die Augen. Wie gesagt, in Sachen Sex waren wir wie füreinander geschaffen.

Ute hielt sich am Fensterbrett fest, so dass ich über ihren Kopf hinweg in die Wohnung von heute Nacht sah und, ich musste nur ein bisschen nach links rücken, auf den Bauplatz. Der Bagger stand am Rand des Grundstücks, das rot-weiße Absperrband führte merkwürdigerweise direkt durch die Fahrerkabine hindurch.

Später, wir lagen unter der orientalischen Decke, strich Ute mir unentwegt durchs Haar. Ich hatte schon das erste Bild im Schlaf gesehen, als sie sagte: »Ich bin mal mit Claudia im Bett gewesen.«

»Du hast mit Claudia …?«

»Ja«, sagte Ute. »Einmal und nie wieder.« Ich spürte

ihren warmen Atem am Hals, ihre Nasenspitze war
kalt.

»Wann?«, fragte ich.

»Vor dir.«

Ich setzte mich auf.

»Das Blöde ist eigentlich nur«, sagte sie, »dass ich es
dir nie erzählt habe.«

Für einen Augenblick hoffte ich, ihr Geständnis
könnte irgendetwas zwischen uns verändern. Ich überlegte, ob ich die Gelegenheit nutzen, aufspringen und
rufen sollte: »Warum hast du das getan? Es ist aus!«

»Und warum«, fragte ich, »beichtest du es jetzt?«

»Wir wollen es in diesem Jahrhundert lassen. Das ist
jetzt vorbei, wir reden nie mehr darüber, ja?«

Am liebsten hätte ich sie ausgefragt, wie es dazu gekommen sei, was Claudia gemacht, wie sie sich ange-
fühlt habe und so weiter.

Ich fragte, ob Claudia tatsächlich so große Brustwar-
zen hätte, wie ich glaubte, gestern in ihrem Ausschnitt
gesehen zu haben.

»Du hättest nur mit in die Sauna kommen müssen«,
sagte Ute. Damit war die Sache für sie erledigt.

Wir schliefen viel zu lang und machten uns erst gegen acht auf den Weg. Zuerst glaubte ich, der Dunst sei
der Rauch der Feuerwerkskörper, doch es war echter

Nebel, man sah kaum etwas vom Friedrichshain, eine richtige Weltuntergangsstimmung drückte auf die Stadt.

Claudia sah aus, als habe sie keine Zeit gefunden, sich umzuziehen. Sie trug eine Art dünne Strickjacke, sehr fein, fast flusig und nicht gerade blickdicht, dazu einen biederen, knielangen Rock. Dagegen wirkte Ute mit ihren hochgesteckten Haaren, dem langen Rock und einem großzügigen Dekolleté geradezu mondän. Sie würde schnell wieder einen Mann finden.

Dass Claudia mich nicht aus den Augen ließ, merkte ich spätestens, als sie mir einen Kaffee vor die Nase hielt. »Damit du nicht mehr gähnst, wenn Julia kommt«, flüsterte sie.

Man erwartete allgemein einen Schauspieler, dessen Name mir nichts sagte, den ich aber kennen würde, wie Marco meinte, ganz sicher vom Sehen, also vom Fernsehen. Claudia stellte mich immer als denjenigen vor, den die Bombe heute früh aus dem Haus vertrieben habe. Daraufhin musste ich alles noch mal genau erzählen, und Marco, der ein weißes Rüschenhemd und einen schwarzen Anzug trug, wiederholte mehrmals seinen Vergleich mit den Hühnergöttern am Strand. Claudia lachte laut, küsste Marco und sagte, in diesem Bild stecke ein ganzes Treatment.

Lag es am Kaffee oder am Alkohol oder einfach daran, dass Julia jeden Augenblick vor der mit drei Schlössern gesicherten Wohnungstür stehen würde – meine Handflächen waren so feucht wie schon seit Ewigkeiten nicht mehr. Ich wusch mir Hände und Gesicht und hörte, während ich nach einem passenden Handtuch suchte, die Klingel. Ich sah mich im Spiegel lächeln und trat in den Flur. Vor mir stand die Frau von letzter Nacht. Es gab keinen Zweifel. Sie hatte ihr Haar seitlich zu einem dicken Zopf geflochten, der ihr bis zur Brust reichte. Ich begrüßte sie wohl etwas zu freudig. »Kennen wir uns?«, fragte sie.

»Frank Reichert«, sagte Claudia, »darf ich vorstellen, Sabine, meine Lieblingskollegin, ihr Mann, Matthias.« Fast hätte ich losgelacht. So gut ihr Mann mit seinem geschorenen Schädel aussah, der Kerl von heute Nacht war er nicht. Tatsächlich errötete Sabine, als ich fragte, ob sie nicht auch hier im Viertel wohnten. »Nein, in Hellersdorf.« Ihre Stimme war angenehm, unterhalb ihres rechten Ohrs prangte ein roter Fleck, den ihr Rollkragenpulli nur halb bedeckte.

»Wo hast du denn deine Augen?«, zischte Claudia und folgte den beiden ins Zimmer. Ich stellte mich so, dass Sabine, gemäß der Choreografie der Begrüßungsrunde, wieder an mir vorbeikommen musste. Ute lehnte die ganze Zeit in einer Fensternische, sie sprach mit Renate, Claudias mütterlicher Freundin, der wir schon mal begegnet waren.

Als Sabine erneut vor mir stand, hätte ich ihr am liebsten Anzüglichkeiten ins Ohr geflüstert. Ich erkannte mich nicht wieder. Ich hatte sogar Lust, mich mit ihrem Mann anzulegen, obwohl der deutlich größer und athletischer war als ich.

»Kann es sein«, hörte ich mich sagen, »dass ich Sie gestern hier gesehen habe?«

»Ach, deshalb sind Sie so!« Ich schwöre, Sabine klang enttäuscht. »Gestern waren wir im Erzgebirge«, sagte sie leise.

»Wo haben Sie mich denn gesehen?«

In dem Moment schob Claudia ihren Arm unter meinen, sie müsse mich leider entführen. Im Flur schloss sie hinter uns die Tür und deutete in Richtung der Küche.

»Da«, sagte sie und wartete mit verschränkten Armen, dass ich ihrer Anweisung nachkam.

Ich war ganz ruhig, als ich auf die Tür zuging und sie aufdrückte.

»Da bist du ja«, sagte Julia, lächelte und erhob sich.

Ich hatte mir nie vorgestellt, wie die zehn Jahre sie verändern würden, jetzt aber erschrak ich. Nichts, gar nichts hatte sich verändert. Da stand genau jene Julia vor mir, die mich vor zehn Jahren verlassen hatte. Wir umarmten uns, erst vorsichtig, dann fester, sie drückte sich an mich, ich spürte ihren erhitzten Körper.

»Bist du gerannt?«, fragte ich.

»Beeilt hab ich mich schon«, sagte Julia. Wir küssten uns, sie schlang ihre Arme um meinen Hals. »Ausgerechnet hier«, flüsterte sie.

»Besser hier als gar nicht«, sagte ich. Alles war so, wie ich es mir zehn Jahre lang erträumt hatte.

Ich weiß nicht mehr, wie wir es schafften, uns an den Tisch zu setzen. Ich hielt ihre Hände in meinen und Julia erzählte, dass sie so spät komme, weil sie Alina, ihre Tochter, noch nach Mecklenburg gebracht habe.

»Was machst du denn so?«, fragte sie, lachte und sah zur Seite, als schämte sie sich dieser Frage.

»Kopierservice«, sagte ich. »Und du?«

»Auch so was wie Kopierservice, nur schlechter bezahlt.«

Immer, wenn sich unsere Blicke trafen, mussten wir lächeln. Ich küsste ihre Hände. Das Eigenartige war, dass ich, obwohl ich doch täglich an Julia gedacht hatte, mir nie die Form ihrer Fingerkuppen, das immer etwas gerötete Nagelbett oder die winzige Narbe auf ihrem linken Daumen vorgestellt hatte.

»Ihr könnt hier nicht so rumschmusen!«, rief Claudia, die in der Tür stand. »Na los, kommt schon, das fällt sonst auf!«

Gehorsam erhoben wir uns, ich folgte Julia und war schon fast über der Schwelle, als mir Claudias Arm den Weg versperrte. »Immer schön Abstand halten«, sagte sie, »nur nicht den Kopf verlieren.«

»Ich muss mal«, sagte ich und zeigte, verunsichert wie ein Prüfling, in Richtung Toilette.

»Ach, wirklich?« Claudia rührte sich nicht. Sie sah zu Boden. Als sie den Kopf wieder hob, erwartete ich, von ihr zurechtgewiesen zu werden oder neue Instruktionen zu erhalten. Claudia aber ließ nur den Arm sinken.

»Danke«, sagte ich und ging vorbei.

Im Badezimmer hielt ich die Hände unter lauwarmes Wasser und sah in den Spiegel. Es klopfte, und schon schlüpfte Claudia herein. Sie schloss ab, hob ihren Rock und setzte sich aufs Klo. Ich wollte sie gerade fragen, welches Handtuch für Gäste sei, als ihr Strahl auf das Wasser traf.

»Alles okay?«, fragte sie, zupfte Papier von der Rolle, tupfte sich ab und ließ im Aufstehen ihren Rock fallen.

»Alles okay«, sagte ich und trocknete mich an einem langen weißen Handtuch ab.

Ich dachte erst, Claudia wolle zur Tür hinaus, und

rückte zur Seite. Da legte sie ihre Hände um meinen Hals.

»Ich danke dir«, sagte ich. Ich war Claudia tatsächlich dankbar, deshalb umarmte auch ich sie – und spürte, wie ihr Rücken, die Schultern, ihr ganzer Körper von dieser Berührung erschauerten. Ich kam mir vor wie ein Bär. Noch nie hatte ich eine derart zarte Frau umarmt. Schmiegte sie sich an mich, oder zog ich sie heran? Ich spürte ihren Mund an meinem Hals, ich hörte sie atmen, ich hörte meinen Namen, ich hörte wie betäubt auf die Laute, die so innig, so klagend und lustvoll waren, dass ich die Kontrolle, oder soll ich besser sagen, die Orientierung verlor. Meine Hände rafften ihren Rock empor, tasteten über ihren Po, schoben sich zwischen ihre Beine. Wir küssten uns. Claudia war so leicht, so unglaublich leicht.

Noch bevor ich auch nur den Knopf an meiner Hose gelöst hatte, geschah es. Claudia biss mir in die Schulter, packte meine Hand und erstarrte. Klänge es nicht so abwegig, würde ich behaupten, sie hatte aufgehört zu atmen. Ich wagte nicht, mich zu rühren, bis Claudia wieder erwachte und vorsichtig, als fürchtete sie eine Verletzung, meine Hand nach unten drückte und zurücktrat.

»Du kommst später dran«, flüsterte Claudia, küsste

mich auf den Mund, zupfte an ihrem Pulli, richtete sich den Rock, warf ihrem Spiegelbild einen Blick mit hochgezogenen Augenbrauen zu und schloss auf.

Ich setzte mich aufs Klo, das heißt, ich sank auf den Klodeckel und starrte auf das Karomuster der Fliesen vor meinen Füßen. Claudias Auftritt – oder Überfall – hatte keine fünf Minuten gedauert. Ich spürte ihren Körper noch an der Brust, an meiner linken Hand klebten Flusen ihrer Strickjacke. Ich hätte wohl weiter so dagesessen, wäre nicht ein Mann hereingeplatzt, von dem ich nur den grauen Anzug und eine weinrote Krawatte wahrnahm, derart schnell war er wieder zurückgewichen.

Wieder wusch ich mir Hände und Gesicht, betrachtete den feuchten Fleck, den Claudias Mund auf meinem Jackett zurückgelassen hatte, entdeckte dann auch die kleinen zusammengelegten Handtücher in der Wandnische und darunter den Korb für die benutzten. Darauf bedacht, mich aufrecht zu halten und fest aufzutreten, verließ ich das Badezimmer.

Ute unterhielt sich noch immer mit Renate. Claudia saß neben Julia auf der Couch und winkte mich heran. »Jetzt sieht sie schon wieder ganz anders aus«, sagte Julia, während ich Alinas Foto betrachtete. »Von wem«, fragte ich, »hat sie denn solche Haare?«

»Von mir offensichtlich nicht!« Julia pflückte mir das Bild aus den Fingern und verstaute es in ihrem Portemonnaie. Ich musste aufpassen, ich hatte mich nicht mehr unter Kontrolle. Claudia erzählte, dass man wegen der stillgelegten Bahnstrecke fast einen ganzen Tag brauche, bis man in das Dorf von Julias Mutter komme. Ich fragte, ob Julia kein Auto habe und ob sich ihre Eltern hätten scheiden lassen.

»Mein Vater ist vor anderthalb Jahren gestorben«, sagte Julia und lächelte mich an.

Als Marco herumging und Rotwein ausschenkte, hielt ich ihm ein verwaistes Glas hin und trank es auf einen Zug aus.

Plötzlich stand Fritz da. Er zwängte sich zwischen mich und die Seitenlehne.

»Er ist älter als Alina«, sagte Julia.

»Höchstens zwei Jahre«, sagte ich. Julia legte mir eine Hand aufs Knie, nahm sie jedoch gleich wieder weg.

Marco setzte sich uns gegenüber und redete und redete. Ich habe mir nur die Geschichte mit dem Whisky gemerkt, weil er die mehrfach zum Besten gab: Im Garten der Villa von dem Schauspieler, auf den alle warteten, hätten sie in Liegestühlen gelegen und Whisky getrunken. »Die Verpackung, so eine Papphülse, stand neben meinem Liegestuhl«, erklärte Marco. »Als ich die

Flasche da wieder reintun wollte, hat sie nicht gepasst, sie stand immer ein Stück über. Ich versuchte es drei- oder viermal, dann drückte ich sie mit Gewalt rein.« Marco machte eine Bewegung, als schraubte er etwas ins Parkett. »Als ich am nächsten Abend den Whisky da herauszieh, klebt da etwas dran.« Marco tat so, als hielte er tatsächlich eine Flasche in der Hand. Mit spitzen Fingern fasste er an den imaginären Flaschenboden und rief triumphierend: »Eine zerquetschte Kröte!« Claudia, die ihn während seiner Erzählung regelrecht belauert hatte, prustete los.

Das Gelächter hatte sich noch nicht gelegt, als ein Mann im grauen Anzug an den Couchtisch trat, sein Glas erhob und Marco zurief: »Auf dass sie dich nicht rausschmeißen!« Ich hielt es für einen Scherz, aber Marco versteinerte und Claudia stellte ihr Glas ab. Den Langen hinderte das nicht, seines in mehreren Schlucken zu leeren. Sein Hemdkragen stach aus dem Jackett hervor und lenkte den Blick auf seinen spitzen auf und nieder gehenden Adamsapfel. Dann setzte er sein Glas wie eine Schachfigur beim entscheidenden Zug zwischen unsere Gläser. Er gab einen Schmatzlaut von sich, richtete sich auf und verließ das Zimmer.

Claudias Freundin Sabine, die wohl doch nicht die Frau von letzter Nacht war, sagte, sie habe nur noch für drei Uhr ein Taxi bekommen. Sie sagte, dass an so einem Abend Geld keine Rolle spiele und sie selbst für nichts auf der Welt jetzt arbeiten würde, denn ein Jahrtausendwechsel ließe sich mit nichts vergleichen. Julia fragte, wie viel sie denn heute dem Taxifahrer zahlen würde, das Doppelte oder das Zehnfache?

Irgendwie lief alles schief. Julia sagte später lauter merkwürdiges Zeug. Früher hätten wir wenigstens noch eine Bildung genossen, zumindest im Vergleich zur heutigen Schule. Irgendwann sprach sie auch von ihrem Vater, und es klang so, als hätten ihn finanzielle Schwierigkeiten ins Grab gebracht. Marco sagte, dass sie froh sein solle, endlich in Freiheit zu leben, und Claudias Kollegin Sabine ergänzte, dass sie diese Freiheit für nichts auf der Welt wieder hergeben würde.

»Welche Freiheit denn?«, fragte Julia, was Marco dazu brachte, kopfschüttelnd aufzustehen und sich am Büfett zu bedienen.

Erst als Ute vor mir stand, merkte ich, dass Fritz in meinem Arm eingeschlafen war. Ute gab Julia die Hand. Weil sie dafür etwas in die Knie gehen musste, sah es aus, als knickste sie bei der Begrüßung. Claudia stellte ihre beiden Freundinnen einander vor.

Um Fritz hinüber ins Bett zu bringen war die Zeit zu knapp. Ich ließ ihn auf der Couch zurück und half

Marco, den Champagner zu öffnen. Nach und nach kamen alle Gäste die kleine Wendeltreppe in die Dachwohnung herauf, die Tür zur Terrasse stand offen.

Um zwölf stieß ich mit Ute an, ich stieß mit Julia an, ich stieß mit Claudia an, ich stieß mit der Doppelgängerin von letzter Nacht und ihrem Mann an, ich wünschte sogar dem Langen im grauen Anzug »Prosit Neujahr!«. Ute und ich gingen nach unten, um Fritz zu wecken und ihm das Feuerwerk zu zeigen, zumindest das, was davon in dem Dunst zu sehen war.

Danach musste ich Marco und Dennis helfen. Obwohl wir immer mehrere Raketen gleichzeitig zündeten, wurde es unserem Publikum auf der Terrasse bald zu kalt oder zu langweilig. Auch mich zog es nach unten, wo getanzt wurde. Ute brachte Fritz in unser Quartier.

Julia tanzte allein. Unsere Blicke trafen sich immer wieder. Als sie das Zimmer verließ – Julia hatte noch denselben unverwechselbaren Gang wie früher –, empfand ich das wie eine Aufforderung. Vor der Küche wartete sie auf mich. Ich nahm sie an der Hand und öffnete am Ende des Flurs eine Tür – das Schlafzimmer. Es war kalt und roch gelinde gesagt ungelüftet. Wir umarmten uns, wir küssten uns, ich streichelte ihren Nacken.

Mein Leben war plötzlich wie eine Gleichung, die aufgeht. Das, was ich tat, schien aus dem, was ich mir erträumt hatte, notwendig hervorzugehen, als bedürfte ich keiner Willenskraft mehr und keines Mutes. Ans Ende gekommen zu sein, war das Gefühl, das mich beherrschte, das Ende war erreicht, und alles war gut geworden.

»Ich wusste nicht«, flüsterte Julia, »dass du verheiratet bist.«

»Ich bin nicht verheiratet«, sagte ich und sah auf den schmalen Lichtstreifen, der von der Tür her über das ungemachte Bett und den Nachtschrank fiel, auf dem zwei Klumpen Ohropax lagen.

»Ist doch egal, ihr lebt zusammen.«

Wir hielten uns fest, zwei Schauspieler auf einer Probe, die die nächste Regieanweisung erwarten. Ich versuchte noch, meine Hand unter Julias Bluse zu schieben, gab es aber schnell wieder auf.

»Ich gehe jetzt«, sagte Julia. Wir küssten uns noch einmal und kehrten gemeinsam ins Wohnzimmer zurück.

Es dauerte eine Weile, bis sich Julia verabschiedet hatte. Claudia brachte sie zur Tür.

Je länger Ute nicht wiederkam, desto sicherer war ich mir, dass sie bei Fritz bleiben würde.

Claudia forderte mich dann zum Tanzen auf. Ich brauchte nicht lange, um richtig ausgelassen zu werden. Ich wusste ja nicht einmal mehr, wann ich das letzte Mal getanzt hatte.

Sabine, Claudias Lieblingskollegin, wich nicht von meiner Seite. Beim Tanzen bewegte sie sich überraschend behäbig und immer auf dieselbe Art und Weise, gleichgültig, welche Musik gespielt wurde. Claudia hingegen tanzte wunderbar, sie musste Unterricht nehmen. Marco war ziemlich betrunken. Er zog über den Schauspieler her, der nicht gekommen war, und verschwand bald im Schlafzimmer.

Seit sie tanzte, fühlte sich Claudia offenbar ihrer Rolle als Gastgeberin enthoben. Sie begleitete niemanden mehr zur Tür und half keinem, seinen Mantel zu suchen.

Jedes Mal, wenn jemand ging, nickten wir uns zu, als zählten wir die verbliebenen Gäste.

Um halb fünf war nur noch der Lange im grauen Anzug mit dem spitzen Adamsapfel da. Er hatte beim Tanzen unsere Nähe gesucht und seine weinrote Krawatte, die ihm jetzt aus der Tasche hing, wie ein Lasso über dem Kopf geschwungen. Nun beobachtete er uns von seinem Sessel aus. Es war nicht schwer, Claudia und mich zu durchschauen.

Claudia sagte dann, die Party sei zu Ende, und schaltete die Musik aus. Ich half ihr, das Geschirr einzusammeln. Der Lange hielt sein leeres Glas mit beiden Händen und grinste vor sich hin. Plötzlich sagte er: »Ich krieg noch was zu sehen.« Er war kaum zu verstehen, so stark lallte er.

»Hast schon genug gesehen«, sagte Claudia.

Er musterte sie von oben bis unten, wiegte seinen Kopf und schob anerkennend die Unterlippe vor.

»Scher dich heim!«, sagte sie.

»Krieg noch was zu sehen«, murrte er.

Wir redeten auf ihn ein, das heißt, Claudia war bereits so aufgebracht, dass ich kaum zu Wort kam.

»Ich will ficken«, stieß er hervor. »Dich will ...«

Claudias Schuhspitze traf ihn am Schienbein. Er verstummte, beugte sich vor, rieb sich das Bein, hob den Kopf und grinste. »Aua-aua«, sagte er. »Böses Mädchen.«

Claudia trat wieder zu, aber er, als hätte er es erwartet, erhaschte ihren Fuß, Claudia stürzte, er packte ihren anderen Knöchel, sprang auf und zog sie kopfüber hoch, als wollte er sie an den Füßen aufhängen.

Nic werde ich seine Visage vergessen, diesen Blick, dieses Grinsen. Es war das Ekelhafteste, was ich je gesehen habe.

Ich schlug ihm ins Gesicht, dann boxte ich ihn in

den Bauch. Ich kannte das alles nur aus Filmen. Wir fielen aufs Sofa, Claudias Beine zwischen uns. Er ließ sie nicht los. Wir rutschten auf den Boden. War es Panik, war es Wut, ich wusste nicht, was ich mit seinem Hals und seinem Kopf anstellen sollte. Ich konnte ja nicht anfangen, ihn zu würgen oder ihm Nase und Zähne einzuschlagen. Deshalb war ich erleichtert, als er endlich Claudias Knöchel losließ und wir miteinander zu ringen begannen. Normalerweise, hätte er nicht schon so viel intus gehabt, wäre ich ihm nicht gewachsen gewesen. Claudia umsprang uns und trat ihm in die Rippen, immer wieder, und jedes Mal brüllte er wie ein Vieh. Dann erschien Marco.

Zu dritt beförderten wir den Langen hinaus, bugsierten ihn in den Fahrstuhl, warfen den Mantel dazu und drückten auf E. Marco hatte ihn nicht geschlagen, er hatte nur mit seiner massigen Faust ausholen müssen. Aus dem sinkenden Fahrstuhl tönten Verwünschungen. Die Tür der Nachbarn schloss sich mit einem Klack.

Marco dankte mir mehrmals. Er sah noch verquollener aus als am Morgen. Ständig fuhr er unter seine Pyjamajacke und kratzte sich.

Wir tranken jeder ein halbes Glas Whisky, und Marco deutete wieder die Bewegung an, mit der er die Flasche in den Karton gedrückt hatte.

Dann warteten wir zu dritt vor dem Fahrstuhl, Claudia küsste mich zum Abschied auf die Wangen, Marco begleitete mich nach unten, ohne auch nur einen Moment sein Gekratze zu lassen. Er ging nach draußen und winkte mir, als läge ich in einem fernen Versteck. »Die Luft ist rein«, sagte er, »mach's gut!« Ich hatte keinen Schlüssel und musste klingeln, die Haustür sprang sofort auf. Ute kam mir im Treppenhaus entgegen. Sie trug ein Kleid, das ich nicht kannte. Überhaupt sah sie aus, als wollte sie ausgehen. Im Wohnzimmer brannten Kerzen, auf dem Tisch standen meine Rosen und zwei Sektgläser.

»Ich liebe dich«, sagte ich, und es erschien mir in diesem Moment wie ein Gruß, der Gruß eines Heimkehrenden. Ute verzog das Gesicht. Wahrscheinlich glaubte sie, ich wäre betrunken. Sie habe versucht, sagte sie, Claudia anzurufen, aber wir seien wohl alle zu beschäftigt gewesen. Fritz hatte mehrmals erbrochen, deshalb war sie bei ihm geblieben.

Erst als ich das Sektglas ergriff, spürte ich, dass meine Rechte schmerzte. Sie war geschwollen. Aus Solidarität stieß auch Ute mit links an. In der Kühltruhe fand sie Eiswürfel, wickelte sie in ein Geschirrtuch und schlang es um meine Hand, während ich ihr von dem Langen erzählte.

Im Bett sagte Ute: »Mein Held.« Sie meinte das ernst. Ich erwachte von ihrem Streicheln. Ich solle ihr nicht böse sein, sie habe solche Sehnsucht nach mir gehabt. Noch halb im Schlaf hob ich den Kopf. Die Häuser vor dem Fenster standen alle noch und sahen so aus wie im letzten Jahrtausend, ein Umstand, der mich umso mehr befriedigte, als ich glaubte, an diesem Wunder einen gewissen Anteil zu haben.

»Ich liebe dich«, sagte ich und streichelte sie mit den Fingerkuppen meiner verletzten Hand. Ute strahlte wie ein Kind. Am späten Nachmittag machten wir uns wieder auf den Weg nach B.

Claudia erfüllte ihr Versprechen Anfang März in Erfurt. Sie war auf einer Schulung, wir trafen uns während der Mittagspause im Hotel. Wann immer sich uns eine Gelegenheit bietet, nutzen wir sie. Einmal fuhr ich sogar nach Warnemünde, nur um eine Stunde später wieder zurückzurasen. Warum ich das mache? Warum nicht? Es ist schön und es hat nichts mit Ute zu tun. Es ist ein Spiel. Ich meine nicht die Rollenspiele, die Claudia erfindet, ich meine das andere Leben, das ich in den Stunden mit ihr lebe. Warum sollte ich auf dieses Glück verzichten, auf diese Augenblicke, in denen sich ein launisches, schnippisches, magersüchtiges und leicht vulgäres Weib in ein Mädchen voll inniger Zärtlichkeit und Leidenschaft verwandelt, in eine Frau, von der ich mir einbilde, dass nur ich sie kenne? Trotzdem: Ich bin glücklich mit Ute! Der 1. Januar 2000 war der Beginn meiner Liebe zu ihr. 2001 haben wir geheiratet und hätten, wäre alles so verlaufen, wie wir es erhofft hatten, sogar ein zweites Kind.

Obwohl Fritz dieser Tage schon sechzehn wird, habe ich nicht gerade das Gefühl, dass es ihn von zu Hause wegzieht oder dass er rebelliert. Im Gegenteil, wir verstehen uns von Jahr zu Jahr besser. Und wer weiß, vielleicht übernimmt er eines Tages den Betrieb. Er hilft bereits heute, wenn Not am Mann ist, und fragt nicht nach Geld. Die Liebe zu ihm und zu Ute hat mich nicht nur mit meinem Leben versöhnt, sie macht mir meine Existenz überhaupt erst lieb und teuer.

Aber gerade das ist mein Problem. Um Silvester muss ich mir keine Sorgen mehr machen. Sorgen machen mir ganz andere Dinge.

In meiner Euphorie hatte ich Anfang 2000 für hunderttausend D-Mark Aktien gekauft. Sie wissen ja, was dann passierte. Trotzdem ruft mich alle naselang so ein Fuzzi an, um mich zu beschwatzen, bei ihm Geld anzulegen. Normalerweise sage ich: Ja, gern, ich hätte da dreihundert Euro frei, die würde ich schon mal riskieren. Manchmal aber verliere ich die Beherrschung. Ich kann Ihnen die Stelle zeigen, an der mein Handy zerschellte wie Luthers Tintenfass auf der Wartburg.

Ich wäre schon zufrieden, wenn ich nur die Hälfte meiner früheren Leichtigkeit besäße, denn das Spielerische, das glückliche Händchen, das braucht man im Geschäft. Angst ist kein guter Ratgeber. Bei all den Problemen ist es ein Wunder, dass ich mein Gewicht von jenem denkwürdigen Silvester gehalten habe.

Mehr kann ich dazu nicht sagen. Das ist meine Geschichte. Dreimal feierten wir Silvester noch in Berlin. Julia wurde auf Marcos Wunsch hin nicht wieder eingeladen, der lange Störenfried natürlich auch nicht. Ihm und Marco kündigte die Ufa am selben Tag. Seit Claudia sich von Marco getrennt hat und Dennis im holländischen Leyden Jura studiert, ihn interessiert angeblich Weltraumrecht, besucht sie uns oft. Denn jetzt geben wir die großen Partys. Ich brauche das, um auf andere Gedanken zu kommen, um das Geschäftliche wenigstens für ein Wochenende zu vergessen. Mittlerweile verstehen wir uns wirklich aufs Feiern. Wir warten nicht darauf, dass unsere Gäste gehen, und schicken erst recht niemanden nach Hause. Zum Schluss sind es aber immer nur wir drei, die in den Morgen hineintanzen.

Riikka Ala-Harja

Die Insel

Jemand in gelber Kleidung geht übers Eis. Der muss sofort umdrehen und zurück aufs Festland, das Eis trägt noch nicht, denkt Anni. Dann fällt ihr der Sandkuchen ein. Sie läuft in die Küche und holt die Form aus dem Ofen. Oben ist der Kuchen schon leicht schwarz. Anni legt das Geschirrhandtuch darüber und geht zurück zum Fenster.

Die gelbe Gestalt kommt näher. Im Flur bellt Rita auf. Anni zieht sich rasch die Steppjacke an und schnappt sich das Seil vom Flurtisch. Der Gelbe kann jeden Moment einbrechen. Rita läuft mit gesträubtem Rückenfell hinter ihrem Frauchen her, die flache Schnauze zittert.

Als Anni und Rita am Ufer ankommen, ist die Gestalt schon mitten auf dem Eis zwischen Festland und Insel. Ein Mensch mit einer leuchtend gelben Winterjacke kann kein schlechter Mensch sein, denkt Anni.

Aber dumm ist er.

»Nicht weitergehen!«, brüllt sie.

Der Gelbe hört nicht, kämpft sich voran.

»Das Eis ist zu dünn, geh zurück aufs Festland!«

Wenn das Eis im Winter richtig dick ist, kann jeder einfach auf die Insel spazieren. Doch der Monat davor ist eine schlechte Zeit. Und wenn die Zeiten schlecht sind, passiert auch etwas Schlechtes, sinniert Anni. In der schlechten Zeit vor einem Jahr ging Jali weg und in der schlechten Zeit vor zehn Jahren der Junge. Zweimal ist er seitdem zu Besuch gewesen – angeblich ist die Insel so schwer erreichbar. Anni erinnert sich an die Nächte, in denen sie wach blieb, durchs Fenster ans Ufer schaute und den Atemzügen ihres Mannes und ihres kleinen Jungen lauschte. Lange ist das her, den kleinen Jungen gibt es nicht mehr. Oder doch, allerdings woanders. Jali gibt es wirklich nicht mehr, seit einem Jahr schon nicht.

Kurz vor Jalis Tod wieherte ein Pferd auf dem zugefrorenen See. Es war wohl aus irgendeinem feinen Reitstall ausgebüxt und stand mit einer Pferdedecke auf dem Rücken auf dem spiegelglatten Eis. Anni hörte auf, Brennholz zu hacken, Jali Stämme zu sägen. Ohne ein Wort rannten sie ans Ufer.

Wie prächtig das Tier war, groß wie ein Elch, wie es dort in der Kälte dampfte.

Anni wagte einen Schritt hinaus.

»Da gehst du nicht rauf«, sagte Jali, »du ertrinkst.«

Stimmt. Wie um Himmels willen soll man ein Leben retten, wenn die Gefahr besteht, dass man in dasselbe Loch fällt, nicht mehr unter dem Pferd hervorkommt und ersäuft?

Also begann Anni zu rufen, versuchte das Pferd zum Umkehren zu bringen.

Hört ein Pferd denn nicht? Es stehen doch so große Ohren von seinem Kopf ab. Anni hätte das Tier gern am Zaumzeug gepackt, doch vom Ufer aus war das nicht möglich.

Es rutschte aus und sackte in die Knie, dann wurde es panisch.

»Du bleibst hier«, befahl Jali.

Anni blieb stehen, wo sie war. Das Wiehern hallte von den Felswänden der Ufer wider. Der ganze See hallte, das Tier lag auf Knien und dampfte. Das Eis knackte, und das Pferd ging durch, galoppierte wild über die glatte Fläche.

Das Eis knackte.

Jali griff nach Annis Hand.

Jali greift sonst nie nach meiner Hand, wunderte

Anni sich, ließ ihre Hand aber, wo sie war. In vierzig Ehejahren hat Jali sie nicht so angefasst, wenn man die Hilfestellung beim Bootaussteigen nicht mitzählte.

Das Pferd brach ein. Es versuchte, wieder hochzukommen, doch es gelang ihm nicht, und so versank es im See. Das große Tier war fort, nicht mal das Loch konnte man vom Ufer aus sehen. Anni schluckte, eine entsetzliche Hilflosigkeit überfiel sie, da konnte Jali ihre Hand noch so fest drücken.

Im letzten Herbst war die Zeit der Eisbildung so gefährlich gewesen wie noch nie. Nachdem das Pferd ertrunken war, dauerte die milde Witterung noch Wochen an, die Meerenge wollte einfach nicht fest zufrieren. Das warme Wetter hielt sich weiter, und dann holten sie Jali ins Krankenhaus.

Jali entschuldigte sich bei den Sanitätern, ausgerechnet jetzt, wo das Eis noch nicht trägt, ausgerechnet jetzt, wo es so schwer ist, vom Festland auf die Insel zu kommen, muss er solche Umstände bereiten. Ausgerechnet da fängt sein Bauch an zu mucken. Die Sanitäter versicherten ihm, dass sie ein Boot hätten, mit dem man leicht durch dünnes Eis kam. Eins, wie Anni es immer haben wollte, doch Jali hatte gesagt, sie hätten kein Geld. Das stimmte, sie hatten auch keins. Deshalb wollte der Junge Wald verkaufen, doch Anni verbot es ihm. Wald ist Besitz, man muss Bäume fällen, das ist Waldpflege, hatte der Junge weitergejammert.

Innerhalb einer Woche verschlechterte sich Jalis Zustand so sehr, dass er sie nicht mehr erkannte. Nach zwei weiteren Nächten war er tot. Anni brachte die Bojen und Ruder, den Außenbordmotor und den Schlitten aus Jalis Werkstatt nach oben ins Haus. Sein Werkzeug rührte sie nicht an, das ließ sie besser liegen, wie es war.

Wie das Pferd doch damals auf Jali zugelaufen war, in vollem Tempo, wie um etwas zu sagen oder ihn zu trösten. Doch es hatte keinen Ton von sich gegeben und war einfach auf den Grund des Sees gesunken. Der Reitstall hatte einen Taucher geschickt, um nach dem Kadaver zu suchen. Anni hätte bis zum Frühling gewartet – das Tier hätte sich im eisigen Wasser doch gut gehalten.

Und nun wagte sich wieder irgendein Idiot auf das Eis, bei dessen Rettung man selbst mit untergehen würde. Verfluchter Gelber, zischte Anni. Andererseits: Wer vermisst mich schon; Jali liegt auf dem Friedhof und der Junge ist in Singapur, seit drei Jahren war er nicht mehr hier, hat es nicht mal zur Beerdigung geschafft, vor lauter Arbeit angeblich. Er hatte genug gehabt vom Leben auf der Insel, genug vom Rudern, von kaputten Außenbordern und vom Ärger beim Bootfahren während der Eisbildung und der Eisschmelze; er hatte gesagt, dass er gecrushtes Eis lieber im Whiskyglas als unterm Boot habe.

Der Gelbe hält Kurs und geht weiter.

Anni schreit: »Keinen Schritt mehr! Bleib stehen, hier gibt es starke Strömungen, das Eis ist noch zu dünn, um draufzugehen, ich habe abends mit Sinikka vom Nachbarhaus die Stärke gemessen.« Der Gelbe hört nicht oder tut jedenfalls so, das weiß Anni nicht, und so kommt er näher, spaziert munter über die Meerenge, nichts hält ihn auf, nicht einmal das Eis selbst, das unter seinen Füßen laut singt und knackt. Der Gelbe kommt immer näher, obwohl er doch in der gleichen Strömung ertrinken könnte wie letzten Winter das Pferd.

Entschuldigung, ausgerechnet jetzt, zu dieser Zeit, hatte Jali mehrmals wiederholt, als die Sanitäter ihn zum Boot brachten. Anni erinnert sich genau an seine Worte, obwohl seitdem ein Jahr vergangen ist.

Nun rennt Rita dem Gelben entgegen. Anni kriegt Angst und ruft sie zurück, aber die Hündin gehorcht nicht. Zum Glück ist sie leicht. Sie hüpft an der Jacke des Gelben hoch und legt sich dann platt vor seine Füße aufs Eis. Anni wird wütend: Das ist *mein* Hund, du wirst mir verflixt noch mal nicht das Letzte nehmen, das ich noch habe. Dann erst sieht sie das weiße Gesicht unter der gelben Kapuze.

Der Junge ist gekommen.

Ist übers Eis gegangen und nicht eingebrochen.

Ab jetzt trägt es, weiß Anni. Ein langer Winter beginnt, und man kann gefahrlos übers Eis gehen, wie der Junge. Er ist nicht eingebrochen. Der Winter hat begonnen, sie muss dem Jungen warme Kleidung raussuchen, im Ausland ist er bestimmt verweichlicht. Kleidung wärmt, denkt Anni. Das geheizte Haus schützt seine Bewohner, und Eis bedeckt das Wasser, Fensterabdichtungen und dickes Fell helfen, dicke Haut und dickes Eis halten die Fische in der richtigen Temperatur, damit sie leben können.

Rita springt hinter dem Jungen her, die flache Schnauze weit geöffnet.

»Ich hab ein bisschen Hunger«, sagt der Junge schlicht. »Im Flugzeug kriegt man nichts Richtiges.«

Anni fasst ihn an der Hand, den Jungen, den sie drei Jahre nicht gesehen hat, und er zieht seine Hand nicht weg. Anscheinend hat er im Ausland gelernt, sich zu öffnen, denkt Anni, packt ihn und umarmt ihn fest. Ihr fällt ein, dass sie die Kartoffeln von gestern pellen und sie zusammen mit Barschen in Butter braten kann. Es sind für jeden genau zwei Fische und drei Kartoffeln da. Zum Nachtisch Sandkuchen. Die schwarze Oberfläche kann man absäbeln, man kann noch Sahne dazu schlagen und Himbeeren aus dem Wald hinterm Haus obendrauf tun, die letzten, die Jali gepflückt hat.

Frank Goldammer

Die Möglichkeiten eines Schneeballs

Neulich schneite es zum ersten Mal. Es war wirklich schön. Sie kennen das bestimmt. Sie wachen am Morgen auf und wundern sich über das Licht. Schnee bringt immer ein besonderes Licht mit sich. Man reibt sich verwundert die Augen und blickt verschlafen aus dem Fenster. Dann sieht man all das prachtvolle Weiß und das Herz macht einen Sprung bei dem wundervollen Anblick. Und als ob dies nicht genug der Freude ist, setzt der Schneefall erneut ein. Dicke Flocken wie kleine Kissen aus dem Puppenhaus tanzen durch die Luft, bedecken den Rasen, die Gehwege, die Straße, Dächer und Bäume. Einen Moment lang ist man wieder Kind und möchte jubeln und weckt jetzt seine eigenen Kinder, um sie an der eigenen Freude teilhaben zu lassen.

Es schneite also noch eine ganze Weile. Doch schon bald verebbte meine anfängliche Begeisterung, denn schließlich bin ich alt genug, um zu wissen, was Schnee in Wirklichkeit bedeutet: Verkehrsstau, Glatteis, durchweichte Schuhe, eiskalte Hände und Lebensgefahr für Fußgänger, wenn panische Autofahrer versuchen, dem Schneechaos so schnell als möglich zu entkommen, indem sie, trotz ihrer Sommerreifen, doppelt so schnell fahren wie erlaubt. Und auch der Winterdienst der Stadt erweckt gerne mal den Eindruck, genau jetzt in seinen wohlverdienten Jahresurlaub gefahren zu sein.

Doch ich wollte mir diesen ersten Wintereinbruch nicht gleich wieder vermiesen, brachte die Kinder in die Schule und machte einen Winterspaziergang.

Na ja, Sie wissen schon, erst ist alles wunderbar, dann aber merkt man schnell, dass man zu dünn angezogen ist und der Schuhhersteller mit seinem Werbeslogan nicht übertrieben hat: Sie werden eine Winterüberraschung erleben!

Außerdem pfeift einem der Wind ins Gesicht, die Augen tränen, die Zähne klappern und der Schnee verdeckt all die kleinen Stolperfallen auf dem Gehweg, so dass man läuft wie ein betrunkener Charlie Chaplin.

Ich machte mich also bald schon auf den Rückweg und träumte von heißem Kakao und einer Wanne mit warmem Wasser, in welchem ich meine Füße auftauen könnte. Ich begann zu rennen und stellte fest, dass ich meine Füße wieder spürte. Meine Laune besserte sich schlagartig. So ein Winterspaziergang hatte doch wirklich etwas Anregendes und Inspirierendes. Übermütig griff ich in den Schnee. Er war fest und klebrig und ließ sich wunderbar formen. Ehe ich mich versah, hielt ich eine kleine Kugel in der Hand.

Wissen Sie, ein Schneeball ist eine feine Sache, denn er trägt ein Potenzial in sich, das weitestgehend unterschätzt wird. Zuerst, er ist kein Stein. Einen Stein auf jemanden zu werfen ist ein grober Verstoß gegen die gängigen Gesetze und Konventionen und würde über das Maß provozierend wirken. Ein Schneeball hingegen verletzt im Normalfall niemanden, kann als Jux abgetan oder auch mal als fehlgeleitetes Wurfgeschoss deklariert werden, das jemandem völlig anderem gelten sollte. Was bleibt dem Betroffenen anderes übrig, als sich den Schnee aus dem Haar zu schütteln und weiterzugehen? Kein Gericht der Welt würde einen Schneeballwurf als grobe Tätlichkeit verurteilen. Geschweige denn überhaupt als der Rede wert empfinden. Ausgenommen vielleicht, es würde sich um einen Schneeball von sagen wir zwei Metern Durchmesser handeln, der von einem Bergabhang gestoßen würde, um unten einen Bus voller Nonnen zu treffen. Aber das wäre ein Sonderfall.

Ich hielt meinen Schneeball in der Hand, obwohl meine Finger mit der Zeit ganz schön kalt wurden, und kicherte in mich hinein. Ich könnte ihn auf diese dämliche Ente werfen, dachte ich mir, was glotzt die mich auch so an. Oder an das blöde Schild, welches mich erst vor kurzem zwanzig Piepen gekostet hatte, weil ich mein Auto im absoluten Halteverbot geparkt hatte. Ich könnte ihn auch auf die Tussi vom Ordnungsamt werfen, dann schnell hinlaufen und ihr halb lachend, halb unterwürfig erklären, dass ich nur eines meiner Kinder habe erwischen wollen.

Ich könnte alles problemlos treffen, dachte ich mir, denn ich bin ein sehr guter Schütze, und wog den Schneeball, der inzwischen zu einer kleinen harten Kugel geworden war, in der Hand. Oder ich werfe ihn auf den Köter, der seinen Haufen immerzu in unsere Hauseinfahrt macht, oder besser noch: Ich werfe ihn seinem Besitzer an den Schädel.

Ich könnte natürlich auch den Ball halb versteckt aus einem Hauseingang auf eines der Autos werfen, das, wie so oft und unabhängig von der Witterung, mit der doppelten oder gar dreifachen Geschwindigkeit des Erlaubten unsere kleine Straße runterfetzt. Der Fahrer oder die Fahrerin, denn in diesem Falle nehmen sich beide Parteien wirklich nichts, würde vor Schreck das Steuer verreißen, mehrere parkende Autos rammen, sich überschlagen und schließlich die Straße blockieren. Niemand würde mir nachweisen können, der Verursacher dieses Desasters zu sein. Ich wäre längst in meinem Haus verschwunden und meine Fingerabdrücke würden mit dem Schnee schmelzen. Ja, das würde mir gefallen!

Ich hing gerade noch diesen Gedanken nach, da bot sich mir auch schon die erste Gelegenheit. Eine breite Limousine kam mit ausbrechendem Heck um die Kurve, beschleunigte noch, obwohl sie schon viel zu schnell sein musste, und der Schneematsch spritzte nach allen Seiten. Ich presste mich in den Hauseingang, berechnete blitzschnell Flugbahn, Geschwindigkeit und Aufprallwinkel, um die Scheibe an der Fahrerseite zu treffen, und zog ab.

Wissen Sie, das war kein Schnickschnackwurf, das war ein richtiger Pitch, wie man ihn vom Baseball kennt. Kein Zuwerfen, eher ein Schuss wie aus einer mittelalterlichen Armbrust. Ein Wurf, dem man aus dem Weg gehen sollte, weil man keine wirkliche Chance hat, ihn aufzufangen. Es war ein Schuss, der unweigerlich eine Schlägerei hervorruft. Ein Schuss, nach dem man sich nicht den Schnee aus dem Haar schüttelt, sondern nach dem der Chirurg einem kleine Eissplitter aus dem Schädel operieren muss.

Der kleine harte Eisball zischte also davon. Ich verschwand im Haus und rannte in meine Wohnung. Neugierig schlich ich zum Fenster und sah den Rennwagen gerade noch unbeeindruckt in der Ferne verschwinden. Weder hatte er gebremst noch ein anderes Auto gestreift, geschweige denn sich einen Spiegel abgefahren.

Alles war wie immer. Das Einzige, was mir auffiel, war die Gruppe besorgter Menschen auf der anderen Straßenseite, die sich um eine kleine alte Oma kümmerte.

Thomas Zirnbauer

Eiskaltes Chicago

Wilbur Dickinson rüttelte am Fenster. Er zog und zerrte, tastete den Rahmen ab wie ein Blinder. Wie konnte er nur die bestmögliche Hebelwirkung erzielen? Sollte er sich weiter weg stellen oder vielleicht doch näher ran? Er wählte etwas unentschieden eine Position dazwischen. Seine Fingerspitzen wurden allmählich taub. Unter den Nägeln sammelte sich abgeblätterte Farbe. Auf seiner Stirn standen Schweißtropfen, rannen an Schläfen und Nasenwurzel entlang und suchten ihren Weg durch die Bartstoppeln auf Wilburs geröteten Wangen. Nichts zu machen. Festgefroren. Das Bürofenster bewegte sich nicht und das Zeitfenster schloss sich. Langsam wurde es eng.

Er wischte ein Bullauge in die beschlagene Scheibe und blickte hinaus in die Dämmerung, die sich um diese Jahreszeit schon ab 4 p.m. auf Chicago herabsenkte wie ein Schleier über eine Braut. Eine hässliche Braut. Die Reflexe der Leuchtreklame an der Fassade

gegenüber brachen sich in den Schlieren auf der ver-
schmierten Scheibe. Vermutlich in Blau, Grün und Rot.
Schwer zu sagen. Schließlich schrieb man 1931. Da war
die Welt bekanntlich noch schwarz-weiß, mancher-
orts auch sepiabraun.

Wilbur prahlte gerne mit seiner englischen Herkunft, aber diese Schiebefenster, die wahrscheinlich
schon die Pilgerväter im Gepäck hatten, waren schlicht-
weg Mist. Hier hätte der Kongress mal einschreiten
müssen, nicht beim Schnaps. Ernesto, einer der Gang-
leader aus Little Sicily, hatte Wilbur kürzlich stolz
seine Flügelfenster vorgeführt, die er aus der Heimat
importiert hatte. Wilbur wollte ihm seinen Triumph
nicht gönnen und verzog keine Miene, woraufhin Ernesto mit verkniffenem Mund das Fenster wieder
schloss.

Das Zeitfenster konnte höchstens noch einen Spaltbreit offen sein. Er musste sich etwas einfallen lassen.
Wilburs Blick glitt wie ein Scheinwerfer durch sein
Zwölfquadratmeterbüro auf der Suche nach geeigne-
tem Werkzeug. Nichts bot sich an, weder das Lineal
noch der metallene Brieföffner mit dem Falkenkopf-
griff noch sein Revolver, der aus der halb offenen
Schreibtischschublade herausblitzte. Nein. Es musste
eine andere Möglichkeit geben.

Seit die Heizung nicht mehr funktionierte, war auf den Fensterscheiben eine dünne Eiskristallschicht von außen nach innen gewachsen. Vor vier Tagen hatten die Mieter der Büros in den oberen Stockwerken Miller, den Hausverwalter, zur Rede gestellt. Alle dick eingepackt mit Mänteln, Schals, Handschuhen, hatten sie ihn eingekreist wie ein Rudel Wölfe ein Reh. Doch Miller war nicht aus der Ruhe zu bringen: »Die is nich kaputt« (im Bassbrustton der Überzeugung), »die alte Lady braucht nur 'n bisschen, bis sie auf Touren kommt« (dreckiges Lachen), »hab eben noch 'n bisschen aufgedreht« (Fingerzeig Richtung Heizungskeller), »das wird schon« (beruhigendes Grunzen), »melden Sie sich, wenn's noch 'n Problem gibt« (generöses Zwinkern), »fröhliche Weihnachten« (ein Wink mit dem Schraubenschlüssel zum Abschied). Danach war er zu seiner Schwester nach Oakland gefahren, wie sich später herausstellte.

Wilbur stierte noch einmal durch die freigewischte Stelle an der Scheibe nach draußen. Die Lichter der weihnachtlich erleuchteten Stadt ließen den Schnee in Chicagos Häuserlandschaft glitzern. Noch verführerischer glänzte das auf dem Fensterbrett seines Büros, was Wilbur den Abend retten sollte. Gut, retten war etwas übertrieben. Nein, eigentlich erhoffte er sich genau das: Rettung vor den kommenden Stunden, die er allein verbringen würde. Ihm graute vor dem heutigen Abend, Heiligabend. Seit er den vierzigsten Geburtstag hinter sich hatte, wurde er an Weihnachten zunehmend sentimental. Die Einsamkeit stach schmerzhafter und die Erinnerung tauchte die trüben Weihnachtstage seiner ärmlichen Kindheit in mildes Licht. So blieb er die letzten Jahre an Heiligabend stets in seinem kahlen, aber im Normalfall immerhin warmen Büro, um jeder zufälligen Begegnung mit fremdem Familienglück zu entgehen. Unten auf der Straße stolperten Passanten über die schlecht geräumten Gehwege. Einer trug einen Weihnachtsbaum auf der Schulter und sah von oben wie ein großer Pfeil aus, der nach Hause zeigte.

Wilbur horchte auf die Welt da draußen. Bis auf den feierlich gedämpften Straßenlärm herrschte eine friedliche Stille bei ihm hier oben. Vermutlich war er der Einzige, der sich noch in dem mehrstöckigen Eisschrank aufhielt. Nur er war hier, eine Menge Arbeit und jenes langsam zu Eis werdende Versprechen, von dem ihn nur diese verdammte Scheibe trennte: eine Flasche schwarz gebrauten Lagers – den Glasfuß im Schnee mit einer Flockenmütze von der Konsistenz der Schaumkrone eines frisch gezapften Biers vom Fass.

Nun wurde es wirklich eng. Dabei war das Timing

so entscheidend. Sekunden konnten den Unterschied ausmachen zwischen …

PENG. Zu spät. Die Flasche war geplatzt.

Alle Energie entwich aus Wilbur wie Luft aus einem schlecht zugeknoteten Luftballon. Er ließ sich in seinen Bürostuhl fallen und streckte die Beine aus. Mit der linken Hand lockerte er den Schal, der ihn am Hals kratzte. Irgendwie lief alles schief, seit er diesen Fall übernommen hatte. Planänderung. Er beugte sich über die Armlehne und öffnete die Tür rechts unten in seinem Schreibtisch. Ihm reichte ein Adventskalender mit einem einzigen Türchen, solange sich dahinter etwas zum Trinken verbarg. Er fischte die noch fast volle Flasche schottischen Whiskys aus dem unteren Fach, stellte sie vor sich hin und zog am Korken. Mit einem schlappen Quietschen brach der Korken ab. Eine Welle der Wut drohte Wilbur mitzureißen und es fehlte nicht viel und er hätte die Flasche mit Schwung an die Wand geschleudert. Doch er schloss die Augen, zählte bis zehn, wie er es als Kind gelernt hatte, atmete aus, und die Finger, mit denen er krampfhaft den Hals der Flasche umklammerte, als wolle er sie erwürgen, lockerten sich wieder. Das war es nicht wert. Sanft stellte er den Whisky wieder ab und kramte den Brieföffner aus dem Durcheinander auf seinem Schreibtisch hervor. Ein sorgsam dosierter Stoß, ein entspanntes Plopp. Ah. Genießerisch sog Wilbur den Duft ein und dankte der Verwandtschaft jenseits des Teiches, die ihn auch in diesen schlimmen Zeiten mit Whisky versorgte. Er pustete in das gedrungene Glas, das inmitten der Papierberge vor ihm stand. Etwas Zigarettenasche wirbelte heraus. Er goss sich ein. Zwei Finger breit. Mehr nicht. Er musste haushalten mit dem Glück. Aber immerhin entsprachen zwei Finger von Wilburs fleischiger Hand mindestens drei Fingern einer durchschnittlichen Hand. Und wenn man die Finger nicht ganz schloss, war noch ein bisschen mehr drin. Wilbur war eben nicht Durchschnitt. Der Durchschnittsamerikaner des Jahres 1931 verdiente laut einer Statistik, die er neulich in der ›Tribune‹ gelesen hatte, soundsoviel Dollar. Die Zahl hatte er schon wieder vergessen. Was Geldfragen anlangte, lag Wilbur unangenehmerweise meistens unter dem Durchschnitt. Und das Jahr war bald zu Ende. Aber vielleicht half der neue Auftrag, aus diesem mageren Jahr doch noch ein überdurchschnittliches werden zu lassen.

Die Zeiten waren schlecht, auch für ein Genie wie Wilbur. Und ein Genie war er – zumindest seiner eigenen Meinung nach. Für andere war er ein überdurchschnittlich fetter Privatdetektiv, der sich damit schmückte, englische Wurzeln zu haben und Al Capone mal ungestraft beim Pokern besiegt zu haben. Genuss war eine Frage des Timings. Wilbur ließ den bedauerlich kühlen Whisky langsam über seine Zunge rinnen und dabei nicht nur die Mundhöhle, sondern auch sein Inneres weit werden. Nur so würde sich das Aroma ideal mit der Zigarre verbinden, die er sich nun anstecken würde. Als er sich in seinem Bürostuhl zurücklehnte, schien der mit leisem Knarren zu flüstern: Just relax.

Er zog den Mantel enger um sich und spürte langsam eine innere Ruhe einkehren. Das Whiskyglas in der rechten, die Zigarre in der linken Hand ließ er die Gedanken spazieren gehen, wie er es nannte. Sein Blick fiel auf die Glastür. PRIVATE AYE begrüßte den Besucher. Der Handwerker, der die Schrift vor Jahren angebracht hatte, war ein ehemaliger schwedischer Matrose gewesen. Er war günstig gewesen. Guter Vorsatz fürs nächste Jahr: Schrift an der Tür korrigieren lassen, machte sich Wilbur gedanklich eine Notiz.

Dann setzte er sich auf und betrachtete eingehend seinen Schreibtisch. Zweiter Vorsatz: Ordnung ins Chaos bringen. Er zog eine braune Mappe unter einem Stapel Zeitungen hervor, der prompt umfiel und dabei den Papierkorb mitriss. Doch Wilbur hatte bereits jenen Grad von Entspanntheit erreicht, in dem ein Mehr an äußerem Chaos die Behaglichkeit nur noch steigerte. Wilbur klappte die Mappe auf und breitete die Notizen und Fotos vor sich aus wie Karten einer Patience. Also: Wenn Mae Dempsey ihren Mann Charlie wegen der Versicherung aus dem Weg geräumt hatte, wie er vermutete, und zugleich Phil Wilson von Maes Verhältnis mit Danny Crap wusste, Maes Schwester Madeleine aber wiederum mit dem Mann ihrer Schwester schlief, wie ihm Will neulich gesteckt hatte, und außerdem Madeleines Schwager Max mit seinem Transportunternehmen nicht erst seit dem Schwarzen Freitag in Geldschwierigkeiten steckte, dann ... ja, dann ...

Er hatte den Faden verloren.

Wilbur nahm wieder einen Schluck und schob die Fotos und Zettel lustlos hin und her. Er musste mit Jimmy ein ernstes Wort reden. Jimmys künstlerische Ambitionen in allen Ehren, aber auf diesen schwarzweißen Winzfotos war nichts zu erkennen. Und dafür hatte er ihm drei Dollar gegeben? Okay, mit den drei Dollar waren kalte Finger und Zehen mit abgegolten, wenn Jimmy neben seinem Job als Pressefotograf Beschattungen übernahm, für die Wilbur zu faul oder zu beschäftigt war. Zumindest behauptete er Letzteres gegenüber Jimmy. Wilbur drehte eines der Fotos mit der Fingerspitze hin und her, als könne er sich die Finger daran verbrennen, und neigte den Kopf nach links und rechts. »Du wirst dich wundern, wen die Dempsey so empfängt«, hatte Jimmy gesagt, als er ihm den Umschlag mit den Fotos überreichte, ihn aber erst losließ, als ihm Wilbur im Gegenzug drei Scheine hinhielt. Okay, diese graue Wolke konnte ein Mensch sein – oder auch zwei. Seufzend lehnte sich Wilbur zurück. Es wurde Zeit, dass Jimmy sich mal mit dieser neumodischen Farbfotografie beschäftigte. Wilburs Elan war verflogen und schwebte mit einer Zigarrenrauchschwade zur Decke.

Er müsste eigentlich Max' Kompagnon Carl Banks auf den Zahn fühlen. Doch bei diesem Wetter hielt sich sein Ehrgeiz in Grenzen. Seit Tagen schneite es und überdeckte alles mit samtiger Gedämpftheit. Die Stadt kam mit dem Schneeräumen nicht hinterher, Geld für zusätzliche Arbeitskräfte gab es nicht und freiwillig machte hier ohnehin keiner was. War ja auch verständlich. Sich bei nicht mal dreißig Grad Fahrenheit an die Straßenecke zu stellen, um herauszufinden, mit wem Banks so alles zu tun hatte, das konnte der geheimnisvolle Auftraggeber nicht verlangen. Nicht vor Weihnachten. Gut, der namenlose Typ mit dem schneidigen Auftreten erwartete das. Aber zu Wilburs Stärken zählte eindeutig, seinen Spielraum einschätzen zu können. Auch das Verschieben von Aufgaben war eine Frage des Timings.

Mit einem Räuspern der Ermutigung rückte sich Wilbur im Stuhl zurecht und stierte erneut auf die Fotos, Notizen und Gesprächsprotokolle vor sich. Nach und nach nahm der Fall Konturen an und Wilbur begann zu ahnen, was Banks und Madeleine Dempsey verband und was Jimmy gemeint hatte. Er lächelte. Höchst zufrieden mit sich machte er sich ein paar Notizen auf der Rückseite der Fotos und wollte eben die Abendschicht offiziell beenden, um sich mit dem restlichen Whisky Heiligabend schönzutrinken, als er hinter der Glasscheibe seiner Bürotür einen Schatten wahrnahm. Wilbur zog die Schublade mit dem Revolver weiter auf. Es klopfte.

»Herein.« Wilbur lehnte sich lässig zurück, den rechten Unterarm locker auf die Lehne gelegt, die Hand in Griffweite der Schublade.

Die Tür öffnete sich einen Spaltbreit. Sichtbar wurde ein weißes Bartknäuel, das an einer Nase von auberginenartiger Farbe und Größe zu hängen schien. Der breite Rand einer roten Mütze verdeckte jenen Teil des Gesichts, wo man die Augen vermuten durfte.

»Willy Dixon?«

Wilbur knurrte. Der Mann mit der Aubergine im Gesicht nahm das als ein Ja und trat jetzt vollends ins Zimmer.

»Ich hab' was für Sie.« Der Mann wuchtete einen Leinensack von der linken Schulter, griff hinein und sagte: »Frohe Weihnachten.« Dann eröffnete er das Feuer aus seiner Maschinenpistole.

Einige Kugeln durchschlugen die Scheibe hinter Wilbur und fegten den Rest der Bierflasche in die Häuserschlucht. Wilburs Hand krallte sich noch an der Schublade fest, als sich bereits ein roter Fleck auf seiner Brust auszubreiten begann.

Hey! Hey! Hallo. Ja, Sie mit der Knarre. Was soll das? Sie können nicht einfach meinen Detektiv abknallen. Er sollte die Hauptfigur in zehn weiteren Romanen sein. Ein Panorama der amerikanischen Gesellschaft der 1930er. Das war praktisch alles fertig. Das Schlusskapitel des letzten Bandes habe ich sogar schon beim Notur hinterlegt. Ein Weihnachtsmann. Bringt der meine Hauptfigur um. Nicht zu fassen. Das ist Amtsanmaßung. Vorspiegelung falscher Tatsachen. Unethisch.

Doch der Weihnachtsmann quetschte nur ein »Heul doch« hervor, packte die MP weg und schob mit einer schwungvollen Bewegung des Unterarms die auf dem

Tisch verstreut herumliegenden und nun zart rot ge-
sprenkelten Unterlagen und Fotos über die Tischkante
in den Sack. Die Whiskyflasche steckte er in die rechte
Manteltasche. Dann drehte er sich um, murmelte noch
»Hohoho«, trat auf den Gang hinaus und zog die Bürotür hinter sich ins Schloss.

*Seine Zukunft als gefeierter Krimiautor war mit einem
Mal zu Ende, noch bevor sie richtig begonnen hatte. Betäubt saß er da. Es war der erste Mord, dem er beiwohnte
und den er auch noch hatte niederschreiben müssen. Unter Wilburs Stuhl hatte sich mittlerweile eine Blutlache
ausgebreitet. Der starre Blick des Toten bannte ihn und
schien zu sagen: »Warum hast du das zugelassen?« Er
fühlte sich schuldig. Ihm wurde flau. Er fürchtete, sich
übergeben zu müssen. Zugleich war er wütend – auf den
Mann mit der Aubergine im Gesicht, der seinen Protagonisten erschossen hatte, auf seinen Protagonisten, der
nicht vorsichtiger gewesen war und sich von einem
Weihnachtsmann abknallen ließ, auf den Verwalter, der
die Heizung nicht repariert hatte und auf sich selbst,
weil er nicht eingeschritten war und seine Idee verteidigt
hatte.*

*Seine Augen hoben sich von der Tastatur. Er blickte
über den Rand des Bildschirms hinaus in den Garten.*

Schemenhaft zeichneten sich der Geräteschuppen und die herbstkahle Magnolie im Halbdunkel der nahenden Nacht ab. Auf dem Dach des Schuppens bewegte sich ein Schatten. Eine Katze. Der Moment, in dem der Schriftsteller realisierte, dass die Bewegung eine Spiegelung des Zimmers in seinem Rücken war, und jener, in dem der Schuss die Abendstille zerriss, waren eins. Den Schuss hörte er noch. Aber er spürte ihn nicht mehr.

Annette Petersen

Karten spielen

Ich lasse die Zeitung sinken. »Die bleibt hier.«

Mein Fahrgast antwortet mit einem genervten Blick.

»Auskippen oder zu Fuß gehen.«

Die Tür schwingt auf, die Tasse zerschellt neben dem Wagen auf dem Boden. Ich zucke zusammen. Beim dritten Versuch kriegt er den Griff zu fassen und knallt die Beifahrertür zu. Ich zucke noch einmal. Dann befördere ich den Wirtschaftsteil mit geübtem Schwung zum Rest der Zeitung auf den Rücksitz.

»Lügnbrsse!«, knurrt er undeutlich.

Ach so einer, na super. Hoffentlich bleibt der Kerl einigermaßen fit. Ich hasse es, wenn sie mir ins Auto kotzen. Deswegen fahre ich nie ohne Tüten im Handschuhfach. Nie! Aber meistens kriege ich sie noch dazu, die Tür zu öffnen und sich rauszubeugen. Oder ich helfe ein bisschen nach. Beim Rausbeugen, meine ich. Das andere geht ja von alleine. Und dann: gib Kette! Wenn sie gründlich waren, sind sie ja erst mal leer. Das reicht in der Regel, bis ich sie zu Hause abgeliefert habe. Alles Weitere ist nicht mehr mein Problem. Am schlimmsten ist es in der sogenannten besinnlichen Zeit. Im Advent, wenn sie sich nach ihren Weihnachtsmarkt-Abstürzen nach Hause karren lassen, die Pfand-Tasse mit dem letzten lauwarmen Glühweinrest noch in der Hand. Die Hälfte pennt nämlich unterwegs ein, dann fällt ihnen die Tasse aus der Hand, und ich habe die Schweinerei. Das kann man steuern, aber was will man machen, wenn denen schlecht wird?

Von der nicht eingepennten Hälfte benehmen sich neunzig Prozent manierlich, abzüglich ein paar Idioten, die ihre Hände nicht bei sich behalten können. Doch das ist ein anderes Thema. Die restlichen zehn Prozent sind das Problem. Dieser Kategorie gehört der Tassenwerfer an. Blass, glasige Augen, der Kopf wackelt bedächtig hin und her, als überlege er, ob er nicht lieber abfallen sollte. Langsam fahren, sehr wichtig! Wenn du mit siebzig irgendwo auf der linken Spur unterwegs bist, kannst du nicht anhalten und die Tür öffnen, damit sie rauskotzen, dann kannst du nur noch zum Herrgott um eine rote Ampel beten. Und die gibt's bekanntlich nur da, wo man sie am wenigsten braucht. Da ist der Herrgott ganz beim Ordnungsamt.

»Chmssnchssumgelaudomann.«

»Bitte?« Ich muss mich auf den Verkehr konzentrieren. Die Ampel ist ausgeschaltet. Ausgerechnet hier, das ist sowieso eine Kreuzung wie schlecht geträumt. Und die anderen haben Vorfahrt.

Der Typ winkt ab. Unter größten Anstrengungen greift er in die Innentasche seines Mantels und holt eine Brieftasche hervor, in der sich ein ganzes Leporello mit Karten befindet. Bestimmt zwölf Stück. Er zieht eine quietschgelbe EC-Karte heraus und wedelt mir damit vor dem Gesicht herum. Seine Hand stinkt nach Glühwein. Ich schiebe sie zur Seite. »Sie können bei mir nicht mit Karte zahlen. Nur bar.«

»Dswgmusschjassumgelaudomann.« Er hebt triumphierend die Hände.

Ach, zum Geldautomaten will er. Hat sich blank gesoffen auf dem Weihnachtsmarkt. Ist er auch nicht der Erste. Rechts um die Ecke ist eine Sparkasse. Okay, nehmen wir die. Ist ohnehin einfacher, als bei ausgeschalteter Ampel geradeaus zu fahren. Hauptsache, der will jetzt nicht zu seiner Hausbank.

Ich bleibe vor der Tür im Halteverbot stehen und schalte den Warnblinker an. »Hier können Sie Geld holen.«

Keine Reaktion. Ich rüttele ihn an der Schulter. Sein

Kopf schnellt von der Brust hoch, ein bisschen nach hinten und pendelt sich dann ein.

»Sie können hier Geld abheben«, versuche ich es noch einmal.

»Kannssuasnichmann?«

»Nein, das müssen Sie selbst machen. Und bitte dann jetzt auch flott. Sonst laufen Sie den restlichen Weg zu Fuß.« Meine Geduld ist groß, aber endlich.

Er versucht, den Türgriff zu packen, und rutscht dabei mehrfach ab. Schließlich dreht er sich zu mir und reicht mir die Karte. »Fififüfüf«.

Mir langt's. Ich steige aus, gehe um den Wagen herum und öffne die Beifahrertür. »Aussteigen bitte, die Fahrt ist zu Ende.«

Er sieht zu mir hoch wie ein angeschossenes Reh. Wieder hält er mir seine Karte entgegen. Er konzentriert sich sichtlich und lallt langsam: »Vier-vier-fünf-fünf. Biddeseisolieb.«

Sein Mantel ist aus irgend so einem Kaschmirzeugs, die Hose aus feinem Zwirn, die Schuhe sehen handgenäht aus. Garantiert hat er zu Hause einen Safe, an allen Fenstern und Türen Alarmanlagen und tausend Filter gegen Phishing-Mails auf dem Rechner. Aber einmal volltanken, und er wird zur fleischgewordenen Sicherheitslücke.

»Wie viel soll ich holen?«, frage ich resigniert. Immerhin komme ich so noch zu meinem Geld und muss die Fahrt nicht komplett abschreiben.

»Hunnad. Dange.« Er streckt mir die gelbe Karte mit Nachdruck entgegen und lehnt sich im Sitz zurück.

Ich beuge mich tief zu ihm ins Auto und sage streng: »Wenn Ihnen schlecht wird, steigen Sie vorher aus! Es wird nicht ins Auto gereihert.« Kurz überlege ich, ob ich ihm das mit den Tüten erkläre, aber das ist mir jetzt zu kompliziert. Und ihm sowieso.

Er nickt. Ob es Zustimmung ist oder ob er einfach wieder eingeschlafen ist, kann ich nicht erkennen. Sicherheitshalber gehe ich ums Auto und ziehe den Schlüssel ab. Besser ist das. Ich schließe die Tür und laufe eilig die paar Schritte rüber zur Bank. Es ist keine Sparkassen-Karte. Irgendeine Online-Bank, von der ich noch nie gehört habe. Sie öffnet mir die Tür zum hellen, warmen Vorraum. Der Automat schluckt sie anstandslos. Jetzt bin ich gespannt: 4–4–5–5. Ob der sturzbetrunkene Kerl sich tatsächlich richtig an die Nummer erinnert hat? Ich kriege das manchmal schon nüchtern nicht hin, und ich habe nur eine Karte. Es piept viermal. Sie stimmt! Fassungslos tippe ich 1–0–0, und ein paar Sekunden später spuckt der Automat einen Fünfziger, zwei Zwanziger und einen Zehner aus. So, schnell zurück, bevor der Glühwein raus will. Ich springe hinter das Steuer und reiche ihm die Scheine und die Karte. Er sieht mich leidend an, öffnet die Beifahrertür und beugt sich hinaus. Ich wende mich ab, während er würgend tut, was zu tun ist. Jetzt wird er wohl bis zu Hause durchhalten. Wenigstens das. Mama sagt: Man muss sich bei allem Unglück immer klarmachen: Es hätte noch schlimmer kommen können.

Sein Zuhause ist ein schickes Apartmenthaus in einer der besseren Gegenden der Stadt. Das Taxameter zeigt 24,20. Er reicht mir den Fünfziger. »Schimmso.«

Na, wenn er meint. Da fange ich doch nicht an, mit dem Fahrgast zu diskutieren, Kunde ist schließlich König. »Firma dankt!«, sage ich mit einem Tippen an meine nicht vorhandene Hutkrempe. Für ein so üppiges Trinkgeld helfe ich ihm sogar aus dem Wagen und liefere ihn an seiner Haustür ab. Sonst bricht er sich zu guter Letzt noch auf irgendeiner gefrorenen Pfütze beim Doppelaxel den Hals. Ich warte, bis er seinen Schlüssel aus der Manteltasche hervorgefummelt und erfolgreich ins Schloss gesteckt hat. Dann sehe ich zu, dass ich zum Auto komme, wende und fahre zurück. Unter dem Strich war die Fahrt ein Erfolg. Er hat sich nur einmal übergeben und dabei mein Taxi geschont.

Die Aktion mit dem Geldholen hat gut funktioniert, und das Trinkgeld war mehr als okay. Ich habe noch ein paar normale Fahrten, dann beschließe ich, Feierabend zu machen. Zu irgendwas muss die Selbstausbeutung als Ein-Frau-Unternehmen ja gut sein.

Kurz vor zwei stehe ich vor der Haustür und taste nach meinem Schlüssel. Rechte Jackentasche, wie immer. Hm, heute wohl in der linken. Auch nicht. Habe ich ihn in die Hosentasche gesteckt? Normalerweise ist mir das beim Autofahren zu unbequem. Auch nicht. Noch mal die rechte Jackentasche. Nichts. Links. Nichts.

Scheiße.

Ich starre in die Dunkelheit nach oben zum zweiten Stock, wo gut verschlossen meine Wohnung auf mich herabspöttelt. Zum ersten Mal bereue ich, dass ich damals nicht mit Karsten zusammenziehen wollte. Leider war er so gekränkt, dass er mir sofort den Schlüssel zurückgegeben und sich aus dem Staub gemacht hat. Das ist sieben Monate her, und seit sieben Monaten habe ich vor, Frau Birk, die direkt gegenüber wohnt, den Schlüssel für Notfälle zu geben. Heute Mittag bin ich dann endlich rübergegangen. Ich rechnete eigentlich gar nicht damit, dass sie zu Hause ist, aber sie öffnete. Es war keine angenehme Begegnung.

»Frau Birk, entschuldigen Sie die Störung, aber ich habe …«

Weiter kam ich nicht. Sie war total verheult. Ich überlegte, ob ich mich gleich noch einmal entschuldigen und mich schnellstens wieder vom Acker machen sollte, da schüttelte sie den Kopf.

»Kommen Sie rein. Hilft ja alles nichts. Es ist nur – ich bin seit gestern arbeitslos. Kam zwar nicht unerwartet, Sie wissen ja, die Leska-Pleite, aber …«, sie schluckte heftig, »jetzt – kurz vor Weihnachten. Das Geld reicht doch so schon hinten und vorne nicht.«

Zögernd betrat ich ihren Wohnungsflur.

»Felix, Ben, geht zurück ins Kinderzimmer«, verscheuchte sie ihre beiden Jungs. »Die haben die Windpocken, deswegen dürfen sie nicht in den Kindergarten. Trifft sich gut, was? Ich hätte heute sowieso nicht arbeiten können.« Sie schnaubte. »Hätte eh wieder Ärger bei Leska gegeben.« Dann begann ihr Kinn zu zittern, und Tränen liefen ihr über das Gesicht. Eins der gepunkteten Kinder spitzte um die Ecke.

»Kriegen wir jetzt keine Ritterburg zu Weihnachten, Mama?«

»Ich habe gesagt, ihr sollt ins Kinderzimmer gehen!«, heulte Frau Birk. Ich stammelte irgendeine höfliche Bemerkung, dass mein Anliegen Zeit hat, und falls ich helfen könne, und überhaupt, ich hätte noch nie Windpocken gehabt ... Mit meinen beiden Haustürschlüsseln in der Tasche trat ich den geordneten Rückzug an.

Und nun stehe ich hier und mache ein dummes Gesicht. Ob ich es gewagt hätte, Frau Birk mitten in der Nacht rauszuklingeln, weiß ich allerdings nicht. Andererseits: Sie kann ja jetzt ausschlafen. Ich schiebe die Hände in die Ärmel meines Mantels. Saukalt ist es. Wo ist das milde Weihnachtswetter, wenn man es mal braucht? Abwechselnd stampfe ich mit den Füßen auf. Meine Ohren sind auch kalt. Wahrscheinlich ist mir der Schlüssel im Taxi in den Fußraum gefallen bei der Aktion mit der volltrunkenen Sicherheitslücke. Ich laufe zurück zum Wagen. Fünf Minuten später ist klar: Nee, auch nicht. Dann muss er mir aus der Tasche gerutscht sein, als ich den Typ zu seiner Haustür gebracht habe. Bestimmt! Mama hat mir letztes Jahr zu Weihnachten ein weiches ledernes Schlüsseletui geschenkt, da klimpert natürlich nichts, wenn es runterfällt. Sobald ich den Schlüssel wiedergefunden habe, werde ich eine Kuhglocke dranhängen. Was soll's, auf zu Mister Leichtsinn und nachsehen. Im Auto ist es wenigstens warm. Mit der Taschenlampen-App meines Handys leuchte ich den gesamten Weg ab, von der Stelle, wo er ausgestiegen ist, bis zu seiner Haustür. Noch mal zurück. Nichts. Ich steige ins Auto. Nächste Möglichkeit: beim Geldholen runtergefallen. Zehn Minuten später stehe ich wieder vor dem Automaten. Diesmal bin ich mit meiner eigenen Sparkassenkarte reingekommen. Ich sehe in jeden Winkel, suche die Kontoauszugsdrucker ab, vielleicht hat ihn jemand aus Spaß versteckt. Fehlanzeige. Hilft nix, ich muss da nachsehen, wo ich nicht nachsehen will. Schaudernd bewege ich mich auf das rosarote Glühwein-Bratwurst-Halbgefrorene auf dem Bordstein zu. Lieber Gott, bitte gib, dass es nicht wahr ist, ich fahre auch nie wieder bei Rot, flehe ich. Vergiss es, antwortet Gott, du fährst ja doch wieder bei Rot, also: nimm das! Ein winziger Zipfel Schlüsseletui ragt aus der Bescherung heraus. Ich bin dem Schicksal trotzdem dankbar, weil ich wenigstens nicht darin herumzustochern brauche, um Gewissheit zu haben. Mama hat ja so recht. Es hätte schlimmer kommen können. Aber nicht viel. Mit einem Papiertaschentuch zupfe ich am Etuizipfel. Der Frost hat angezogen, ich muss Kraft aufwenden. Als ich es endlich losgeeist habe, verliere ich das Gleichgewicht und falle hintenüber auf den Fußweg. Ich rappele mich auf und schaue mich verstohlen um. Es gibt Dinge, die tut man einfach lieber ohne Zeugen. Im Aufstehen fällt mein Blick auf einen gelben Fleck. Quietschgelb.

Das kann doch nicht wahr sein!

Ich nehme ein weiteres Taschentuch aus der Packung und ziehe damit die EC-Karte aus dem Erbrochenen. Diesmal geht es leicht, ich habe ja gut vorgearbeitet. Kopfschüttelnd wickele ich beide Fundstücke zusammen in ein drittes Taschentuch und mache mich im Schutz der Nacht davon.

Mit Fingern, spitz wie Chirurgenbesteck, operiere ich den Schlüssel zu Hause aus dem durchweichten Ledermäppchen, um meine Wohnung betreten zu können. Verzeih mir, Mama, denke ich, als ich das Mäppchen vom Schlüsselring schneide und in einer fest verknoteten Extratüte im Mülleimer versenke. Erst schmeiße ich das Wirtschaftsstudium, und dann entsorge ich dein Weihnachtsgeschenk. Die Karte kann ich nicht so einfach in die ewigen Jagdgründe schicken. Die werde ich dem spendablen Säufer wohl bringen müssen. Wahrscheinlich erinnert er sich gar nicht mehr daran, dass er sie benutzt hat. Hat er ja streng genommen auch nicht. Ich angele sie mit einer Würstchenzange aus dem Taschentuch, gebe einen Spritzer Spüli darauf und lasse heißes Wasser darüberlaufen. Anschließend trockne ich sie mit einem Papiertuch ab. Erst jetzt kann ich mich überwinden, sie von Nahem zu betrachten.

Leslie Kapphold.

Kapphold? Moment! Da stand doch was in der Zeitung. Ja, genau. Leska. Drogeriekette Leska. Hatte mehr als 70 Filialen hier und in der Nachbarstadt. Alleiniger Eigentümer: Leslie Kapphold. Lebt völlig zurückgezogen, ist nie in den Schlagzeilen. Bis vor gut einem Jahr das Seifenimperium zu bröckeln begann. Jetzt sind nur noch ganz wenige Läden übrig, und Kapphold ist pleite. Angeblich können die Gläubiger nichts bei ihm holen. Man munkelt, dass er geschickt seine Schäfchen ins Trockene gebracht hat. Und die ohnehin unterbezahlten Leska-Frauen wie Frau Birk stehen auf der Straße. Die EC-Karte rotiert zwischen den Fingern meiner linken Hand. Ich bin ein grundehrlicher Mensch, da gibt es kein Vertun. Aber ich habe auch diese Woche Post vom Vermieter bekommen: Nebenkosten-Nachzahlung, und nicht zu knapp! Außerdem braucht das Taxi neue Radlager, am besten gestern. Die Fahrgäste kriegen es schon mit der Angst bei dem Gepolter in den Kurven. Solche Sorgen kennt Kapphold garantiert nicht. Ich wette, der bemerkt nicht mal, dass ihm eine seiner vielen Karten fehlt.

»Fifüfüf«, flüstere ich gedankenverloren. Das kannst du nicht bringen, denke ich tapfer gegen meine kriminelle Energie an. Aber verdient hätte er es, und es wäre so einfach. Und weh täte es ihm auch nicht. Ich höre die Schäfchen trocken blöken. Man muss ja nicht übertreiben: Taxi repariert, Nebenkostenrechnung bezahlt und dann die Karte bei ihm in den Briefkasten werfen. Oder besser: anonym an die Bank schicken. Zack – erledigt!

Na gut, dieser todschicke Desigual-Mantel vielleicht noch.

Aber es hängen doch überall Überwachungskameras in den Banken. Beinahe täglich ist so ein Bild in der Zeitung, mit dem sie jemanden suchen. Na, muss ja nicht hier in der Stadt sein, wo ich leicht erkannt werde. Auf jeden Fall müsste ich schnell sein. Der Kerl erinnert sich sogar im volltrunkenen Zustand an eine seiner zahllosen PINs. Da merkt er ausgenüchtert womöglich bald, dass ihm eine Karte fehlt, und lässt sie sperren. Ich sehe auf die Uhr. Halb vier, bestimmt schläft er noch eine ganze Weile, und danach geht es ihm wahrscheinlich schlecht. Oder es geht ihm jetzt schon schlecht, und er schläft bis heute Abend.

Eine Stunde später parke ich in einer Seitenstraße nahe der Sparkassenfiliale der Nachbarstadt. Der Winter ist mein Freund. Ich kann die Kapuze meines Pullovers unter der Lederjacke tief ins Gesicht ziehen und die

Haare darunter verstecken. In meinen alten Bikerstiefeln bemühe ich mich um einen maskulinen Gang. Den Helm von damals trage ich in der Hand. Ihn aufzusetzen sieht mir zu sehr nach Überfall aus. Komisches Gefühl, so kostümiert unterwegs zu sein. Mit klopfendem Herzen stehe ich vor dem Geldautomaten. Ich stecke die Karte in den Schlitz. Ob er 800 Euro ausspuckt? Die Summe würde Reparatur, Nachzahlung und Mantel abdecken. So viel habe ich noch nie auf einen Schlag abgehoben. Wow! Mit souveräner Geste nehme ich die Scheine entgegen, packe die Karte ins Portemonnaie zurück und unterdrücke den Impuls davonzurennen. Als ich wieder im Auto sitze, atme ich tief durch und bemühe mich, mit möglichst wenig Geräuschentwicklung wegzufahren. Na also, war doch gar nicht schlimm. Okay, das war ja jetzt auch nur die Generalprobe. Als ich vor dem Automaten stand, fand ich, dass es eine gute Idee wäre, erst mal auszuprobieren, wie es sich anfühlt. Es war meine eigene Karte für mein eigenes Konto. Erstaunlich, dass ich so viel abheben konnte. Wahrscheinlich hat Mama mir schon was für Weihnachten überwiesen. Wenn ich die gelbe Karte nehme, werde ich mich anders verkleiden, ich bin ja nicht blöd. Ich habe noch die Karnevalsperücke vom Kleopatra-Kostüm im Schrank. Und die affige Pilotensonnenbrille, die Karsten bei mir vergessen hat. Die 800 Euro kommen dann eben als Haushaltsgeld für die nächsten zwei Monate in die Teedose. Ich gähne herzhaft. Kein Wunder. Menschen mit anständigen Berufen stehen jetzt auf. Zeit, mich aufs Ohr zu legen. Und heute Mittag gehe ich mit frischer krimineller Energie an mein Werk.

Zwei Tage darauf sitze ich wieder am Küchentisch. Perücke und Sonnenbrille liegen neben mir auf dem Stuhl. Sah so was von bekloppt an mir aus. Die Nebenkostennachzahlung habe ich bar eingezahlt. Den Schrauber meines Vertrauens konnte ich auf eine erträgliche Summe für die Taxi-Reparatur herunterhandeln. Im Gegenzug für zwei beliebige Stadtfahrten und eine satte Anzahlung. Hoffentlich macht er schnell. Kein Taxi, keine Fahrten. Auf den Briefumschlag vor mir schreibe ich die Adresse der Online-Bank, die ich im Internet gefunden habe, klebe ihn anschließend zu, verschränke die Arme und lehne mich zurück. Den Mantel habe ich mir übrigens verkniffen. Aber ich war echt so knapp davor! Ich hatte schon die Hand an der Schwingtür. Und was mache ich? Gehe stattdessen in das Geschäft nebenan, wo sie jetzt vor Weihnachten die Rotznasen mit Schaufenstern voller putziputzi Stofftiere anlocken, die Seifenblasen pusten und Baumstämme sägen. Noch steht die Ritterburg unentdeckt im Flur vor der birkschen Wohnungstür. Hoffentlich hat Frau Birk weniger Skrupel als ich. Nicht dass sie womöglich das Ding als Fundsache zur Polizei bringt. Aber das werden die beiden Pökse schon verhindern. Meine Finger trommeln nervös auf der Teedose. 150 sind noch über. Wie gesagt: Ich bin ein grundehrlicher Mensch. Leider. Ich finde, ich habe jetzt wenigstens ein paar rote Ampeln gut.

Elke Heidenreich

Winterreise

Lieber Alban,
ich bin hier in Wien, in diesem bitterkalten Januar,
weil ich vor dir geflohen bin, so weit wie möglich. Hier
kannst du mich nicht erreichen und nicht verwirren
mit deinen hellen Augen, deinem langen Haar und deiner selbstbewussten Jugend. Dies ist eine böse, alte
traurige Stadt, und ich bin eine böse, alte traurige Frau,
die ihre Ruhe haben möchte vor schönen Kindern wie
dir. Was hast du angerichtet, Alban? Ich war so entzückt, als ich dich zum ersten Mal sah, ich war mehr als
entzückt, ich war außer mir vor Leidenschaft für deine
Schönheit. Du trugst ein grün-weiß gestreiftes Hemd
und helle Hosen, deine Haut war bronzebraun, du hattest beide Hände hinter dem Kopf verschränkt und
hieltest dein Gesicht mit dieser hohen, geraden Stirn
in die Sonne. Ich schaute dich an, und in dem Moment
öffnetest du die Augen, sie waren hellgrau und dein
Haar war goldfarben und du lächeltest und botest mir

mit einer Handbewegung an deinem Tisch in der Sonne einen Platz an. Alle anderen Tische waren besetzt. Ich setzte mich neben dich, und du schlossest deine Augen wieder und ich fürchtete, mein Herz würde zu laut schlagen. Ich bestellte mir einen trockenen weißen Wein und du dir noch einen Espresso, und wir lächelten uns zu. Als Kind hatte ich ein Buch über griechische Götter, die Götter sahen aus wie du. Aber sie bewegten sich nicht mit deiner Anmut, ich hätte immer nur sitzen und dir staunend zuschauen mögen, aber du zahltest, standest auf und fuhrst mit deinem Fahrrad davon.

Ich bin gestern Abend spät hier angekommen, ein Freund hat mir seine Wohnung zur Verfügung gestellt. Es muss sein, Rudolf, habe ich ihm am Telefon gesagt, ich muss ein paar Wochen ganz allein sein, glaub mir, es geht um Leben und Tod. Rudolf spielte in München Theater, und seine Wiener Wohnung stand leer, und für Dramen, in denen es um Leben und Tod ging, hatte er viel Verständnis. Erzähl, hatte er gesagt, aber was hätte es zu erzählen gegeben? Dass ich jeden Tag wieder in das Café ging, nur um dich zu sehen? Und tatsächlich warst du immer da, oft umgeben von Freunden, manchmal allein, wir nickten uns zu wie alte Bekannte, und ich wurde dein Bild in meinem Kopf nicht mehr los. Jemand rief dich: Alban!, und so bekam die Schönheit einen Namen.

Ich musste lange klingeln gestern Abend bei der Hauswartin, die Rudolfs Schlüssel hatte. Jaja, brummte sie, der Herr Rudolf habe durchaus Bescheid gegeben, aber man komme spät, und natürlich sei die Wohnung nun kalt, man heize schließlich nicht ins Ungefähre, Stiege vier, dritte Tür, und immer gut abschließen! Rudolfs Wohnung ist ein unglaubliches Durcheinander von alten Möbeln, schönen Bildern und Plunder wie unzähligen indischen Kissen und Stapeln alter Theaterprogramme. Ein Kronleuchter hoch oben an der Decke mit bunten Glühbirnen gibt ein abscheuliches Licht, das Bett ist riesig groß und viel zu weich und tief, es gibt keinen Schreibtisch. Es ist so kalt! In der Küche muss man einen Gasboiler aufheizen, der gefährlich brüllt und tobt, und dann wird es ein kleines bisschen wärmer, aber am ersten Tag habe ich mir einen Topf mit heißem Wasser, in eine Decke gewickelt, unter die Bettdecke gestellt, um warme Füße zu bekommen. Und ich lag im Dunkeln dieser fremden Wohnung mit Gerüchen und Geräuschen, die ich nicht kannte, in einer Stadt, in der ich nie zuvor gewesen war, nur um von dir weg zu sein, Alban.

Am vierten oder fünften Tag hast du dich zu mir

gesetzt, und wir haben uns über Musik unterhalten. Du seist Pianist gewesen – gewesen?, fragte ich, du bist doch höchstens fünfundzwanzig. Vierundzwanzig, hast du gelacht, aber das Klavierspielen vor Leuten würde dir keinen Spaß machen, die Konzerte, die schwarzen Anzüge, das feierliche Getue, du würdest nur noch für dich spielen und hier und da ein paar Jobs annehmen, irgendwas, manchmal als Musiker, meist Aushilfsjobs in Kneipen.

Ich war fast doppelt so alt wie du und hatte gerade mit dem Klavierspielen angefangen. Ich möchte irgendetwas von Schubert selbst spielen können, erzählte ich dir, ein bisschen verlegen, aber du fandest das nicht sentimental, sondern ganz wunderbar und wolltest mir sofort Unterricht geben. Ich war darüber tief erschrocken, denn du hattest schon so viel Unruhe in mir ausgelöst – noch mehr Nähe hätte ich gar nicht ertragen können. Du warst einfach zu schön, Alban, ich weiß nicht, wie ich dir das erklären soll. Du warst perfekt. Du warst jung und wunderbar und fröhlich, du zeigtest mir alles, was ich für immer verloren hatte, es wurde mir unerträglich, in deiner Nähe zu sein.

Es war aber auch unerträglich, ohne deine Nähe zu sein. Nachts setzte ich mich auf mein Fahrrad und fuhr zu deinem Haus. Ich lehnte meine Stirn an die Hauswand und fühlte dein Herz hinter der Mauer klopfen und konnte mich nicht mehr losreißen. Jemand hatte mich gefragt: Ist Ihnen nicht gut? Und ich war erschrocken aufgewacht, ich war, auf meinem Rad sitzend, an deine Wand, an dich gelehnt, eingeschlafen.

Mein erster Morgen in Wien lenkte mich so ab, wie ich es mir gewünscht hatte. Ich musste einkaufen – wohin geht man für Milch, für Brot – rechts die Straße hinunter, links? Wo ist die Post, wo der Briefkasten? Wo kann ich einen Stadtplan kaufen, bin ich weit vom Zentrum oder nah? Wo kann man frühstücken, und wie kommt man mit österreichischen Schillingen zurecht? Welche Zeitung liest man hier?

Fast habe ich dich vergessen können, aber in dem schmuddeligen Café, in dem ich landete, groß wie ein Bahnhof, mit blinden Spiegeln, einem schmutzigen Billardtisch und einer gähnenden Kellnerin mit gelben Haaren und schadhaften Zähnen, bekam ich plötzlich eine solche Sehnsucht nach dir, nach deiner gelassenen Art, strahlend einen Raum zu betreten und ihn auszufüllen mit Lebensfreude und Kraft, dass ich mich ganz elend fühlte und weinen musste. Ich trank einen Milchkaffee, und in der Musikbox sang Falco, der neulich in einem Interview gesagt hatte: »Wir sind immer vorn, und wenn wir hinten sind, dann ist eben hinten vorn.«

Man liest hier die Kronenzeitung, Alban, und es ist seltsam, wenn man keinen der Namen kennt, die darin stehen. Ich saß an meinem ersten Morgen in Wien vor einer nichtssagenden Zeitung, voller todestrauriger Verlassenheit, starrte auf die Zeilen und dachte: Alban, Alban. Meine Einkäufe lenkten mich ab. An einer Straßenkreuzung erinnerte mich ein Schild an dich. Auf dem Schild stand: »Bitte führen Sie Blinde über die Straße.« Du hättest nicht geruht, bis du einen Blinden gefunden und herübergeführt hättest. Befehl ist Befehl!, hättest du gesagt und gelacht. Ich kenne dich nur lachend – bis auf dieses eine Mal, vor dem ich so weit geflohen bin, hierher, in diese tief verschneite Stadt, in der es heute minus 22 Grad hat. Mein Herz ist noch kälter.

Die Häuser sind hoch und alt, und ich habe das Gefühl, irgendwo hinter den Gardinen steht der Kaiser Franz Joseph und schaut missgestimmt auf seine Wiener, auf die vielen Hundehaufen und die verbitterten Rentner, die schnöseligen Jünglinge und die keifenden Weiber, und würde gern noch mal ein wenig regieren und alles anders machen.

In meiner Straße – jetzt ist es schon meine Straße – gibt es ein Möbelgeschäft mit Namen Kazbunda, eine Pferdemetzgerei und ein »Därmegeschäft Zeppelzauer«, was immer das sein mag. In Australien, sagte das Radio, sei eine andauernde Hitzewelle mit über 40 Grad, die Haie würden zu frech und hätten schon einige Schwimmer angegriffen. In Wien dagegen seien in den letzten Tagen zwölf Menschen erfroren, die meisten davon auf dem Heimweg vom Gasthaus, wie mitleidlos vermerkt wurde. Im Café Demel steht noch die Weihnachtskrippe im Fenster, allerdings mit rosa Pudeln aus Zuckerguss statt mit Ochs und Eselein.

Eines Tages hattest du mir vorgeschlagen, zusammen einen Ausflug zu machen. Wir sind mit dem Schiff über den Rhein gefahren, und ich habe die ganze Zeit darüber nachgedacht, ob es etwas Wunderbares oder etwas Peinliches war, was mir da passierte. Da stand ich nun so in Flammen, nach meinen vielen Liebes- und Ehegeschichten kam leichtfüßig ein schönes Kind wie du daher und brachte alles ins Durcheinander, was ich in meinen Gefühlen schon geordnet und beiseitegepackt hatte.

Es war ein kostbarer Ausflug. Wir haben Wein getrunken und gesungen »Ich weiß nicht, was soll es bedeuten, dass ich so traurig bin«, als das Schiff die Loreley passierte, aber wir waren nicht traurig, wir lachten und hatten uns die Arme um die Schultern gelegt. Mutter und Sohn? Was mögen die Leute gedacht haben? Du fühltest dich wohl in meiner Gegenwart, und ich, ich liebte dich so albern und lächerlich, wie Gustav von Aschenbach sich in Venedig am Knaben Tadzio zu Tode liebte.

Auf dem Flohmarkt habe ich mir eine Tasse gekauft, auf der steht: »Die Kohlen sind ein theures Guth, drum brenn sie nicht aus Übermuth«, und ein altes Briefsiegel mit deinen Initialen – A. V. Ich weiß nicht, was ich damit will, aber ich schaue es immerzu an und presse es fest auf meine Hand, dann schneiden sich die Buchstaben A. V. ins Fleisch ein und bleiben eine Weile sichtbar. »Ja zum Analverkehr!« steht auf der Wand, auf die ich immer schaue, wenn ich das Haus verlasse, und nebenan ist eine Weinhandlung, die in Stein gemeißelt über dem Portal mitteilt: »Unsere Weine sind kostbar.«

Im Stephansdom habe ich eine Kerze angezündet und mich dann im Café Schwarzenberg aufgewärmt. Ein Mann spielte scheußlich perlende Walzer auf dem Klavier, und dazu ertönte eine Geige, obwohl gar kein Geiger zu sehen war – die Geigentöne kamen aus einem kleinen elektrischen Kasten. Über den Schubertring, vorbei am Beethovenplatz, durch die Mahlergasse, Kantgasse, Fichtegasse bin ich in mein seltsames Zuhause geflohen und habe das Radio angemacht. Ein

Mann sang: »Was den Sonntag erst zum Sonntag macht, das ist der Gugelhupf, das ist der Gugelhupf.« Doch, Alban, natürlich hätte ich mir eine Liebesgeschichte zwischen uns beiden vorstellen können. Aber nicht so. Nicht mit diesen mehr als zwanzig demütigenden Jahren dazwischen. Jetzt wollte ich einfach nur ab und zu in deiner Nähe sein und mich anstecken lassen von dir, ja, ich fühlte mich neben dir auch schöner und jünger, du hast genug gestrahlt für uns beide, und dein unbekümmertes Flirten hat mir Spaß gemacht, noch.

Es schneit. Die Möwen fallen mit angefrorenen Flügeln vom Himmel, Eiszapfen an den Schnäbeln. In Paris gibt man nachts die U-Bahn-Schächte für die Penner zum Schlafen frei, so einen Winter hat Europa lange nicht erlebt. Mir fällt aus ›Die letzten Tage der Menschheit‹ die Szene ein, in der die Kinder die Mutter um Essen anbetteln, und die Mutter verweist auf den Vater, der seit fünf Stunden unterwegs ist, um etwas zu besorgen. Schließlich kommt der Vater, und die Kinder schreien: »Vater, Brot, Brot!« Der Vater aber streckt ihnen die leeren Hände entgegen, lacht und ruft: »Kinder! Wunderbar! Russland verhungert!« Ich habe dich nie im Winter gesehen, kenne dich nicht mit Pullovern, hochgezogenen Schultern, in dicken Mänteln. Du bist der Sommer, dieser eine Sommer, den wir hatten und in dem ich in deiner Nähe herumstreunte, um deine braune Haut, deine weißen Hemden von Weitem zu sehen.

Im Fernsehen ist eine Sendung über Glenn Gould. Weißt du noch, wir haben uns ausgemalt, dass im Himmel, falls es einen Himmel gibt, Gott zu Füßen von Glenn Gould sitzt und ihm zuhört. Falls Gott Ohren hat zu hören. Ich gehe durch Wien, als ginge ich mit dir, Alban. Hier wohnte die Bachmann, da wohnte Mozart, der nur wenig älter geworden ist als du und der nicht aufgegeben hat, vor Höflingen zu spielen. Ich muss dir etwas gestehen, Alban – schon sehr früh habe ich über dich gedacht: Charakter hat er nicht. Wer die Musik so mit leichter Hand wegwirft wie du, was ist das für ein Mensch? Du warst nie wirklich ernst, du hast nichts gelesen, du warst niemals pünktlich, du trinkst zu viel und schon zu früh am Tag – ich habe sehr bald gesehen, dass deine Anmut, deine sanfte Schönheit, deine atemberaubende Gelassenheit und Geschmeidigkeit, dass das alles vielleicht nur noch diesen einen Sommer dauern würde. Ich bin davon überzeugt, dass ich recht habe. Du wirst schnell gewöhnlich werden wie alle, aber in diesem Sommer hattest du die Aura des Unsterblichen um dich. Es ging etwas Blühendes und Mitreißendes von dir aus, und es riss mich mit – auch ich war in diesem Sommer noch einmal fast jung, fast schön, ganz gewiss sehr glücklich mit dem wehen Ziehen, das das Glück bekommt, wenn man weiß, dass es ja gar kein Glück gibt.

Durch den tief verschneiten Burggarten bin ich zum Kunsthistorischen Museum gelaufen und habe mich in den bahnhofsgroßen Sälen erschlagen lassen von Tiepolos, Tizians und Tintorettos, von Engeln, Jesusknaben und Göttergetümmel, und niemand auf den Bildern sah aus wie du, dabei gehört dein Gesicht in dieses Land Italien und in diese Jahrhunderte.

Ich würde dir gerne in Saal X Breughel zeigen, dir, der du sicher flach hinschaust auf ein Bild und es gut oder nicht gut findest. Du müsstest sehen, wie die Steinmetze vor einem König auf den Knien rutschen, vor ihm, dessen seidigen Händchen man ansieht, dass er noch nie im Leben gearbeitet hat, dagegen ihre Hände! Du müsstest die Kreuztragung Christi sehen, die bei Breughel natürlich in den Niederlanden stattfindet, auf Golgatha steht eine Windmühle. Man muss suchen, ehe man den Christus unter all den wimmelnden Bauern und Handwerkern und Geschäftsleuten findet, und dann stellt man fest: Nicht einer schaut zu ihm hin! Sie sind beschäftigt, und er trägt zwischen ihnen, unbeachtet, sein Kreuz, kein Mensch hat Zeit und

Lust, sich das anzusehen, und der Einzige, der Jesus ansieht, ist der Landsknecht mit der Lanze, der ihn in die Seite stechen wird.

Weißt du, Alban, wenn wir beide die ersten und einzigen Menschen auf der Welt wären – was für eine Liebe könnten wir leben! Aber ich schleppe meine Geschichte mit herum, und du gibst dir schon mit vierundzwanzig Jahren keine Mühe mehr, du hast bemerkt, dass du schön bist, du denkst, das genügt. Weißt du noch, wie wir zu Abend gegessen haben, und der alte Mann hat Harfe gespielt? Er hat dich angesehen mit demselben Blick, wie ich dich ansah, und seine und meine Augen trafen sich, und wir verstanden uns voller Wehmut: was für ein schönes Kind! Wie lang war das alles her für ihn und mich, und wie bald wird es vorbei sein für dich!

Ich war in der Oper, natürlich in ›La Traviata‹. Ich bin Geschichten wie der unsern auf der Spur, Alban, sie alle sollen mir beweisen, dass eine solche Liebe nicht möglich ist. Es gibt keine Chance für Violetta und Alfredo, und bestimmt hätte ich wieder geweint, wären nicht hinter mir zwei unglaubliche Wiener Damen in Goldbrokat gesessen und hätten getuschelt: »Ja, der Carreras, mehr wie singen kann er halt nicht!« In den gefährlichsten Momenten rettet uns immer Trivialität.

311

Als du mich küssen wolltest nach diesem Abendessen, fiel mir in dem Augenblick ein Ohrring hinunter, wir bückten uns gleichzeitig, stießen mit den Köpfen zusammen und lachten. Ich wollte dich nicht küssen, Alban, ich wollte dich anstarren und dich lieben, am liebsten hätte ich dich unter Glas gesetzt, damit du nicht so rasch verdirbst.

In der Kirche zur heiligen Maria von den Engeln wischte ein alter Mann den Kachelboden, als ich mit meinen drecktriefenden Stiefeln aus dem Tauwetter hereinkam. Ich zögerte an der Tür, aber er sagte: »Kommens nur, dem lieben Herrn Jesus macht das nix, der schaut eh ins Herz und nicht auf die Füß.« Ich wünschte, du wärest ein Mensch, dem ich all so etwas erzählen könnte, Alban, aber das bist du nicht. Du bist oberflächlich und flüchtig und hörst nicht zu, und es hat dir gefallen, mich zu verwirren. Als ich das merkte, hast du mich nicht mehr verwirrt. Je weiter ich innerlich Abstand von dir nahm, desto näher bist du mir gerückt. Jetzt plötzlich wolltest du mich haben, oh, mein Gott, weil du alle haben wolltest, weil alle dich haben wollten, weil es nichts anderes bedeutete als einen weiteren Sieg.

In Wien gibt es wohl keinen Zentimeter Boden, auf dem nicht schon Blut geflossen ist. Selbst in den Kirchen militärische Votivtafeln: »Zur Erinnerung an das k. u. k. reitende Artillerieregiment und seine Toten 1850–1918«, »Dem Andenken des k. u. k. Dragoner-regiments Kaiser Franz No. I und seiner Gefallenen 1768–1918«, »In treuem Gedenken an das Ulanen-regiment Nr. I und seine Toten 1791–1918«. Den No-belpreis für Schwermut, Niederlage, Tristesse an diese Stadt Wien! Ich bin froh, hierhergereist zu sein, wie hätte ich nach diesem Sommer mit dir etwas Heiteres ertragen können.

Was tue ich den ganzen Tag? Ich spaziere durch die kalte Stadt, wärme mich ab und zu in einem Café auf, besuche Kirchen, Museen, denke nach, denke nicht nach. Einmal, im Spätsommer, hatte ich ein solches Verlangen danach, dich nur zu sehen, dass mir – es war mitten in der Innenstadt – die Tränen vor Qual in die Augen schossen, nur einen Blick auf ihn, dachte ich, nur sehen, wie er sich bewegt – und im selben Augen-blick kamst du engumschlungen mit einem jungen Mädchen aus einem Modegeschäft. Ich zog dich mit den Augen in mich hinein, ich sah mich satt und ge-sund, nein, das junge Mädchen störte mich nicht, ich bin nicht eifersüchtig, will nichts von dir, außer dass es dich gibt, so gibt, wie du in diesem Sommer warst. Jetzt, Alban, interessierst du mich schon nicht mehr.

Du warst die heftigste, die leidenschaftlichste und die kürzeste Liebe meines Lebens. Vielleicht auch die letzte, darüber denke ich nicht nach.

Bei klirrender Kälte ist der Wiener Zentralfriedhof ein großer stiller Park, durch den die Hasen huschen. Einmal im Jahr wird der Friedhof für die Angehörigen geschlossen und für die oberen Tausend zur Jagd freigegeben – dann ist es aus mit der Totenruhe, und Hasen, Fasane, wilde Katzen und Rehe werden geschossen. Ich war auf dem jüdischen Friedhof und sah an Schnitzlers Grab ein Reh stehen. Es schaute mich ernst und furchtlos an, ich hätte es gern gefüttert, aber ich hatte nur einen Arm voller verschneiter Blumen, von allen frischen Gräbern zusammengestohlen, die ich dem bringen wollte, dem sie zustehen – Schubert. Ich stand lange vor seinem Grab und sang mir und ihm alles vor, was ich noch auswendig wusste, und da hätte ich dich gern neben mir gehabt, deine Hand in meiner Manteltasche, deinen Mandelduft, deine Stimme, die mit mir singt. Ich bin romantisch, ja, aber nicht so romantisch, Alban, dass ich deine Liebesschwüre geglaubt oder auch nur gewollt hätte. Ich war entsetzt und erschrocken über deinen Ausbruch im Konzert, als du plötzlich während der Musik deine Hand auf mein Knie legtest und sagtest: »Jetzt kannst du nicht weg und jetzt hörst du mir zu. Ich liebe dich. Es ist mir egal, wer wie alt ist, ich liebe dich.«

»Unser Herrgott ist der Stärkste!« steht auf einem schwarzen, sonst völlig leeren und unverzierten Grabstein, es sieht aus, als wäre hier ein Punker begraben. Marie Anzengruber, des Dichters Mutter, liegt nicht weit davon und lässt das Geratter der Linie 71 auf der Simmeringer Hauptstraße alle zehn Minuten über sich ergehen. Der Dichterfürst selbst prangt am Hauptweg, futtersuchende Raben auf dem Marmorkopf seiner Statue.

Zwei Frauen standen vor einem Grab mit der Inschrift »Hier ruhet in Frieden Herr Anton Schreiber K.K. Verzehrungssteuerlinienoberamtsverwalter i.P. 1839–1901«. »Jaja«, sagte die eine, »wos is der Mensch? Goa nix.« Und die andere fügte hinzu: »Mancher meint wer weiß wasser is und hat am Ende doch auch nur a Grabstöll.«

Der Besuch auf dem Friedhof, wo alle Liebe ein Ende findet, mögen die Dichter auch das Gegenteil behaupten, hatte mich wieder aufgemuntert, und so habe ich mir abends im Burgtheater eine unsägliche Posse angesehen, in der Paula Wessely als »Die Hoffnung« aus dem Bühnenboden gefahren kam und ein paar pathetische Sätze sagte, nach jedem schnell wieder ihr Gebiss

315

festzurrend. Durch mein geliehenes Opernglas made in USSR sah ich ihr abgelebtes Gesicht, und am Ende des Stückes sangen alle »Der kleine Liebesgott treibt mit uns allen Scherz, kaum trifft er uns ins Herz, da fliegt er fort, der kleine Schelm«.

Ich fange an, dich zu vergessen, Alban. Ich werde wieder fröhlich. Ich habe mich in diesem Sommer noch einmal so verliebt, wie man es eigentlich nur kann, wenn man ganz jung ist, aber ich bin nicht darauf hereingefallen. Ich habe dir nicht geglaubt. Ich bin rechtzeitig gegangen. Gerade noch.

Im Fernsehen sah ich nach Jahren wieder Fellinis ›Amarcord‹, auch ein Film, den man erst versteht, wenn man älter wird und die Dinge eine andere Wertigkeit bekommen haben. Aurelio und Miranda, die Eltern, sitzen beim Frühstück, und Aurelio sagt: »Jedes Mal wenn ich ein Ei sehe, könnte ich es stundenlang betrachten, und ich frage mich, wie die Natur etwas so Vollkommenes schaffen konnte.« Und Miranda sagt sanft: »Aber die Natur hat ja auch *Gott* gemacht, Aurelio, und nicht so ein Dummkopf wie du.«

Ich möchte mit einem Aurelio alt werden, Alban, nicht mit einem Götterliebling wie dir. Ich möchte alt werden. Ich möchte nicht mehr jung sein mit dir, das hat dieser Sommer mich gelehrt. Und wie still Aurelio dasitzt und mit seiner Hand über das Tischtuch streicht, als Miranda tot ist … das ist Liebe, Alban, nicht dein heißer Atem. Nicht deine Tränen, deine Briefe, dein Kampf um eine Frau, zum ersten Mal, du, dem doch alle Frauen zufliegen. Und diese hier, von der du spürst, dass sie dich liebt, die will nicht? Gelacht. Böse hast du ausgesehen, böse, brutal und dumm, und du konntest nicht begreifen, dass es Liebe gibt, die nicht erwidert werden darf.

Im Metropoltheater traten Künstler im Rahmen des Volksbegehrens gegen die Zersiedlung der Au und das Wasserkraftwerk bei Hainburg auf. Die Aubesetzer kamen, die sogar in diesem eisigen Winter draußen ausgeharrt hatten, und sie kamen ins überheizte Theater mit ihren Parkas, peruanischen Pullovern mit Tiermotiven und Ohrenklappen, gefeiert als die letzten Helden mit Jutetaschen und Zipfelmützen, Vollbärten und weisem Lächeln. Sie tranken aus jedermanns Gläsern und ließen sich verehren. Ich habe sie um ihr Engagement beneidet. Ich kann mich außer über mich selbst über nichts mehr wirklich aufregen.

In der Neuen Galerie in der Stallburg hängen an rissigen Wänden in verwahrloster Umgebung Wiens schönste Bilder – stille braune Landschaften von Caspar David Friedrich, in die ich klein hineinspazieren

möchte, um in der Ferne zu verschwinden, eine präraf-
faelitische Medea von Anselm Feuerbach und zwei
Selbstbildnisse von ihm – das eine zeigt einen mürri-
schen Hitzkopf mit einer Warze an der linken Wange,
das andere einen schönen Künstler mit Zwirbelbart,
glimmender Zigarette und vorteilhaft von rechts gemalt, ohne Warze. Beide Bilder hängen widersinnig
weit auseinander, man kann sie nicht recht vergleichen, was doch gerade das Vergnügen daran wäre. Hier
hängen von Max Slevogt Szenen wie aus Dramen von
Schnitzler, hier hängt van Goghs Selbstbildnis mit den
stechenden Augen und das grüngrüne Bild mit den
roten Mohntupfern, die ›Ebene bei Auvers‹, und hier
hängt der Segantini, nach dem ich so lange gesucht
habe: ›Die bösen Mütter‹. Eine weite Hochebene,
Schnee, dunkelblaue Schattenberge, ein paar Gipfel in
der Sonne. Auf dem Schneefeld ein Baum, der sich im
Wind biegt, man sieht förmlich, wie kalt der Wind ist,
und eine Frau mit nackter Brust verfängt sich mit
einem Schleier aus Haaren in den Ästen, ein Kind liegt
ihr an der Brust, sie hält es aber nicht. – Das ist ein
Thema aus einer buddhistischen Legende: Kindsmör-
derinnen müssen, über Schneefeldern schwebend,
ihre toten Kinder säugen.

Das Bild tat mir weh, und an diesem Abend habe ich

318

mich mit einem Maler eingelassen, den ich im Hawelka kennenlernte, er hieß Edmond und sprach unentwegt von seinen verschiedenen Schaffensperioden. Die Bilder, die er mir in seinem Atelier zeigte, gefielen mir nicht, aber Edmond hatte schöne Hände, und ich blieb zwei Tage und zwei Nächte bei ihm – jetzt wüsste ich nicht einmal mehr die Adresse, den Nachnamen habe ich ohnehin nie erfragt.

Du wolltest, dass ich bei dir bliebe an dem Abend nach dem Konzert. Was hast du dir dabei gedacht, Alban? Eine Eroberung zu machen? Einen Sieg zu erringen? War ich mit vierundzwanzig auch so sorglos und so von mir überzeugt? Ja, wahrscheinlich. Aber Liebe, Alban, fliegt im Bett davon, das wirst du noch merken. Ich will dich nicht haben. Ich will dich nicht einmal mehr sehen. Du sollst schön bleiben für mich.

Wenn man sich im Schneeregen über die Wollzeile bis zum Alten Rathaus durchgekämpft hat, findet man in der Wipplingerstraße, Stiege III, das Museum des Österreichischen Freiheitskampfes. Für eine kleine, erschütternde Ausstellung wurden liebevoll Exponate aus Österreichs Widerstand gegen den Faschismus zusammengetragen. Flugblätter, illegale Druckpressen, in Toilettenschränkchen eingebaut, Aufkleber, Plakate, Zeitungen, Fotos – und die grausigen Dokumente aus dem KZ Mauthausen: winzige Handarbeiten von Frauen, Büchlein in Herzchenform mit gestickten Sprüchen von Friedrich Engels: »Freiheit ist Einsicht in die Notwendigkeit«; Schachfiguren aus Brot, Ringe aus Zwirn, geheime Glückwunschkarten für Lagerinsassen, die Geburtstag hatten. Alban, wir sind ein kleiner Teil der Welt, du und ich, eingebettet in Geschichte, und unsere Geschichte ist die lächerlichste von allen.

An den Wänden zeigten Fotos Österreichs berühmte Exilanten – Fritz Kortner, Fred Zinnemann, Max Reinhardt, Otto Preminger, Joseph Roth, Stefan Zweig, Lotte Lehmann, Richard Tauber, Oskar Kokoschka, Musil, Werfel, Schönberg, Horváth, Popper, Canetti, Bruno Walter – es nimmt kein Ende, und wäre dir der Brief an einen Standortpfarrer in Wien I aufgefallen, Alban? Morgen früh, 7.2.45 um 4.30 Uhr, werde er abgeholt, es fänden neun Exekutionen statt, für die man anderthalb Stunden Zeit hätte. Falls er es allein nicht schaffe, könne Hochwürden Wimmer bei den letzten Tröstungen helfen.

Der 7.2. ist dein Geburtstag, Alban, aber genau zwanzig Jahre später. In deinem Leben gab es keinen Krieg und keine Lager, keinen Hunger und keine Verfolgung. Du bist bei reichen Eltern aufgewachsen, der umschwärmte, hochbegabte Liebling, dem alles gelang, der alles bekam und alles wegwarf mit leichter Hand. Hier, in diesem Museum, wandelte sich meine Liebe zu dir in Abscheu, fast in Ekel, ohne dass du etwas dazukonntest – mein Widerwillen gegen dich ist so irrational und unbegründbar, wie meine Zuneigung zu dir es war. Es ist alles mein Problem, Alban, nicht deins. Schon hast du mit der Geschichte nichts mehr zu tun.

Ich war nicht der einzige Besucher in diesem kleinen Schreckens- und Überlebenskabinett. Gerade als ich gehen wollte, kam ein Herr im Pelz und fragte die Kassiererin: »Es soll doch Lampen aus Judenhaut gegeben haben, haben Sie so etwas auch?« Warst du mal in Wien, Alban? Geh in die Domgasse 5, wo Mozart gewohnt und den ›Figaro‹ geschrieben hat. Geh durch den Hinterhof, die arme Treppe hoch, durchs kalte, nasse Treppenhaus in den ersten Stock. Ich weiß nicht, wie du wohnst, aber ich stelle es mir lichtdurchflutet, großzügig und elegant vor, dein Flügel steht wahrscheinlich mitten im Zimmer, und deine teuren Hemden werden auf dem Boden liegen. Ich wäre gern mal in deiner Wohnung gewesen, aber ohne dich.

Mozart bewohnte mit seiner Familie ein paar kleine, dunkle ineinandergehende Räume mit Holzdielen. Zwei Münzen werden ausgestellt: Sie müssen ihm gehört haben, man hat sie zwischen den Dielenbrettern gefunden. Hätte er sich lieber Brot dafür gekauft! An der Wand hängt ein Blatt, Noten und Mozarts zarte feine Schrift dazu: »Dies Bildnis ist bezaubernd schön, wie noch kein Auge je gesehn, ich fühl es, ich fühl es, wie dies Götterbild mein Herz mit neuer Regung füllt.« Unsere Geschichte verfolgt mich, Alban. Dieser Text, ausgerechnet, du Götterbild, das ich angestaunt habe. Aber ich habe keine Lust, durch Feuer und Wasser für dich zu gehen, Prüfungen für dich zu bestehen, ich will nur das Bildnis, ich will nicht den Gott dazu, die Götter sind so wenig dauerhaft, und die Königin der Nacht bin ich selbst.

Im Mai 1917 erhob sich Leo Bronstein in der Herrengasse von seinem Schachbrett, um als Trotzki die russische Revolution zu organisieren. Es ist nicht mehr das alte Café Central, aber es ist noch immer schön mit seiner hohen hellen Lichtkuppel, unter der allerdings die falschen Leute sitzen und nicht mehr Peter Altenberg, der die Frauen so liebte. Am Nebentisch saß ein junges Paar, und als ich ging, sagte er gerade verzagt zu ihr: »Aber warum denn?«, und sie antwortete: »Du bist mir einfach zu langweilig.«

Am Abend bin ich in die Oper gegangen und habe mir ein Ballettgastspiel angesehen, ich, die für Ballett gar nichts übrig hat, aber weißt du, was mich interes-

sierte? Rudolf Nurejew. Als ich ihn vor vielen Jahren –
ich war selbst noch jung – das erste Mal sah, war es ein
ähnlicher Eindruck wie bei dir, nicht ganz so stark,
denn ich sah nur Fotos von ihm, du warst leibhaftig:
dieses wilde Gesicht, die hellen Augen, der sinnliche
Mund, der kräftige, schöne Körper – ich war sehr er-
regt und heftig verliebt in Nurejew, und nun waren wir
beide alt geworden, und er tanzte auf dieser meiner
Winterreise, am 27. Januar, an Mozarts Geburtstag.
Ich hatte einen guten Platz, und mein Herz zog sich
traurig zusammen, als ich sah, wie er sich quälte, wie
die Leichtigkeit dahin war, wie angestrengt er tanzte.
Sein Haar lichtet sich am Hinterkopf, sein Gesicht ist
noch wild, aber der Anblick eines herumspringenden
siebenundvierzigjährigen Mannes in Strumpfhosen
ist geradezu lächerlich. Und doch strahlt er immer
noch Würde und Grazie aus, ich verstehe noch nach all
diesen Jahren, dass ich so verliebt in ihn war – bei dir
verstehe ich es nach drei, vier Monaten schon nicht
mehr und frage mich: Was war da? Und warum? Macht
mich denn bloße Schönheit so krank? In den Straßen
kommen mir unablässig Schicksale entgegen, und sie
sind alle hässlich: zu dicke junge Mädchen, bittere
Frauen, verlorene Männer, Menschen mit verkrüppel-
ten Füßen und schweren Brillen. Ja, Schönheit macht

mich lebenskrank, sehnsuchtskrank. Für Schönheit opfere ich Erfahrung und Verstand.

Vier Wochen war ich in Wien, und in der vierten Woche bin ich mit der U1 durch eine Betonröhre über die Donau hinweggedonnert und beim verlassenen Arbeiterstrandbad spazieren gegangen. Bretterbuden, verfallene Gartenhäuschen, das ist die Gegend, in der man unentdeckt morden und sterben kann, und ich wollte jetzt nur noch einen einzigen Besuch in Wien machen, ehe ich zurückfuhr in meine Stadt, die auch deine Stadt ist.

Ich bin in die Kettenbrückengasse gefahren – eine Handwerkerstraße mit kleinen Läden, niedrigen dunklen Häusern, feuchten Wänden. Am Haus Nr. 6 hängt ein handbeschriebenes Stück Pappe: Schubert, 2. Stock. Als wohne er noch immer dort. Im zweiten Stock steht an einer Tür: Sterbezimmer. Schubert. Als ich klingele, es ist schon gegen 16 Uhr, dunkel, totenstill, tut sich lange nichts. Dann öffnet mir eine müde Frau mit nur einem Arm. Sie isst ein Butterbrot und packt es hastig weg, als ich komme. Sie macht Licht, schließt die Tür und kassiert ein kleines Eintrittsgeld. »Schauns nur«, sagt sie, »Sie sind die Erste seit vierzehn Tag!« Drei winzig kleine Räume, ein paar Stiche an den Wänden, Vitrinen mit Noten. Eine Tafel erklärt, dass Franz Schubert hier am 1. September 1828 einzog, zu seinem Bruder Ferdinand, als »Trockenwohner« – die Wohnung hatte kein Wasser, das reduzierte die Miete. Hier schrieb er die »Winterreise«, hier starb er im November 1828, nur 31 Jahre alt, Alban, nur wenige Jahre älter als du. Verzeih, wenn ich das immer wieder denken muss, ich denke nicht, dass es mangelnde Radikalität ist, dass du noch lebst. Lebe nur. Werde alt und banal wie wir alle, deinen Göttersommer hast du gehabt. Dieser hier nicht. Nichts hat er gehabt, nur seine Musik. »Lieber Franz, ich bin krank«, schreibt er an Franz von Schober, seinen einzigen Freund, am 12. November. Der Brief hängt hier. Sieben Tage später war Schubert tot, und auf seinen Grabstein haben ihm die verlogenen Wiener geschrieben: »Die Tonkunst begrub hier einen reichen Besitz, aber noch viel schönere Hoffnungen.« »Jaja, Hoffnungen. Der Währinger Friedhof ist aufgelassen, es gibt kein Schubertgrab mehr, auf dem Zentralfriedhof, wo meine gestohlenen Blumen welken, ist nur eine Gedächtnisstätte.« Ich dachte an Raffaels Grab in Rom, auf dem in lateinischer Sprache steht: »Hier ruht jener Raffael, auf den die Natur, als er noch lebte, eifersüchtig war. Nun, da er tot ist, weint sie um ihn.«

Die Götterjünglinge, die schön sind durch ihr Ta-

325

lent, durch eine Flamme, die in ihnen brennt. Du bist nur schön, Alban. Wer weint um dich?

Die Hüterin des Sterbezimmers seufzt und schaut aus dem Fenster in den Regen. »Schubert«, sagt sie, »ausgerechnet Schubert, den ich gar nicht mag, mein Gott heißt Beethoven. Und wo sitz ich? Beim Schubert, tagaus, tagein.«

Ich gehe zu Fuß in meine seltsame Wohnung zurück, durch Schuberts Gasse mit dem Geschäft für Pferdemark, dem Tierpräparator mit seinen schaurigen Exponaten, dem Fleischselcher, dem Spezialhaus für Karniesen, was immer das sein mag. Hier gibt es den Fortissimo-Musikverlag, den Strick-Shop und den Südfrucht-Discount. Weiter unten, an der Wien, ein Haus in leuchtendem Rosa mit der Graffiti-Inschrift: »Erstes Wiener Schwulen- und Lesbenhaus«. Ach, Schubert. Schreib im Vorübergehen ans Tor dir gute Nacht/damit du mögest sehen: An dich hab ich gedacht. An dich hab ich gedacht.

Félix Nadar hat 1861 Pariser Katakomben fotografiert – die ersten Fotos bei künstlichem Licht, 25 Jahre vor der eigentlichen Erfindung der Fotografie. Man konnte diese Bilder sehen, als ich in Wien war. Sie zeigen zum Teil Abwasserkanäle unter Paris, aber in der Mehrzahl schreckliche Gebilde aus Knochen und Schädeln – die ausgelagerten Gebeine früherer Friedhöfe, die Toten aus Gefängnissen, Kriegen und Revolutionen, zu Mauern getürmt oder zu grausigen Ornamenten geformt. Nadar hat Puppen in die Bilder gestellt und »arbeiten« lassen, einmal um Menschengröße im Verhältnis zu diesen riesigen Knochenbergen zu zeigen, und zum andern Puppen deshalb, weil kein Mensch diesen Anblick ertragen hätte, und weil auch niemand zwanzig Minuten notwendige Belichtungszeit still hätte aushalten können – das können nur die Toten. »Mein Leben ist zerronnen wie das Wasser und alle meine Knochen sind zerstreut«, stand unter einem der sepiabraunen Bilder.

Ich fahre getröstet zurück nach Hause. Alban, du erreichst mich nicht mehr, du schönes Kind unter all diesen Toten. Du bist unglücklich, du sagst, dass du mich liebst. Ich habe mit vierundzwanzig Jahren auch solche Dinge gesagt. Man vergisst sie. Die Liebe dauert immer nur einen Augenblick.

Die Autoren und Autorinnen

RIIKKA ALA-HARJA, geboren 1967 in Kangasala, Finnland, hat ein Studium an der Theaterhochschule als Dramaturgin abgeschlossen. Inzwischen schreibt sie als freie Autorin Hörspiele, Comictexte und vor allem Prosa für Erwachsene und Kinder. Nach langjährigem Aufenthalt in Nordfrankreich lebt sie wieder in Helsinki.
›Die Insel‹ 257
(Aus: R. Ala-Harja, Reikä (›Das Loch‹), Helsinki: LIKE Publishing Ltd., 2013. Deutsch von Elina Kritzokat. © Riikka Ala-Harja.

EWALD ARENZ, geboren 1965, studierte englische und amerikanische Literatur sowie Geschichte und publiziert seit Beginn der Neunzigerjahre. Für seine Werke wurde er mehrfach ausgezeichnet. Bei dtv erschienen u. a. seine Romane ›Der Duft von Schokolade‹ und ›Ehrlich & Söhne‹.
›Glaubenskrieg‹.. 177
(Abdruck mit freundlicher Genehmigung des Verlags ars vivendi, Cadolzburg. Aus: E. Arenz, Meine kleine Welt, Cadolzburg 2008)

EVA BERBERICH, geboren in Karlsruhe, lebt mit Katze und Ehemann, dem Schriftsteller Armin Ayren, im Schwarzwald. Mit ihren Büchern schrieb sie sich in die Herzen unzähliger Katzenfreunde.
›Es weihnachtet sehr‹ 181

(Aus: E. Berberich, Das Glück ist eine Katze. © dtv Verlagsgesellschaft mbH & Co. KG., München 2005)

T. C. (Tom Coraghessan) BOYLE, geboren 1948 in Peekskill/New York, entdeckte seine Liebe zum Schreiben während des Geschichtsstudiums. Heute zählt er zu den bekanntesten und produktivsten amerikanischen Autoren. Für seinen Roman ›World's End‹ erhielt er 1987 den PEN/Faulkner-Preis. Er lebt mit seiner Familie in Kalifornien und unterrichtet an der University of Southern California in Los Angeles. Mehr über den Autor: www.tcboyle.de
›Die Mütze‹   7
(Abdruck mit freundlicher Genehmigung © 2008 Carl Hanser Verlag, München. Aus: T. C. Boyle, Wenn der Fluss voll Whisky wär. Erzählungen. Deutsch von Werner Richter, München 2008)

ALEX CAPUS, geboren 1961 in Frankreich, studierte Geschichte und Philosophie in Basel. Er arbeitete als Journalist bei verschiedenen Schweizer Tageszeitungen und bei der Schweizerischen Depeschenagentur SDA in Bern. Alex Capus lebt heute als freier Schriftsteller in Olten, Schweiz.
Bei dtv erschienen u. a. ›Fast ein bisschen Frühling‹, ›13 wahre Geschichten‹ und sein Bestseller ›Léon und Louise‹.
›In der Zeitmaschine‹   43
(Aus: A. Capus, Eigermönchundjungfrau © 2019 Carl Hanser Verlag GmbH & Co. KG, München)

FRANK GOLDAMMER, Jahrgang 1975, ist Handwerksmeister und fing mit Anfang zwanzig an zu schreiben. Mit den Bänden seiner historischen Kriminalroman-Reihe über den Dresdner Kommissar Max Heller im Nachkriegsdeutschland landet er regelmäßig auf den Bestsellerlisten. Der Autor lebt mit seiner Familie in seiner Heimatstadt Dresden. Mehr unter www.frank-goldammer.de

›Die Möglichkeiten eines Schneeballs‹ 265

(Abdruck mit freundlicher Genehmigung des Autors. © 2015 Frank Goldammer)

ELKE HEIDENREICH, geboren 1943 in Korbach/Waldeck, verbrachte ihre Jugend im Ruhrgebiet, studierte Germanistik, Theaterwissenschaft und Publizistik in München, Hamburg und Berlin. Seit 1970 arbeitet sie als freie Autorin und Moderatorin für Funk, Fernsehen und verschiedene Zeitungen.

›Winterreise‹ 300

(Abdruck mit freundlicher Genehmigung © 1992 Rowohlt Verlag GmbH, Hamburg, Aus: E. Heidenreich, Kolonien der Liebe)

ULRIKE HERWIG, Jahrgang 1968, wuchs in Jena auf. Sie studierte Englisch und Deutsch und lebte fast zehn Jahre in London, bevor sie mit ihrer Familie nach Seattle, USA, zog. Seit vielen Jahren schreibt sie unter verschiedenen Pseudonymen für Kinder und Erwachsene. Von Ulrike Herwig sind bei dtv erschienen: ›Oskar an Bord‹, ›Das Leben ist manchmal woanders‹, der turbulente Weihnachtsroman ›Schiefer die Socken nie hingen‹ und zuletzt ›Das Glück am Ende der Straße‹.

›Winterliebe‹ 117

(Vermittelt durch die Literaturagentur Kai Gathemann, München. Abdruck mit freundlicher Genehmigung der Autorin. © 2015 Ulrike Herwig)

MASCHA KALÉKO (1907–1975) fand in den Zwanzigerjahren in Berlin Anschluss an die intellektuellen Kreise des Romanischen Cafés. Zunächst veröffentlichte sie Gedichte in Zeitungen, bevor sie 1933 mit dem ›Lyrischen Stenogrammheft‹ ihren ersten großen Erfolg feiern konnte. 1938 emigrierte sie in die USA, 1959 siedelte sie von dort nach Israel über. Mascha Kaléko zählt neben Sarah Kirsch, Hilde Domin, Marie Luise Kaschnitz, Nelly Sachs und Else Lasker-Schüler zu den bedeutendsten deutschsprachigen Lyrikerinnen des 20. Jahrhunderts.
›Novemberbrief aus Ascona‹............................... 106
(Aus: M. Kaléko, Die paar leuchtenden Jahre. dtv Verlagsgesellschaft mbH & Co. KG. München 2003)

ARNOLD KÜSTERS, geboren 1954, arbeitete nach dem Studium als Journalist für Hörfunk und Fernsehen und veröffentlichte zahlreiche Kurzkrimis und Kriminalromane. Als Musiker spielt er Bluesharp in der Rockband »STIXX«, außerdem bei »Hier geht was« und der Krimiautorenband »Streng geheim«. Arnold Küsters lebt mit seiner Familie am Niederrhein. Weitere Infos unter www.arnold-kuesters.de und auf Facebook.
›Emma beinhart‹... 132
(Abdruck mit freundlicher Genehmigung des Autors. © 2015 Arnold Küsters)

SIEGFRIED LENZ, geboren 1926 in Lyck/Ostpreußen, zählte zu den bedeutendsten und meistgelesenen Autoren der deutschen Nachkriegs- und Gegenwartsliteratur. Sein Werk wurde mit zahlreichen Preisen und Auszeichnungen geehrt, u. a. dem Goethe-Preis der Stadt Frankfurt und dem Friedenspreis des Deutschen Buchhandels. Er starb 2014 in Hamburg.

›Silvester-Unfall‹ 65

(Abdruck mit freundlicher Genehmigung Hoffmann und Campe Verlag, Hamburg. Aus: S. Lenz, Die Erzählungen)

HARRY LUCK, 1972 in Remscheid geboren, lernte bei der dortigen Tageszeitung das journalistische Handwerk, studierte in München Politikwissenschaften und arbeitete viele Jahre als Nachrichtenredakteur und politischer Korrespondent. Heute lebt er mit seiner Familie in Bamberg, wo er die Öffentlichkeitsarbeit des Erzbistums verantwortet. Er hat bereits zahlreiche Romane, Kurzgeschichten und Sachbücher veröffentlicht. Mehr über den Autor unter www.harry-luck.de

›Alles zu seiner Zeit‹ 153

(Abdruck mit freundlicher Genehmigung des Autors. © Harry Luck. Aus: H. Luck, Wie spießig ist das denn? Warum Filterkaffee, Kurzarmhemden und Pauschalurlaub trotzdem glücklich machen. München 2013)

ANNETTE PETERSEN, Jahrgang 1964, ist Diplom-Geographin, Journalistin und Autorin und lebt mit ihrer Familie in Hannover. Neben dem Roman ›Luft und Lügen‹ und dem Kurzroman-E-book ›Inselkind‹ hat sie Anthologien veröffentlicht. Sie war 2008 nominiert für den Agatha-Christie-Krimipreis und ist Mitglied der »Mörderischen Schwestern« und des Syndikats. Mehr zur Autorin unter www.annette-petersen.de

›Karten spielen‹ 284

(Abdruck mit freundlicher Genehmigung der Autorin. © 2015 Annette Petersen)

ELKE PISTOR, Jahrgang 1967, studierte Pädagogik und Psychologie. Seit 2009 ist sie als Autorin und Publizistin tätig. 2014 erhielt sie das Töwerland-Stipendium, 2015 wurde sie für den Friedrich-Glauser-Preis in der Sparte Kurzkrimi nominiert. Zuletzt erschienen ihr Kriminalroman ›TREUETAT‹ und das heitere Katzenlexikon ›111 Katzen, die man kennen muss‹. Elke Pistor lebt mit ihrer Familie in Köln.
›Die Schneekönigin‹ 158
(Abdruck mit freundlicher Genehmigung der Autorin. © 2015 Elke Pistor)

JUTTA PROFIJT wurde gegen Ende des Babybooms in eine weitgehend konfliktfreie Familie hineingeboren. Nach einer kurzen Flucht ins Ausland kehrte sie ins Rheinland zurück und arbeitete als Projektmanagerin im Maschinenbau. Heute schreibt sie sehr erfolgreich Bücher und lebt mit ihrem Mann, fünf Hühnern und unzähligen Teichfröschen auf dem Land. Mehr über die Autorin unter www.juttaprofijt.de
›Haben wir was verpasst?‹ 88
(Abdruck mit freundlicher Genehmigung der Autorin. © 2015 Jutta Profijt)

EUGEN ROTH wurde 1895 in München als Sohn eines Publizisten geboren. Freiwillig in den Ersten Weltkrieg eingetreten, wurde er bereits 1914 schwer verwundet. Nach dem Krieg studierte er Geschichte, Germanistik und Kunstgeschichte an der

Universität München und promovierte 1922 zum Dr. phil. Roth wurde vor allem durch seine heiter-satirischen, aber auch nachdenklichen Gedichte und Erzählungen bekannt, die sein tiefes Wissen von der Welt und den Menschen mit ihren Fehlern und Unzulänglichkeiten zeigen. Er starb 1976 in München.

›Schneerausch‹ 147

(Abdruck mit freundlicher Genehmigung © Dr. Thomas Roth. Aus: Eugen Roth, Sämtliche Werke, 1977)

INGO SCHULZE, 1962 in Dresden geboren, studierte klassische Philologie in Jena. Bis 1990 war er als Dramaturg am Landestheater Altenburg, dann in einer Zeitungsredaktion tätig. Nach einem längeren Aufenthalt in Sankt Petersburg lebt er als freier Autor in Berlin. Bei dtv sind von Ingo Schulze u. a. erschienen: ›Simple Storys‹, ›Neue Leben‹, ›Adam und Evelyn‹. Für seine Bücher wurde er mehrfach ausgezeichnet.

›Die Verwirrungen der Silvesternacht‹ 195

(Abdruck mit freundlicher Genehmigung © 2007 Berlin Verlag in der Piper Verlag GmbH, München und Berlin. Aus: I. Schulze, Handy. Berlin 2007)

LIV WINTERBERG, 1971 geboren, studierte Germanistik, Theater-, Film- und Fernsehwissenschaft. Sie arbeitet als freie Autorin und Rechercheurin für Film und Fernsehen. Ihr Debütroman ›Vom anderen Ende der Welt‹ wurde auf Anhieb ein Bestseller. Bei dtv sind auch die historischen Romane ›Sehet die Sünder‹, ›Der Klang der Lüge‹ und ›Im Schatten des Mangrovenbaums‹ sowie der Roman ›Elisabetta‹ erschienen.

›Die Lichter des Monsieur Laurent‹ 52

(Abdruck mit freundlicher Genehmigung der Autorin. © 2015 Liv Winterberg)

JAN WEILER, 1967 in Düsseldorf geboren, ist Journalist und Schriftsteller. Er war Chefredakteur des SZ-Magazins und Kolumnist beim Stern. Sein erstes Buch ›Maria, ihm schmeckt's nicht!‹ gilt als eines der erfolgreichsten Romandebüts der letzten Jahre und wurde auch verfilmt. Weiler verfasst auch Hörspiele und Hörbücher, die er selber spricht. Er lebt mit seiner Frau und seinen zwei Kindern in der Nähe von München.

›So sehen Sieger aus‹ 84
(Abdruck mit freundlicher Genehmigung © 2001 Rowohlt Verlag GmbH & Co. KG, Hamburg. Aus: J. Weiler, Mein Leben als Mensch)

THOMAS ZIRNBAUER, geboren 1971 in Griesbach i. R., studierte Germanistik, Geschichte und Buchwissenschaft in Regensburg und München. Heute arbeitet er in einem Publikumsverlag in München. Außerdem ist er als Herausgeber und Autor tätig (›Deutsche Literatur in 60 Minuten‹, 2012).

›Eiskaltes Chicago‹ 271
(Abdruck mit freundlicher Genehmigung des Autors. © 2015 Thomas Zirnbauer)